KB081208

스이엘이 뽀르르 날아와 내 무릎에 앉는다.
자리가 편한 듯 노래를 흥얼거리며 TV를 틀었다.
잠시 애완동물을 만지는 기분으로
스이엘의 머리를 쓰다듬었다.

4

글 박제후
일러스트 ICE

강북전투 상(上)

강북전투 하(下)편에서 계속···.

프롤로그

몬스터 사태 이후 한강 북쪽은 완전히 별세계다.

철저히 파괴된 서울 시가지에는 온갖 종류의 몬스터가 똬리를 틀고 있었는데, 밤이면 특히 활개를 쳐댔다. 귀곡성보다도 소름 돋는 몬스터의 울부짖음이 터질 때면 살이 찢어지고 뼈가 부러지는 소리가 이어졌다. 그야말로 지구상에서 가장 위험한 장소로, 단련되고 경험 많은 헌터도 밤에 강북 지대를 누비지 않을 것이다.

그래서 어떤 헌터들의 시선도 닿지 않는 오늘 밤.

강북에서 엄청난 일이 벌어지고 있었다.

-무너뜨려라! 무너뜨려라! 카르페의 목을 치고 그의 무리를 사방을 쳐 흩어버려라!

쿠두란이란 군주급 몬스터가 몬스터들을 이끌고 경복궁의 정문을 공격하고 있었다. 경복궁은 강북의 지존인 대군주급 몬스터 카르페가 머무는 장소.

즉, 반란이 일어난 것이다.

하지만 이 무모한 도전에 나선 건 쿠두란만이 아니었다. 주변에 많은 군주급 몬스터가 저마다의 무리를 이끌고 가세해 있었다. 방어에 나선 몬스터들은 밀려온 적을 당해내지 못하고 줄줄이 쓰러진다. 경복궁은 금방이라도 함락될 것처럼 위태로워 보인다.

-크하하하! 그 재수 없는 면상의 대천사가 준 물건이 효과가 있군!

-그렇다! 대군주의 지배력에 이리 저항할 수 있다니!

군주급 몬스터들이 들뜬 목소리로 외치던 그때 광화문이 요란한 소리와 함께 무너져 내렸다.

우르르르-!

사방에 먼지가 가득 피어올랐지만 기세가 오른 몬스터들은 그 더러운 공기를 한껏 들이키며 달려 나갔다. 그리고 이빨과 거친 손발로 경복궁을 지키는 동족을 물어뜯고 찢어발겼다. 사방에 피가 흥건하고 내장이 어지럽게 널브러진다.

-카르페! 카르페! 오늘까지만 군림할 자여! 이리 와서 그 목을 내놔라!

-그의 머리는 내가 뜯어먹겠다! 대군주의 머리통이라니, 침이 잔뜩 고여 흐를 지경이군!

지금 시끄럽게 떠드는 군주급 몬스터는 두 개의 세력이 뭉쳐 만들어졌다.

바로 대군주급 몬스터 르카의 잔당, 그리고 온건파이다. 둘 다 대군주급 몬스터 카르페와 그의 세력에 불만을 가진 자들이었다.

첫 번째로 르카의 잔당은 작년에 극염의 대군주 르카가 노량진에서 살해된 이후 완전히 끈 떨어진 연 신세로 전락했다. 그야말로 라인을 잘못 탄 셈. 우두머리의 힘으로 유지되던 그룹의 말로는 비참했다. 이들은 철저히 비주류로 내려앉았고, 카르페를 따르던 군주급 몬스터들이 각종 이권을 차지하기 시작했다. 당연히 불만이 쌓일 수밖에 없었다.

두 번째의 온건파 역시 카르페와 반대하는 입장이었다. 이들은 인간들을 쓸어버려야 한다는 카르페의 기조에 반대해 인간과 현 상태를 유지해야 한다고 주장하는 자들이었다. 스스로 현실주의자라 믿는 이 군주급 몬스터들은 대천사들이 신성지를 전개한 이후 사실상 남하는 불가능하다고 판단한 이들이었다. 그러니 더이상 무모하게 웨이브로 신성지에 돌진하지 말고, 내실을 다지자는 자들. 이들 역시 그간 카르페의 치하에서 불만이 쌓일 대로 쌓여 왔던 이들이다.

원래라면 이 두 세력은 사이가 좋지 않아 연합할 일이 없었을 것이다. 카르페 역시 이들이 설마 뭉칠 거라고는 생각하지 못했다. 하지만 이번에는 물과 기름을 섞어줄, 계면활성제 같은 제3의 세력이 있었다.

놀랍게도 그건 몬스터가 아니라 천사였다.

바로 대천사 가브리엘 클랜.

그들이 지금 이 반란의 흑막으로, 르카의 잔당과 온건파를 화해시킨 주역이다. 그리고 불완전하지만 지배력이란 족쇄를 벗어나, 카르페의 세력이 빈틈을 보이는 오늘 난을 일으키게 했다. 협주곡의 지휘자 같은 솜씨를 발휘한 것이다.

거의 알려지지 않았으나 가브리엘은 강북의 군주급 몬스터 사이에서 강력한 커넥션을 갖고 있었다. 끊임없이 양 진영의 소모전은 계속됐지만, 건곤일척의 대승부를 피했던 건 가브리엘의 남모를 노력 덕분이었다. 현재 그는 경복궁이 내려다보이는 고층 빌딩에서 분신의 몸으로 와 상황을 지켜보고 있었다.

"나나엘이여. 본인은 지난 세월 계속 온건파 몬스터들과 끈을 만들기 위해 노력해 왔지."

"알고 있어. 네 노력을."

대천사 나나엘 역시 분신으로 그와 함께 왔다. 그녀는 가브리엘의 조력자이자 이해자였다. 처음부터 그랬던 건 아니다. 나나엘이 용기를 잃고 더는 검을 뽑을 수 없게 된 때부터, 가브리엘만이 그녀의 대안이 됐다.

"오늘 쿠데타가 성공한다면 흑당에게 타격을 줄 수 있게 된다."

"그렇겠지. 온건파 몬스터가 득세한다면 전쟁을 수행하는데 어려움이 생길 테니까."

이미 옴니스 코에투스(모두회의)에서 대북방전쟁 결의안이 통과했다. 정공법으로는 전쟁을 막을 수 없게 됐다. 하여 가브리엘은 다른 방법으로 전쟁을 방해하려고 하고 있었다. 여러 가지를 동시에 진행 중이었는데 이 강북에서의 반란을 지원하는 게 가장 중요한 건이었다.

"온건파 몬스터 군주들이 정권을 잡으면 정전 협정을 제안할 것이다. 흑당도 마냥 전쟁을 밀어붙이기는 어려워지겠지. 그 때를 틈타 반전 여론에 더욱 불을 붙인다. 세상은 겁쟁이로 가득하지. 분명히 전쟁을 피할 수만 있다면 피하고자 할 터."

"부디 계획대로 진행되길 바라야지. 오늘 밤 우리는 끼어들 수 없으니까."

물심양면 지원하긴 했으나 대천사인 그들이 모습을 보일 수는 없다. 천사가 도운 게 드러나면 온건파의 신정권은 입지가 약해지기 때문이다. 여기까지 온 이상 죽이 되나 밥이 되나 지켜볼 수밖에.

가브리엘은 경복궁에서 시선을 떼지 않은 채 뚫어져라 쳐다본다. 그런 그의 뒤에 있는 나나엘은 남몰래 작은 한숨을 내쉬었다.

'제발… 전쟁만은 피할 수 있기를….'

나나엘은 한 때 서열 5위의 대천사였다. 하지만 이제는 다 지난 얘기가 됐다. 지금의 그녀는 누구보다도 전쟁을 피하고 싶어 하는 존재였다.

나나엘은 싸울 자신이 없었다. 그녀의 용기는 처음부터 존재하지 않았던 것처럼 사라진지 오래다.

나나엘은 갑자기 자기혐오가 일어 입술을 살짝 깨물었다. 그리고 조심스레 허리춤의 마법검, 쇠보르그Søborg를 조심스럽게 잡아보았다. 가브리엘이 대전쟁을 막기 위해 최선을 다하고 있었지만 그녀가 보기에 대세는 거스를 수 없어 보였다.

'검을 꼭 뽑아야 해. 모두를 지키기 위해서.'

나나엘에겐 지켜야할 소중한 존재들이 있었다.

그녀는 애가 끓는 마음으로 쇠보르그를 쥐었다.

하지만 검은 결코 검집에서 뽑히지 않았다.

"아아……."

나나엘의 표정은 더없이 어두워졌다.

주변에 깔린 짙은 어둠만큼이나.

1. 욕심이란 심장에
끈적끈적 달라붙은 것

근묵자흑近墨者黑이란 말이 있다.

먹을 가까이 하면 검어진다는 뜻으로, 주변의 영향을 받는 걸 의미한다.

"으음…."

데운 초코우유를 즐기다가 새삼 근묵자흑이란 사자성어가 떠올랐다. 메론이를 위해서 늘 초코우유 심부름을 하다 보니 어느새 이 검은 빛깔 액체의 매력에 빠져버렸다. 메론이랑 다른 점이 있다면 녀석은 냉장고에 넣어놓고 차갑게 만들어 들이키는 걸 좋아한다면, 나는 핫초코처럼 데워먹곤 했다.

"정말 좋군. 정말 좋아. 다 좋은데 말이야…."

코를 간질이는 달달한 향을 최대한 즐긴 나는 검은 색 창문을 손으로 터치했다. 그러자 창문의 색이 순식간에 투명하게 변한다.

"자네들만 없었으면 좋겠군."

창밖의 풍경을 보니 절로 한숨이 나왔다.

거의 2만에 가까운 인파가 몰려 난리였다.

-물러나라! 전쟁광 유제아 물러나라!

-당장 파기하라! 대북방전쟁 결의안!

-위험에 빠지는 건 국민이다!

그건 바로 반전 시위 현장이었다. 어느새 노량진은 반전 시위의 성지가 되어가고 있었다.

"하아…."

나는 창밖의 광경에 성대하게 다시 한숨을 내쉬고는 건물을 통제하는 인공지능에게 명했다.

"창문은 채광 차단하고, 소음 차단 레벨도 올려줘."

-네, 알겠어요.

"클래식 틀어주고. 아, 아니다. 최신가요 Top100으로 들려줘."

-네, 그렇게 할게요.

사물인터넷으로 연결된 건물 안 시스템이 작동해 내가 원하는 일을 단숨에 처리해줬다. 나는 만족스럽게 고개를 끄덕이며 옆에 있던 이에게 말을 걸었다.

"그래, 그래. 대천사들이 이렇게 말을 잘 들으면 얼마나 좋을까."

"저기, 유제아. 일단 나도 대천사거든?"

내 말에 베레모를 쓴 작고 귀여운 천사가 볼을 부풀리며 항의한다. 깨물어 버리고 싶은 귀여움이었다. 강아지처럼 안으려고 손을 뻗자 쏙 도망가 버린다.

"나는 말 잘 듣는 대천사가 아니거든요!"

앙탈을 부리는 스이엘의 모습에 나는 다시 한탄한다.

"정말 세상에. 어떻게 내 맘대로 되는 일이 없냐."

"지금 그런 걸 따질 때가 아니야. 저 조직적인 반전 시위를 신경 쓰라고. 유제아."

"그래. 조직적이란 게 문제지."

저 반전 시위는 누군가에 의해 의도된 것이다. 현재 대중의 여론은 대북방전쟁 결의안을 지지하는 여론이 다수다. 국민 대부분은 그간 몬스터에게 시달렸던 울분 탓에 이 참에 다 쓸어버리자고 환호하고 있다.

사람들은 몬스터가 없는 세상을 원하고 있었다.

몬스터는 마치 충치와 같았다.

치과는 정말 가기 싫지만 언젠가는 갈 수밖에 없는 문제처럼. 이미 긴 시간 몬스터에게 시달려온 대한민국 국민들은 놈들을 어떻게 대해야 하는지 잘 알고 있었다.

희생을 각오하고 말살하는 게 최선임을 말이다. 하지만 그런 주류 의견에 반해 전쟁이 자신들의 사업에 방해가 되는 무리가 있기 마련. 특히 몬스터 부산물을 가공하는 업체는 마르지 않을 것 같은 '몬스터 광산'이 풍비박산 나는 걸 꺼렸다. 청성그룹이야 지아 누나가 회장이니까 입 닫고 있지만 나머지 대부분의 기업은 대북방전쟁에 절찬 반대 중이다. 그 외에도 전쟁이 달갑지 않은 무리는 얼마든지 있었다. 그리고 누군가가 그들을 조직적으로 부추기고 있었다.

"사람 환장하게 말이지."

다 마신 초코우유를 탁자에 내려놓자 스이엘이 뽀르르 날아와 내 옆에 내려앉는다. 그리고는 소파에 녹아내릴 듯 늘어지는 날 붙잡더니 잡아 흔든다.

"유제아, 유제아. 게으름 좀 그만 부려. 누가 그러는지 다 알고 있잖아."

"그거야 그렇지…."

조직적으로 대북방전쟁에 찬물을 끼얹고 있는 자가 누군지는 뻔하다. 조사할 필요조차 없었다.

"가브리엘, 이 영감탱이가 진짜…."

짜증으로 미간이 절로 좁혀진다. 이러다가는 조만간 늙은이처럼 주름살 투성이가 돼버리겠어. 나는 최근 내 모든 두통의 근원인 그 하얀 머리 영감탱이를 떠올리며 소파로 누웠다.

"유제아! 유제아!"

꼬마 스이엘이 내 배에 올라타서는 그만 뒹굴거리고 일어나라고 난리였으나, 내겐 아련하게만 들린다.

"흠…."

대북방전쟁이 결의된 이상 정면에서 그걸 반대할 수 있는 인물은 없다. 옴니스 코에투스, 즉 가장 권위있는 모두회의에서 결정된 사안이다. 그러니 가브리엘은 반전 시위를 유도하는 등의 방법을 동원하고 있는 거다. 어차피 대전쟁은 피할 수 없다. 백당의 총수가 하는 짓 치고는 지나치게 쫌생이 같았다.

아무래도 이대론 좀 곤란하지 않을까?

아직은 그런대로 참을 만했지만 더 늦기 전에 가브리엘을 백당의 총수에서 실각시킬 방법을 찾아보는 게 좋을지도 모른다.

"유제아! 유제아!"

여전히 내 위에서 방방 뛰고 있는 스이엘.

"으음…."

나직하게 신음하며 몸을 돌아 뉘었다. 요즘 피곤해서 그런가 허리랑 어깨가 안 좋은데 스이엘이 뛰면 알아서 안마가 되겠지. 역시 몸쓰는 일은 힘들어. 저주파 치료기라도 하나 사야하나.

"유제아!"

급기야 스이엘이 내 머리칼을 잡아당긴다.

얘가 왜 이래? 극성스럽긴 해도 남의 머리카락을 작은 손으로 옴팡지게 뜯을 애는 아닌데 말이야.

"야! 아파!"

"저걸 보라고! 좀!"

"음?"

뭐라도 있는 건가. 의아해하며 스이엘의 짧은 손가락이 가리키는 방향을 보니, 생각지도 못한 게 있었다.

그건 바로 까마귀였다.

"에?"

창문은 완벽히 닫혀 있다. 그런데 까마귀 같은 게 대체 어디로? 고개를 갸웃거리던 나는 그게 마법으로 만들어진 까마귀임을 깨달았다. 게다가 다리에는 전서구처럼 쪽지가 매달려 있었다.

뾰르르.

스이엘이 날아가서는 쪽지를 떼 온다. 그러자 까마귀는 임무를 마쳤다는 듯 까악! 하고 울었다.

"자, 여기. 대체 누구야?"

"글쎄 나도… 아! 우리엘이구나."

쪽지를 서둘러 펼쳐보자 안에는 짤막하면서도 인상적인 얘기가 적혀 있었다.

 -강북에서 반란이 일어남. 르카의 잔당과 온건파가 11일 밤에 경복궁을 공격. 반란은 실패함. 대천사 가브리엘, 대천사 나나엘의 가담을 확인.

"맙소사…."
정말 맙소사란 소리가 절로 나올 내용이었다. 궁금한 듯 머리를 들이미는 스이엘에게 쪽지를 건네고는 벌떡 일어났다.
강북에서 반란이 일어났다니.
엄청난 일이다. 그런데 대천사가 거기에 가담했다고?
대체 왜?
의문이 꼬리에 꼬리를 물었다.
아무래도 검은 날개, 즉, 우리엘을 직접 만나야겠다.
나는 쪽지를 휘갈겨서 까마귀의 다리에 묶었다.
"전해줄 수 있겠지?"
까마귀는 까악! 하고 대답하더니 연기처럼 사라져버렸다.
"유제아… 이거 보통일이 아닌 거 같은데?"
스이엘은 쪽지를 보고 걱정 가득한 얼굴이 됐다. 사안이 생각보다 복잡한 걸 안 까닭이겠지.
"그러게. 메타트론이랑 미카엘라를 불러줘."
"알았어!"

스이엘을 보낸 뒤 카펫 위를 서성였다. 그리고 하나의 결론을 내릴 수 있었다.

역시 가브리엘을 내버려 둘 수는 없다.

무슨 짓을 하던 실각시켜야 한다. 메타트론을 위해서 더러운 일은 내가 다 처리하기로 다짐했다. 그렇다면 망설일 이유는 없다. 그런데 가브리엘이 실각하고 나면 대체 누굴 후계자로 삼아야 할까?

난지도 하늘공원.

작년에 이곳에서 큰 전투가 있었지.

"꼭 여기를 접선의 장소로 지정할 필요가 있었나? 악취미로군."

우리엘은 그 기억 때문인지 얼굴을 찡그리고 있었다. 그는 몬스터로서의 외형 대신 날개가 검게 물들고 얼굴이 창백한 타천사로서의 모습을 하고 나타났다.

그가 강북에선 저 위에 의복을 뒤집어쓰고 얼굴은 까마귀 해골 같은 걸로 가린 '검은 날개'의 모습으로 다니는 걸 고려해 보면 재밌는 일이었다.

마치 나는 아직 천사라고 말하는 것 같았다.

참 재밌는 자가 아닌가. 개인의 영달을 위해 움직이면서도 늘 체면을 차리려 하고 수치를 당하는 걸 경계한다. 나는 우리엘이 참 특이하다고 생각했다.

"일단 강북에서의 반란에 대해 자세히 들려줘."

"일단 반란은 거의 성공할 뻔했지만 실패했다."

"왜?"

"갑자기 삼건장이 등장해서 전세가 뒤집혔기 때문이지."

"무슨 삼국지냐? 이름이 왜 그래?"

전혀 몬스터답지 않은 고풍스러운 호칭에 조금 당황했다.

"삼건장은 평양으로 가 있었던 카르페의 충복들이다. 분노의 군주 타르미룬, 탐욕의 군주 구르굴, 오만의 군주 즈굴. 이렇게 셋인데 모두 무시무시한 능력의 소유자라고 한다. 그들이 갑작스럽게 나타난 바람에 기세를 타던 반란군이 패퇴했다."

"그 정도로 강한 거야? 그 삼건장이란 존재들은?"

우리엘은 무거운 얼굴로 고개를 끄덕인다.

"그래."

"평양에 가 있었단 말은 뭐야?"

"평양의 왕이 카르페를 견제하기 위해 불러들였던 거지. 애초에 카르페와 평양의 왕은 불편한 사이다. 카르페의 야망이 평양을 주시하고 있다는 점을 모르는 이는 없어. 하지만 대북방전쟁이 결의된 이상 평양의 왕도 생각을 바꿀 수밖에. 순망치한이라 했다. 강북이 쓸려나가면 그 다음은 평양이다. 삼건장을 돌려줘 카르페의 방비를 강화시키려고 했던 거지. 그런데 하필 재수 없게 이 타이밍에 반란을 일으킨 것이다."

우리엘은 중요한 사실을 한 가지 더 알려줬다.

"다르쿠다가 미리 반란을 파악하고 카르페에게 보고했다는군. 결정적인 제보를 한 거지."

"다르쿠다라…."

그 최악의 적을 떠올리며 입술을 깨물었다. 실체만 겨우 파악된 그 변신 몬스터는 우리에게 가장 큰 위협이었다. 불안하게도 우리는 아직 다르쿠다를 제대로 상대할 방법이 마땅치 않았다.

"그런데 대체 가브리엘은 왜 반란을 도운 거야? 이이제이나 뭐 그런 건가?"

대천사 나나엘도 끼어들어 있었지만 난 그 여자는 크게 신경 쓰지 않는다. 자기 칼도 못 뽑는 칠푼이니까.

"그것보다 온건파 세력이 정권을 잡게 만들어서 전쟁을 막아보려는 심산이었겠지."

"아…."

실제로 이번에 가브리엘이 지원한 건 전쟁을 꺼리는 몬스터들. 만약 그의 뜻대로 온건파가 정권을 잡았으면 대북방전쟁이 시작부터 초를 칠 뻔했다. 가브리엘 이 영감탱이 진짜, 갖은 방법을 다 쓰는구나.

"하아……."

한숨이 나온다. 가브리엘이 짜증나면서도 그의 의지를 너무 또렷하게 알 수 있었기 때문이다. 그는 괜히 이쪽이 싫어서 그러는 게 아니다. 자기만의 확고한 신념으로 전쟁을 막으려 하고 있었다.

어쩌면 그 역시 영웅이라면 영웅일 터. 하지만 내겐 방해되는 영웅이었다.

"역시 바라카엘이야. 바라카엘 밖에 없어……."

"그렇게 말할 줄 알았다. 유제아."

"음? 진짜?"

"아마 가브리엘을 실각시키려는 거겠지. 그리고 새로운 백당의 총수로 바라카엘을 올린다. 아닌가?"

정확한 지적이었다. 바라카엘은 서열 5위로 중위권이지만, 실제 무력은 상위권의 대천사도 위협할 정도로 대단하다고 한다. 백당에서 가브리엘 다음 가는 실력자니 새로운 총수 후보로 적합하다.

"맞아. 그러면 손을 잡을 수 있겠지. 바라카엘은 너랑 비슷한 부류잖아. 자기 욕심을 채우는 걸 가장 앞에 두는."

"…나를 그런 또라이와 비교하지 마라. 그 자는 반쯤 미치광이니까."

"글쎄? 난 누가 더 또라이인지 모르겠는 걸? 바라카엘이 너보다 미치광이라고 치자. 하지만 내 눈앞의 누구는 아예 몬스터가 돼버렸지. 반면 바라카엘은 여전히 천사가 아닌가?"

"…변명할 생각은 없다. 하지만 바라카엘은 이미 반쯤은 몬스터나 다름없는 자다. 만약 그와 협상하고자 한다면 쉽지 않겠지."

"그래서 너를 만나러 온 거다. 우리엘. 지금 여기서 바라카엘에 대해 알고 있는 걸 모두 털어놔봐."

이번 협상이 위험한 일이 될 거란 건 나도 알고 있다. 그러니 상대에 대해 꼼꼼하게 파악할 필요가 있었다.

"개인적으로 바라카엘과 협상하는 건 별로 추천하지 않는다. 어쩌면 그는 너를 살해해 버릴 수도 있다. 아니, 그렇다면 추천할 일인가. 유제아 네가 죽으면 이 지배도 풀릴 테니."

"그때가 되면 만세삼창하고 하늘에 있을 나를 향해 욕설을 퍼붓는 것도 용서해 줄게."

"…그것도 좋겠지."

우리엘은 바라카엘에 대해 알고 있는 정보를 풀어놓기 시작했다.

"그는 인간을 쓰레기 정도로 생각하는 대천사다."

"죽은 라미엘이란 비슷한 과인가?"

"…라미엘은 적어도 인간을 개돼지라고 해주지 않았나. 가축이란 얘긴데, 가축은 키울 가치가 있다. 반면 쓰레기는 내다버릴 뿐이지."

"……."

"게다가 또라이 기질로는 그 정신 나간 라파엘보다도 한 수 위다. 그야말로 라미엘과 라파엘의 상위호환이지."

쉽게 말하면 최악이란 말이었다.

최악最惡.

간단한 단어지만 그 무게는 상당하다. 그보다 나쁠 수가 없다는 거다. 뭐랄까. 아무래도 터무니없는 녀석을 협상 상대로 정해버린 것 같았다.

"상식이 통하지 않는 상대라는 거다."

"……."

어째서 천사들 중에는 이런 똘끼 넘치는 놈들만 넘쳐난단 말인가. 하지만 가브리엘이 저리 날뛰고 있는 이상 이쪽도 위험을 감수해야 한다.

나는 바라카엘과 협상을 결정했다.

사흘 뒤.

나는 바라카엘의 신성지로 향하고 있었다.

대천사 서열 5위인 그의 신성지는 성남 일대에 위치한다. 그리고 과거 탑골공원의 위치에 그의 본체가 머무는 성소가 있었다. 바라카엘의 성소는 철옹성의 요새 형태로 보기만 해도 위압적이었다.

"어떻습니까?"

같은 차를 탄 엽왕 임철웅이 바라카엘의 성소를 힐끔 보며 묻는다. 오늘 방문에는 엽왕이 직접 마중을 나왔다.

"대단합니다. 어지간한 웨이브가 와도 버틸 수 있을 것 같습니다."

시커먼 성벽이 하늘 높이 솟아 있었다.

아득하다는 느낌이다.

"가히 불침의 요새로군요."

그런데 엽왕에겐 말할 수 없는 부분도 있었다. 이 요새는 어째서인지 음울한 기운으로 가득 차 있어, 이게 과연 천사의 성소인지 의심스러울 정도였다. 먹구름이 잔뜩 낀 날씨라 그런지 드라큘라 성이 따로 없었다.

"저 성은 바라카엘 클랜의 자부심이죠. 하지만 저는 때때로 입맛이 씁쓸해집니다. 이곳에 투자한 만큼, 신성지 안의 다른 장소는 허술하단 얘기거든요."

상당히 위험한 발언이었다. 특히 그가 바라카엘 클랜의 위원임을 상기해 볼 때.

"바라카엘님께서도 생각이 있으시겠지요."

내가 적당히 수습하려고 하자 엽왕이 피식 웃는다.

"글쎄요…."

그러면서 창밖을 바라보는 그. 어쩐지 안 본 사이에 분위기가 좀 변한 거 같다. 진중한 느낌 자체는 달라지지 않았지만 뭔가 예전보다 날카롭다고 할까? 정확히 설명하긴 어려웠다.

"도착했습니다. 제가 안내해 드리죠."

우리는 차에서 내렸다. 그리고 특이하게도 지하로 안내 받았다. 듣자니 지금 바라카엘은 땅 밑 깊은 곳에 있다고 했다.

"어째서 지하에 계십니까?"

"가보시면 알 겁니다. 오늘 바라카엘님께서 바라카엘 클랜의 치부를 다 보여주시려나 보군요."

"무슨 의미가 있습니까?"

"…글쎄요. 그저 의장님께 별 일 없길 바랄 뿐입니다."

그런 의미심장한 소리 좀 하지 마. 가뜩이나 안 좋은 말만 듣고 왔는데 엽왕까지 저리 말하니 간담이 서늘해지기 시작했다. 치부를 보여준다는 건 날 돌려보낼 생각이 없다는 건가?

아니, 상식적으로 생각하자.

이 몸은 메타트론 클랜의 위원이자, 11인 위원회의 의장, 메타트론의 화신이다. 함부로 날 건들 수 없을 터. 혼자 그런 생각을 하다가 바라카엘이 상식을 벗어난 인물이란 점이 걸렸다.

정신 바짝 차려야겠다. 잘못하다가 죽어서 나갈지도 모를 일 아닌가. 게다가 메타트론에게 여기 온다고 말도 안 하고 왔다. 음험한 정치적 타협에 관해서는 선조치 후보고란 원칙을 세워놓은 탓이다. 메타트론에겐 메타트론의 일이 있고, 내겐 내 일이 있다. 음지에서 움직이는 게 내 임무다.

띵.

땅밑으로 향하던 엘리베이터는 지하 30층에 가서야 멈췄다. 내리니까 공기 자체가 다른 느낌이 났다. 아니, 그런 걸 떠나 벽 너머에서 고통에 찬 비명과 울부짖음이 희미하게 들려오고 있었다.

-끄아아아아!

-크으으으으! 쿠아아아!

마치 메아리처럼 계속 울린다. 이게 무슨 공포 영화의 한 장면이지? 엽왕에게 뭐냐고 눈으로 묻자 그는 어깨를 으쓱해 보인다. 그리고는 제자리에 멈춰 선다.

"이대로 쭉 가시면 됩니다."

"끝까지 안내 안 해주십니까?"

"여기서 부터는 영 제 취향이 아니라서요."

아니, 안내 해주는데 취향이고 아니고가 어딨어.

"으…."

눈앞에는 녹슬고 지저분한 게 묻은 두꺼운 철제 문이 있었다. 어째 오지 말아야 했다는 기분이 강하게 든다. 하지만 메타트론의 화신이 꼬리를 말고 도망갈 순 없지.

끼이익.

문을 밀자 공포 영화에서 듣던 불쾌한 소리가 났다. 문 안쪽은 나선형의 계단이 아래쪽으로 이어져 있었다.

저벅. 저벅. 저벅.

아래로 내려갈수록 거슬리는 냄새가 강해진다. 내게도 익숙한 냄새다. 피와 각종 체액에서 발산하는 역겨운 향.

"몬스터인가…."

하이에나 시절 질리도록 맡아봤던 냄새다. 대체 왜 대천사의 성소에서 이런 구린내가 나는 걸까. 의아해하며 걷고 있는데 갑자기 옆에서 요란한 소리가 난다.

—쿠아아앙!

"이런 시발! 깜짝이야! 아, 진짜…."

화들짝 놀라서 옆을 보니 쇠창살이 있었다. 그리고 그 안에 표범 크기의 흉악한 몬스터가 나를 보며 날뛴다.

"뭐야… 나돈이잖아."

하이에나 시절 꽤나 무서워하던 녀석이다. 이제는 한손으로 때려죽일 정도지만. 지긋이 노려보자 나돈은 분위기를 파악하고는 꼬리를 만 채 오줌을 싸버린다. 그리고는 구석으로 기어가서 낑낑거린다.

"별 것도 아닌 게 까불고 있어."

어이없어 하며 아래로 더 내려갔다. 그리고 마침내 이곳이 뭐하는 장소인지 알게 됐다.

"허……."

입에서 긴 탄식이 흘러나왔다. 더럽고 끈적이는 공기로 가득 찬 어두컴컴한 곳에서 천사들이 잡혀온 몬스터를 잔인하게 고문하고 있었다.

—끼에에에엑! 끼에에에에!

찢어지는 듯한 비명이 곳곳에서 터져 나오고 있다. 한 몬스터는 배가 갈라졌음에도 죽지 못하고 있었다. 어떤 몬스터는 철퇴로 얻어 터지며 바닥에 피를 뿌린다. 이곳은 상상할 수 있는 가장 가학적인 고문이 이뤄지는 장소였다.

천사들은 몬스터들이 죽지 않는 적정 수준을 유지한 채 놈들을 피떡으로 다지고 있었다. 나는 문득 우리엘이 바라카엘과 그를 따르는 천사들에 대해 평한 게 떠올랐다.

–수많은 적과 싸우다가 마침내 적을 닮아버린 자들이다.

그 말이 딱 맞았다. 지금 꼴을 보니 누가 몬스터가 누가 천사인지 모르겠다.

참방참방.

물소리에 발밑을 보니 피가 고인 웅덩이가 흥건하다. 거기에는 누구의 것인지 모를 내장과 눈알이 떠다니고 있었다.

그때 내 옆으로 온몸에 피를 칠한 천사들이 스쳐지나간다. 뿔이 나거나 괴물 같은 턱을 가진 게 전혀 천사처럼 보이지 않는 그들은 죽은 몬스터에게서 뽑아낸 듯한 마정석을 들고 있었다. 나를 힐끔 보더니 신경도 쓰지 않는다.

"바라카엘님은 어디 계시나?"

지나가던 천사 하나를 붙잡고 묻자 그는 말없이 가장 안쪽을 가리키고 떠나버린다. 허, 저 천사… 눈이 소름 돋을 정도로 섬뜩했다. 이 클랜 정말 괜찮은 건가?

－쿠에에에! 쿠엑! 꾸에엑!

마치 도축의 현장 같은 이 아수라장을 지나 안으로, 안으로 들어갔다. 그리고 마침내, 가장 깊은 장소에서 고통의 대천사 바라카엘을 발견했다.

온몸에 흉터와 꿰맨 자국이 가득한 그는 눈에는 천을 두르고 있었다. 권천사는 몬스터의 유혹에 저항해 확고부동한 신념을 갖도록 교육 받는다. 그걸 위해 눈을 빼내고 귀를 멀게 하는 듯 별 엽기적인 짓을 다 저지른다. 이후 강한 힘을 갖게 되면 그런 신체의 결손을 회복하는데, 바라카엘은 전혀 그러지 않았다.

권천사에서 대천사로 승진한 그는 과거의 흔적을 모두 훈장처럼 남겨 놨다. 그래서 고통의 대천사라 불리며 몬스터보다 더 흉악한 몰골을 하고 있었다. 그는 마침 한 몬스터의 배를 가르고 있었다.

좌아악.

몬스터는 고통으로 발버둥치자, 놈을 묶어둔 쇠사슬이 시끄럽게 흔들렸다. 절로 눈살을 찌푸리게 할 소음이었는데, 오히려 그건 바라카엘을 기쁘게 하는 것 같았다. 입술이 없는 그의 흉측한 입이 길게 위로 찢어진다. 그는 그대로 몬스터의 몸 안에 손을 집어넣어 심장을 뽑아낸다.

뚝. 푸득.

잔인한 소리와 함께 혈관이 뜯어진다.

쿵. 쿵. 쿵.

바라카엘의 오른손에 쥐어진 몬스터의 심장은 생동감있게 약동하며 피를 뿜어냈다. 그리고 미처 잘리지 않은 혈관은 몬스터의 몸

안으로 길게 이어져 있었다. 바라카엘은 그 상태에서 고개만 돌려 날 바라본다.

"좋은 몸을 갖고 있군."

"네?"

워낙 뜬금없는 소리라 반문하자 바라카엘은 이를 작게 갈아댄다.

"이 몬스터 녀석보다 탐스러운 몸을 갖고 있다고 한 것이다. 크큭. 그대를 해부해 볼 수 있다면 정말 기쁘겠군. 그 몸은 어떤 비명을 지를까?"

미쳤군. 이 대천사 녀석은 완전히 미친 것 같다.

"크크큭. 꼭 정신병자 보는 눈을 하고 있군. 하지만 착각하지 말라. 우리가 하고 있는 일은 가학적인 욕망 때문만은 아니니까. 다 몬스터의 생체적 특성을 연구하기 위해서다."

어쩌면 이들은 그렇게 파악한 몬스터의 힘을 사용하고 있는지도 모르겠다. 이곳에는 마치 혼종 같이 기괴한 모습의 천사들이 많은 건 우연이 아니겠지.

"적을 이해하는 일에 열심이시군요."

"그렇다. 적을 이해하는 건 큰 희열을 느끼게 하지. 하지만, 더 큰 희열이 뭔지 아나?"

"글쎄요."

내 말에 바라카엘은 끔찍한 미소를 지으며 손에 쥐고 있던 심장을 터뜨려버린다. 피가 그의 얼굴에 철퍼덕 튀었다.

"적을 파괴하는 것이다."

눈앞의 대천사는 터무니없는 변태에 전쟁광이기까지 했다. 역시 라미엘과 라파엘의 상위 호환이란 말이 정답이었다.

바라카엘은 대전에서 보자고 하며 먼저 떠났다. 나는 어떤 음침한 천사에게 안내되어 다시 지상으로 올라왔다.

"이쪽으로…."

천사를 따라 거대한 문을 몇 번이나 지났다. 그리고 웅대한 철문 앞에 도착했다.

끔찍한 문이었다. 문에는 화려한 부조가 되어 있었는데 목이 떨어지고 눈알이 터지고, 산 채로 톱으로 썰리고 있는 몬스터의 모습이 한 가득이었다.

정말 악취미가 아닌가. 게다가 문 위에는 라틴어로 뭐라뭐라 써 있다. 아마 미리 들은 게 맞다면 '용기를 잃는다면 명예도 잃는다'는 뜻이겠지. 바라카엘 클랜의 금언인데 지독하게 그들과 안 어울렸다. 그래서 사람들은 저 금언에 이면의 뜻이 있을 거라고 말하곤 했다.

"메타트론의 화신이자 11인 위원회의 의장이 도착했습니다!"

문 앞을 지키고 있던 천사들이 소리친다.

쿠우우웅.

육중한 소리와 함께 문이 열린다. 웅장한 대전의 모습은 실로 인상적이었다. 뭐랄까, 그다지 긍정적이지 않은 의미로 말이다. 벽 곳곳에 고통스러운 얼굴로 박제되어 있는 몬스터들을 보면, 이곳은 마왕성이 아닐까 싶은 생각만 들게 만든다. 사방이 어둡고 칙칙한 분위기에 희미한 곰팡이 냄새로 가득했다. 그리고 대전의 좌우로 수백 여 위位의 천사들이 도열해 있었다.

무수한 시선이 내게 꽂힌다. 우호적인 눈빛은 없었다. 다들 나를 집어삼킬 듯 안광을 빛내고 있었다. 누가 보면 같은 천사 진영이 아니라 몬스터 진영으로 협상하러 온 줄 알겠다.

그리고 이 가시방석 같은 분위기 한 가운데 바라카엘이 더욱 기괴한 존재감을 과시하고 있었다. 그는 수많은 몬스터의 머리로 만든 혐오스러운 권좌에 앉아 나를 내려다본다.

"바라카엘님께 인사드립니다."

고통의 대천사, 바라카엘. 머리에는 날카로운 쇠 봉이 왕관처럼 줄 지어 꽂혀 있었다. 믿기 어렵지만 본디 그는 매우 아름다운 용모의 소유자였다고 한다. 하지만 고통이 지금의 그를 저렇게 만들었다.

"어서 오라."

짤막하게 인사하는 그의 양 옆으로는 이름 높은 친위대가 도열해 있었다. 총 12위인 그들은 다른 대천사들에게 부러움을 사고 있는 존재들이다.

바라카엘은 그들에게 12미덕이란 이름을 붙였는데, 저들처럼 그런 이름이 안 어울리는 집단도 없을 거다. 다들 굉장히 과격하고 잔인한 탓에 보통은 12죄악이라고 비아냥거려지고 있었다. 하지만 실력과 충성심만큼은 확실하다.

"메타트론의 화신이여. 본인의 신성지엔 무슨 일로 온 건가? 무엇을 바라는가?"

"간단합니다. 바라카엘님과 정치적인 타협을 하고 싶습니다."

내 말에 바라카엘은 재밌다는 듯 낮은 목소리로 웃는다.

"좀 더 완곡한 표현이 많을 텐데 단도직입적이군. 크큭, 본인은 그런 면을 싫어하지 않아. 오히려 좋아하는 편이지."

그의 성격에 관해선 미리 우리엘에게 들었다. 역시 일부러 빙빙 돌리지 않은 게 정답이었다.

"하지만 본인은 스스로 인정할 만한 상대가 아니면 협상하지 않는다. 간단한 마법 물품을 거래할 때조차 말이다. 하물며 정치적 타협이라? 하하하핫! 그대가 과연 본인과 그런 일을 논할 자격이 있는 것인가?"

설마 자격을 걸고 넘어질 줄이야. 이 자가 인간을 극도로 낮게 보는 건 미리 들어 알고 있다. 지금도 대전에는 단 한 명의 헌터도 보이지 않았다. 오로지 천사들뿐이었다. 마치 인간은 이 자리에 설 자격이 없다고 말하는 듯했다.

"저는 메타트론님의 화신입니다."

"그래, 그런 건 알고 있어. 그러니까 지금 이 자리에서 그런 건방진 소리를 하면서도 목이 날아가지 않고 있는 거지."

바라카엘의 말에 뒤에 있던 12미덕이 으르렁거렸다. 마치 천사라기보다 맹수로 보였다. 내가 인상을 찌푸리자 바라카엘이 웃는다.

"하하하. 내 충실한 부하들은 힘을 위해 나머지 모든 걸 버렸다. 선택과 집중이 중요한 법이니까. 다만 그 때문에 몬스터나 다름없는 존재들이 돼버렸지만. 그래도 걱정하지 말게. 내 명령 없이는 움직이지 않으니까."

대체 자기 천사들에게 무슨 짓을 한 건가. 자세히 들여다본다면 엄청나게 어두운 이야기가 있을 것 같았다.

"별로 신경 쓰지 않습니다. 개는 주인이 목줄을 쥐고 있는 한 문제없으니까요."

"그렇다면 목줄이 풀린 개떼를 감당할 수 있겠나?"

노골적인 겁박이었다. 이쯤 되니 나도 성질이 난다.

"감당하실 수 있는 말만 하시지요."

내 말에 주변에 도열에 있던 수백의 천사들이 웅성웅성거린다.

"저, 저런! 건방진!"

"메타트론의 화신이면 단가! 감히 바라카엘님께!"

"예의를 갖춰라! 인간!"

과격한 목소리가 쏟아진다. 하지만 나는 눈 하나 껌뻑하지 않았다.

"본인이 여기서 그대를 처분하지 못할 것 같나?"

"메타트론님이 가만있지 않을 겁니다."

"하하하! 자기 주인에 대한 믿음이 철썩 같은 종이구나. 하지만 오늘 이 자리가 가브리엘과 함께 만든 백당의 함정이었다고 하면 어떻게 될까?"

바라카엘이 그리 말하는 순간 쿵! 하는 묵직한 소음이 울렸다. 뒤를 돌아보니 어느새 철문이 굳건하게 닫혀 있었다. 철문만이 아니다.

쾅! 쾅! 쾅! 쾅!

연달아 소리가 나더니 쇠창살이 달린 작은 창문들 역시 닫혀간다. 이제 대전 안에는 희미한 마법의 불빛만이 남았다. 그림자는 더욱 짙어졌다.

갑자기 내 목숨은 저 불빛처럼 실낱같아졌다. 백당이 만든 함정이었다고? 처음부터 이럴 속셈이었나?

"흑당은 제 죽음을 좌시하지 않을 겁니다. 전면전이 될 겁니다."

"바라는 바다!"

바라카엘은 크게 웃으며 자리에서 일어났다.

"치열한 싸움이 전개되겠지. 저쪽에서 서열 1위 메타트론과 서열 2위 미카엘라가 있다고 하나 군세는 우리가 배 이상 많다! 충분히 재미있을 터!"

"결국엔 패배할 겁니다! 메타트론님과 미카엘라님의 위력이…."

"상관없다!"

"어째서입니까?"

내 물음에 바라카엘이 답한다. 이 대천사가 내 상상력을 뛰어넘는 미치광이이었다.

"그렇게 되면 몬스터를 끌어들인다!"

"네?"

어이가 없고 황당해서 나도 모르게 반문했다. 대천사가 몬스터를 끌어들인다니. 강풍호, 심상호 같은 양아치도 아니고 대천사가?

"지금 그 발언 진정으로 하시는 겁니까!"

정말 화가 나 고함을 질렀다. 그러자 주위에 천사들이 야유를 쏟아낸다.

"닥쳐라! 감히 바라카엘님께 무험하게!"

"더러운 흑당 놈들을 쓸어버릴 수 있다면 몬스터의 힘도 빌릴 수 있는 거지!"

"하찮은 인간 주제에 건방진!"

틀렸다. 이 클랜은 완전히 광기에 휘감겨 있었다. 바라카엘 클랜뿐이 아니었다. 바라카엘 휘하의 평천사들 역시 미치광이들이었다.

"10년간 고정된 방어선이 요동칠 겁니다! 인간들은 쓸려갈 거고요! 안산까지 쓸려나가면 1,000만이 죽을지도 모릅니다!"

나는 다시 한 번 소리쳤다. 그러나 바라카엘은 그런 내게 절망을 안겨줬다.

"상관없다."

"뭐라고요?"

"상관없다고 말했다. 본인이 서열 1위가 될 수 있다면 그깟 인간이 1,000만 정도 죽어나가는 게 뭐 대수겠나?"

"허……."

내 허탈한 표정이 재밌었을까? 바라카엘은 유쾌하게 웃어대며 다시 몬스터 머리를 쌓아 만든 권좌에 앉는다.

"당연히 방어선은 뒤로 밀리겠지. 백당과 흑당이 싸우는데 몬스터들까지 끼어들 테니까."

"알면서 그리 말씀하시다니요…."

"하지만 사소한 문제를 제외하고는 걱정할 것 없다. 몬스터라고 마냥 밀고 내려올 수는 없으니. 현재 강북의 패자인 카르페와 평양의 왕 사이의 관계는 최악이다. 만약 카르페가 안산을 점령한다면 왕은 녀석을 토사구팽하려고 할 테지. 절대 가만히 안 있는다. 서울에 이어 안산까지 자신의 땅으로 둔다면 카르페가 얼마나 강해질지는 충분히 알만하니까. 그 틈에 본인이 방어선을 다시 구축하면 돼. 서열 1위로서. 메타트론, 미카엘라, 가브리엘이 모두 죽어나자빠진 상황에서 대안은 오직 나밖에 없을 거다! 크하하하하하!"

대전 안에 바라카엘의 웃음이 시끄럽게 울린다. 그의 천사들도 사납게 따라 웃어댄다.

"크하하하하하!"

"하하하하하하! 하하하!"

"으하하하하하!"

정신이 아득해지는 웃음의 소용돌이에서 나는 입술을 깨물었다. 이게 천사인가…. 아니, 이게 천사를 참칭한 존재들인가.

인간을 대체 뭐라고 생각하고 있는 거지?

1,000만이 죽어도 상관없다고?

바라카엘이 말한 사소한 문제라만 바로 인간 1,000만의 목숨이었다. 사실 1,000만이란 것도 예상치에 불과했다. 현재 안산은 인구가 2,000만이다. 얼마나 피해가 클지 가늠해 보기도 무섭다.

"어떤가? 잘난 인간을 대표하는 11인 위원회의 의장 나리. 이 모든 게 그대의 죽음에서 시작될 일이다. 아니, 그대의 죽음에서 시작될 일 중의 하나이다. 내겐 더 많은 계략이 있다. 예시로 든 건 그 갈래길 중 하나일 뿐이다. 자, 말해보라! 유제아 의장! 이래도 내가 그대를 죽이지 못할 것 같나!"

이를 악물 수밖에 없었다. 안산에는 지아 누나도 있다. 세상에 하나 남은 소중한 가족이다. 그런데 뭐? 인간 따위는 쓸려가도 상관없다니.

"바라카엘!"

지금까지와 태도를 바꿔 한 걸음 앞으로 나가자 대전의 분위기가 바뀐다.

"호?"

바라카엘은 흥미로워 한다. 그와 함께 대전의 수많은 천사들이 우르르 움직이며 나를 포위한다.

"네놈은 도를 넘었다! 오늘 그 썩어빠진 근성을 고쳐주지! 네놈에게 인간의 목숨이 가지는 무게를 친히 알려주마!"

내 비난에 천사들이 야유와 비난을 쏟아낸다. 그러나 난 이미 분노에 이성의 끈이 끊어진 상태다.

"닥쳐! 송사리 새끼들아!"

일갈하자 위험 발현 스킬이 자동으로 발동됐다.

> 압도적인 **카리스마**가 발현됩니다!
> 성공! 적들이 당신에게 주눅 듭니다!

시스템 창이 떠오르더니 일시적으로 카리스마 수치가 +100 보정을 받는 게 보인다. 그래서일까? 야단스럽던 천사들이 질린 얼굴로 주춤거린다. 이때 더 몰아쳐야 했다.

"비켜라!"

한 걸음 더 나아가며 외치자 앞을 막고 있던 평천사 무리가 놀라서 뒤로 우르르 쓰러진다. 그들은 허겁지겁 일어나서는 수 미터 이상 물러난다. 내 한 걸음은 그 정도의 위력을 갖고 있었다.

"크하하하하! 정말 재밌군!"

바라카엘은 그 모습에 박수를 치며 즐거워한다.

"유제아 의장! 그대를 죽인다는 건 본인이 가진 선택지의 하나일 뿐이다. 괜히 자격을 운운한 게 아니다! 그대가 나와 정치적 협상을 할 자격이 있다면 지금 살아남아 그것을 증명하라!"

"네놈의 인간을 무시하는 그 태도! 제대로 고쳐주마!"

"인간을 무시한다고? 하하하! 그 무슨 농담인가. 지금 눈앞의 인간을 극히 존중하고 있지 않나? 본인의 계획과 운명을 그대에게 맡기는 것이다. 그대가 죽으면 플랜A고 그대가 살아남으면 플랜B다. 이 얼마나 대단한가. 한 클랜의 운명을 그대를 통해 점치려고 하고 있으니!"

"궤변이 정말 대단하군! 이리 내려오라!"

"흥! 그대의 상대는 본인이 아니다."

바라카엘은 도로 권좌에 앉더니 손가락을 튕긴다. 그러자 12미덕이 움직였다. 앞에 오종종하게 모여있던 천사들은 썰물처럼 갈라져서 길을 비켰다.

"본인의 친위대를 상대해 보라. 천방지축으로 날뛰고 있는 메타트론의 화신을, 이 자리에서 죽인다는 선택도 나쁘지 않은 것이겠지? 이거야 말로 그대가 말하는 정치적 타협의 하나다. 정치는 꼭 말과 문서로만 하는 게 아니지. 칼로도 가능하다!"

그 말과 함께 12미덕이 저마다의 무기를 뽑는다.

차르륵.

번쩍이는 무기들의 빛이 흉흉하게 내 안구를 파고든다. 당장이라도 날 도륙낼 기세였다.

"후우…."

가볍게 숨을 내쉬었다. 침착하라. 전투를 피할 수 없다면 이겨야 한다. 12미덕은 그 연계기가 최강이라고 들었다. 저들의 연계에 빠져들면 군주급 몬스터라도 버티지 못하고 격파된다. 정면으로 승부하려 했다가는 큰 낭패를 당하고 만다. 아마 바라카엘은 낙승을 확신하고 있겠지. 하지만 그런 그가 모르는 게 있었다. 나는 이미 우리엘에게 12미덕의 공략법을 듣고 왔다.

"부디 유제아 의장, 자신의 자격을 증명해 보라."

빌어먹을 자식. 좋아, 지금 저 미소가 당혹감으로 얼룩지게 만들어주겠다. 나는 태양신격의 방패를 꺼내들었다. 이미 주위는 12미덕으로 포위된 상태다.

"흠? 현현은 안 하는 건가?"

바라카엘은 의아하다는 듯 끼어든다.

"네놈의 개들을 두들겨 주기에는 이 상태로 충분하다."

"쯧! 지금 12미덕의 힘을 얕보는 건가. 현현한다고 해도 승부를 장담할 수 없을 텐데?"

"보고나 있어라. 네 잘난 개새끼들이 무슨 꼴을 당하는지. 지혜가 있는 자는 힘을 들이지 않고 일을 처리하는 법이지. 반면 아둔한 자는 태산을 옮길 힘이 있어도 일을 완수하지 못한다."

"꿍꿍이가 있는가 보군. 좋다! 그 목숨 잘 보존해 보라고."

바라카엘은 맘에 안 든다는 얼굴로 손가락을 튕겼다. 그러자 곧장 전투가 시작됐다. 12미덕은 악귀처럼 달려들어 왔다.

콰앙! 캉! 캉! 캉!

요란한 소리와 함께 태양신격의 방패를 든 손이 얼얼해진다. 짧은 사이 무수히 쏟아진 공격에 정신이 하나도 없다.

"크하하하! 큰 소리 쳐놓고 이게 어떻게 된 건가!"

권좌에 앉은 바라카엘이 날 내려다보며 심히 유쾌하다는 듯한 표정이 됐다. 그뿐 아니다. 주변을 가득 채운 바라카엘의 천사들 역시 큰 소리를 내고 있었다.

"죽여! 죽여 버리라고!"

"저 건방진 인간 새끼는 주둥이부터 도려내!"

신이 난 것 같은데 찬물을 좀 뿌려줘야겠군. 태양광 폭사를 사방으로 터뜨리자 12미덕이 주춤한다. 12미덕뿐 아니었다. 광범위 스킬이었기에 지켜보던 천사들까지 말려들어 비명을 질러댄다. 일대가 순식간에 아비규환으로 변해서는 수십여 천사들이 중상을 입고 나가떨어졌다.

"으아아아아!"

"크아아악! 피부가! 피부가 타올라!"

그뿐만이 아니었다. 머리에 불이 붙어서는 사방으로 뛰어다니는 천사도 여럿이었다. 그러게 왜 까불어.

"과연 메타트론의 화신이란 말인가. 마력을 많이 잡아먹는 짓을 마구잡이로 터뜨리다니…."

감탄 섞인 바라카엘의 말에 대답이라도 해주고 싶었지만 여유가 없었다. 사방에서 날 잡아 묶기 위한 사슬이 날아왔기 때문이다. 12미덕은 태양광 폭사를 어렵지 않게 견뎌냈다.

"귀찮은 녀석들이군."

12미덕의 전투 방법은 기본적으로 이렇다.

-후방에서 마법으로 지원하는 이가 넷.

-사슬로 목표를 묶는 이가 넷.

-쌍검으로 목표를 도륙하는 이가 넷.

당하는 입장에선 짜증이 폭발하는 게 참으로 연계가 좋았다. 나는 용케 그 사슬을 피해내고 있었지만 곧 한계가 드러났다.

차르륵!

다리가 통증과 함께 둔해진다. 묵직한 사슬이 휘감긴 것이다. 그것을 시작으로 팔다리가 하나씩 제압당하기 시작했다.

"큭!"

삽시간에 몸 이곳저곳이 사슬이 둘러싸인다. 동시에 쌍검을 든 천사 넷이 나를 향해 칼을 겨눈다. 서슬 퍼런 그 기세가 정말로 날 죽이려는 것 같았다.

"목숨을 구걸하라. 그러면 살려주지."

바라카엘이 웃음 섞인 목소리로 권해왔다. 그의 목소리에서 승자의 여유가 묻어난다.

"왜? 살려달라고 하면 좋아하는 해부용으로라도 쓰려는 건가?"

"눈치가 좋군. 유제아 의장. 그래도 죽는 것보다야 낫지 않을까?"

"거절한다. 게다가 구걸도 목숨이 위험해야 하는 거 아닌가."

"이미 지하에 묶여 있는 몬스터들과 다를 게 없는 꼴로 여유를 부리는군. 좋다. 그대의 죽음에서 본인의 길을 구하고자 한다. 베어라!"

명이 떨어지자마자 8개의 검이 나를 노리고 들어온다. 이대로 있다가는 조각조각날 것 같다.

줄줄이 잘린 손가락이 튀어 오르고. 허벅지에서 대동맥이 끊어져 피를 뿜어내고. 갈비뼈 틈 사이로 비집고 들어간 검이 폐에 피를 가득 차게 만든다. 그렇게 꽁꽁 묶인 채 반항도 못하고 돼지처럼 도축되는 것이다.

"유제아 의장! 짧은 만남이지만 즐거웠다!"

바라카엘은 내 죽음이 당연하다는 듯 작별 인사를 한다. 하지만 나는 이것보다 더한 위기도 넘겨왔다. 미안한 얘기지만, 이 정도는 하이에나 시절 10년간 겪어왔던 일에 비하면 아무 것도 아니다.

바라카엘은 인간을 너무 얕보고 있다. 그는 날 때부터 가졌던 강력한 힘 때문에 절대 겪어보지 못했을 위기를, 하이에나 시절 일상처럼 넘겨왔다.

위기일수록 내 머리는 원활하게 굴러간다. 그리고 곧 이 상황을 탈출할 잊고 있던 능력을 떠올렸다. 워낙 쓴 적이 없어서 갖고 있는지도 잊어버렸던 것이다.

바로 B급 마법 물품에 불과한 함의 야행복이 가진 그림자 변환 능력이다. 착용자를 그림자로 변하게 해주는 기능 덕에 겁쟁이 함은 모든 동료를 잃고도 혼자 고향으로 돌아갈 수 있었다.

번쩍!

섬뜩한 검광이 무수히 찔러 들어오는 그 순간.

스륵.

나는 연기처럼 꺼져버렸다. 그 때문에 피할 수 없게 절묘한 연계로 베어오던 검이 모두 허공을 갈라버렸다.

"뭐!"

놀란 바라카엘이 권좌의 팔걸이를 짚은 채 몸을 반쯤 일으킨다. 그 사이 그림자로 변한 나는 포위망을 벗어났다. 그리고 곧장 다음 행동에 들어갔다.

우리엘에게 들은 바로는 이 12미덕에겐 리더가 있다고 한다. '명예'라고 불리는 천사인데, 몸에 보라색 장식을 하고 있어서 알아보기 쉽다고 했다. 이 명예를 쓰러뜨리지 않는 이상 12미덕의 연계는 끊을 수 없다. 많은 전사들이 이걸 모르고 힘을 쓰다가 결국 지쳐서 나가떨어졌다고 들었다.

"간파한 건가! 하지만 실패할 터!"

바라카엘은 내가 명예를 노리는 거라 생각하고 고성을 지른다. 하지만 여기서 한 번 더 생각해야 한다. 우리엘의 말에 의하면 리더인 명예는 '용맹'이란 천사가 자기 몸보다 더 보호하고 있다고 했다. 아니나 다를까, 명예에게 다가간 순간 붉은 장식을 단 천사가 날 가로막는다. 하지만 이미 예상하고 있었다.

"애초에 내 목표는 너다!"

명예를 노린 건 용맹을 유인하기 위한 방법이었다. 나는 죽을 힘을 다해 태양신격의 방패로 용맹을 후려쳤다.

카아앙!

불꽃이 번쩍이며 용맹의 투구가 깨져나가며 튀어 오른다. 그리고 용맹은 그대로 벽까지 날아가 처박힌다.

콰앙!

요란한 소리를 내며 충돌한 용맹은 기절한 듯 미동도 하지 않았다. 그 모습에 12미덕이 당황한 듯 일순간 굳어버린다. 12미덕만 아니었다. 대전 안의 모든 천사가 날 보고 입을 벌렸다. 단 일격으로 날 향한 비난과 야유를 모조리 잠재워 버린 셈이다. 오직 바라카엘만이 감탄해서 소리친다.

"놀랍군! 놀라워! 12미덕과 현현하지 않은 채로 싸우는 것도 대단한데, 용맹을 쓰러뜨리는 그 실력이라니! 그렇다! 용기를 잃어버린 자는 명예도 잃는다! 그것은 우리 바라카엘 클랜의 금언. 이런 전투의 급박함 속에서도 파악한 건가!"

음… 그건 아니다. 우리엘에게 미리 정답을 듣고 온 거지만 바라카엘 입장에선 그걸 알 리가 없겠지. 내가 12미덕의 이름을 보고 즉석해서 문제를 풀었다고 여긴 듯했다. 아마 이들의 연계를 깨부수는 건 마치 퍼즐처럼 되어 있는 거겠지.

구아아아아!

마력이 움직이는 소리가 나더니 천장에 커다란 눈이 나타난다. 저건 나도 아는 마법이다. 간파하는 눈이라 불리는데 일대의 환영이나 그림자, 투명 주문을 파악한다. 이제부터 함의 야행복이 쓸모없어졌다. 역시 얄팍한 수법은 한 번 밖에 안 통하는 법이다.

"자! 어쩔 것이냐! 본인을 놀라게 했으나 겨우 천사 하나가 쓰러졌을 뿐이다! 아직 11위位의 천사가 남았으니 감당할 수 있겠나!"

"못 할 것 같나?"

"뭐라! 본인의 박수를 이끌어낼 정도란 건 인정하겠다. 하지만 벌써 숨이 찬 듯한데 어찌 그리 쉽게 말하나?"

아닌 게 아니라, 내 호흡은 거칠어져 있었다. 하지만 아무 대책 없이 고집 부리는 게 아니다.

"여흥은 여기까지다."

"뭐라? 결국 못 견디고 현현이라도 하려는 건가?"

"더 재밌는 걸 보여주지!"

아무도 몰랐지만 12미덕에는 치명적인 약점이 있다. 그것은 바로, 그들이 힘을 위해 지성을 포기한 탓에 천사 지배 능력에 엄청나게 취약하다는 점이었다.

맹수와 같은 강력함을 얻었지만 자신들의 모든 의사 결정을 바라카엘에게 맡기고 있다. 그 때문에 지배력에 취약하다. 내 지배를 직접 겪고 있는 우리엘은 그것을 간파해 내게 알려줬다.

"크아아압!"

지금 기합성과 함께 날 공격하는 녀석들은 그야말로 손쉬운 먹이였다. 아마 보통 때라면 아무 별 문제 없을 거다. 천사 지배란 알려지지 않은 능력이고 사용자는 메타트론 밖에 없었으니까. 그런데 천사 지배에 적극적으로 스킬 포인트를 찍어댄 나란 존재 때문에 상황이 달라졌다.

현재 남아있는 지배력을 모두 쏟아 붓겠다. 바라카엘도 놀랄 만한 상황을 연출할 수 있겠지. 처음부터 이럴 작정으로 현현을 하지 않고 버틴 거다. 현현은 바라카엘과 직접 부딪친다는 최악의 상황을 위해 남겨놔야 했다.

"이제부터 최고의 볼거리를 선사해 주겠다! 바라카엘!"

더 망설일 것 없었다. 바로 12미덕을 상대로 지배력을 발휘했다.

그오오오!

묵직한 소음과 함께 내 손에서 마력의 타래가 거미줄처럼 뻗어나간다. 전신이 휘감긴 그들은 저항했지만 지성이 떨어지는 탓에 소용없었다. 그저 정해진 전투 패턴대로 움직이는 존재들이 메타트론의 지배력을 당해 낼 리가. 이내 그들 전체가 순식간에 내 손아귀의 꼭두각시로 떨어졌다.

"뭘 꾸물거리는 거냐! 어서 저 자를 쓰러뜨려!"

상황이 심상치 않자 바라카엘이 일갈했다. 그러나 12미덕의 무기는 내가 아니라 그에게로 향한다. 그 모습에 지켜보던 천사들이 놀라서 웅성거린다.

"아니! 대체 이게 어떻게 된 겁니까!"

"12미덕이 바라카엘에게 칼 끝을 겨누다니요!"

"유제아, 저 자가 무슨 마법을 부린 겁니까!"

깜짝 놀라서 천사들뿐만이 아니었다. 계속 자신만만하던 바라카엘까지 당황한 모습을 감추지 못했다.

"이 녀석들! 정신이 나갔느냐! 주인을 몰라보고 칼을 겨눠!"

그는 분에 차 외쳤지만, 쿵! 하는 묵직한 발소리와 함께 12미덕이 바라카엘에게 한걸음 다가선다. 나는 뒤쪽에서 이들의 지배를 유지하기 위해 힘을 썼다. 일시적이라지만 불과하지만 고위 천사를 한 번에 12위나 지배하고 있다. 집중하지 않으면 이 상태를 유지하기란 불가능하다.

"물러나라! 감히 본인에게!"

바라카엘이 다시 소리친다. 하지만 이번에도 대답은 묵직한 발소리뿐이었다.

쿵!

대리석 바닥을 찍는 사바톤Sabaton*이 대전을 묵직하게 울린다. 그 모습에 바라카엘은 분노로 얼굴이 붉게 물든 채 고성을 질러댔다.

"12미덕!"

쿵!

"이 새끼들이!"

쿵!

"본인은 너희 부모나 다름없는….."

쿵!

"지금 감히! 누구를!"

쿵!

삽시간에 조여진 포위망. 12미덕은 이제 권좌 앞에 서 있는 바라카엘을 반원형으로 포위하고 있었다. 대전의 다른 천사들은 웅성거리기만 할 뿐 감히 끼어들지 못한다. 상황이 이렇게 되자 바라카엘은 허탈한 웃음을 터뜨린다.

"하하하핫! 기가 막히군. 기가 막혀….."

그때 12미덕이 일제히 내 쪽을 바라본다. 의견을 묻는 것 같았다. 망설일 것 없었다.

"바라카엘을 쳐라!"

상상을 초월하는 그 명령에 어떤 천사 하나가 비명을 터뜨린다. 하지만 그들이 그 이상 반응하기도 전에 천사들의 공격이 바라카엘

---

* 발을 보호하는 갑옷 부위.

에게 쇄도한다.

"유제아 의장! 대체 무슨 짓을 한 건가!"

쏟아지는 공격을 막아내며 바라카엘이 내게 소리친다.

"그쪽에서 자격을 운운하기에 말이야. 뭔가 좀 비범한 걸 보여 달라는 말 아니었나?"

이제 상황이 역전됐다. 남을 개고생하게 했으니 그쪽도 대가를 치르셔야지? 세상에 상대를 이해하는 방법 가운데 역지사지만큼 좋은 것도 없다. 그리고 역지사지 하는 가장 좋은 방법은 직접 체험해 보는 거고. 요컨대 너도 똑같이 굴러보라 그거다.

"저 자를 죽여라!"

대천사를 상대로 한 말이라고는 할 수 없을 정도의 폭언이었다. 하지만 꺼릴 건 전혀 없었다. 까짓것 그냥 틀어지면 바라카엘도 죽여 버리면 그만 아닌가. 머리를 쓰기로 하고 여러 가지 반성했지만, 강한 힘을 얻은 반동인지 욱하는 게 잘 죽지 않는다. 제 버릇 개 못 주는 건지, 예전에 노량진에서 심상호를 날려버렸을 때 성격이 다시 나오고 있었다.

"크아아아아!"

내 명에 12미덕이 그야말로 야수와 같은 기세로 바라카엘에게 쇄도한다. 완벽한 합격이 바라카엘에게 쏟아지자 결국 그도 언제까지나 버티고 있을 수만은 없게 됐다.

"이런 건방진!"

바라카엘이 아무리 화를 내도 12미덕은 멈추지 않는다. 그게 참 흡족했다. 바라카엘에게서 더는 거들먹거리던 여유는 안 보인다.

좌르르륵! 촤륵!

천사들이 던진 사슬이 바라카엘의 몸에 휘감긴다. 그러자 검을 든 천사들이 쏟아지듯 쇄도한다.

슈육! 슉!

날카로운 파공음과 함께 여러 자루의 검이 바라카엘의 몸을 헤집었다. 검은 그의 몸 곳곳을 베고 찔렀다. 피가 튀며 바라카엘의 상체는 삽시간에 엉망이 됐다. 그 모습에 지켜보던 천사들이 저마다 경악성을 질렀다.

"말도 안 돼!"

"바라카엘님께서!"

비명을 지르는 그들과 다르게 난 미소를 감추지 못한 채 감탄사를 터뜨렸다.

"오!"

유효타를 먹인 건가?

하지만 그건 섣부른 기대였다. 역시 상대는 언젠가 대천사 중 최강의 자리에 올라서겠다고 다짐한 실력자다웠다.

"이런 하찮은 것들이!"

바라카엘의 외침과 함께 폭음이 터졌다.

콰가아아아아앙! 콰가강!

갑자기 그를 중심으로 시커먼 폭발이 일어나더니 달려들었던 12미덕이 모조리 나가떨어졌다. 그것뿐 아니었다. 폭발의 위력에 대전 일부가 터져나간다. 나는 확급히 태양신격의 방패로 앞으로 가려서 피해를 입지 않았지만, 근처에 있던 천사들은 상당수 휩쓸렸다.

"끄아아아!"

"아아악! 눈이!"

일대가 귀를 따갑게 울리는 비명으로 가득 찬다. 휘몰아친 위력 때문인지 마법의 등불들도 모조리 꺼져서 그저 달빛만이 실내의 광경을 비춰주고 있었다.

"잘도 이런 짓을 해줬군. 유제아 의장."

바라카엘은 이쪽으로 똑바로 걸어온다. 그리고 그의 벌어진 상처가 그가 한 발자국을 내딛을 때마다 빠르게 수복되고 있었다.

"아니, 결과적으로는 그쪽이 한 거지."

나는 주변을 둘러보며 휘파람을 불었다. 겉으로 태연을 가장했지만 속으론 그렇지 못했다. 드디어 현현을 할 타이밍이 온 것 같다. 설마 12미덕을 한 번에 날려버릴 줄이야. 생각 이상의 괴물이 아닌가.

이래서는 가브리엘과 싸우면 누가 이길지 알 수가 없겠다. 우리엘의 말에 의하면 바라카엘은 천사로서 성장의 한계에 도달하자 몬스터를 연구하기 시작했다고 한다. 그리고 몬스터에게서 저런 힘을 얻은 거겠지. 완전히 사도邪道가 아닌가. 바라카엘의 괴물 같은 힘에 질려버렸지만 이대로 포기할 순 없지.

"모두 일어나라! 다시 한 번 몰아친다!"

어차피 12미덕이 상하든 말든 내 알 바 아니었다. 12미덕은 다시 끈질기게 일어나서는 바라카알에게 달려든다. 그들은 오직 내게 충성할 뿐이었다.

"어리석은 놈들! 주인도 못 알아보고!"

분기탱천한 바라카엘이 일갈하며 시커먼 힘을 일으킨다.

콰가가가강!

놀랍게도 그건 검은 번개였다. 빛마저 잡아 삼킬 것 같은 검은 번개가 사방으로 몰아치며 12미덕을 집어삼킨다.

쿠가가가강! 콰아아앙!

일대에 검은 번개가 무수히 내리꽂히고 있었다. 12미덕은 방어를 전개했지만 속절없이 쓸려나갔다.

"이럴 수가…."

새삼 바라카엘의 힘에 전율이 일었다. 우리엘의 말로 그는 힘을 감추고 있다고 하더니 과연 그 말이 맞구나.

"끄으으…."

"으윽…."

반쯤 타서 뒹굴고 있는 12미덕의 천사들이 신음을 흘린다. 일부는 기절한 채 몸 일부가 타오르고 있었다. 바라카엘은 신경도 쓰지 않은 채 그들을 걷어차더니 내 앞에 섰다.

"아주 재밌는 짓을 해줬군. 유제아 의장."

잡아먹을 듯 노려보는 그의 모습에도 난 겁먹지 않았다.

"즐겁게 해달라 하지 않았나?"

"이놈…."

"자격을 보이라며? 이제 자격이 있는 건가? 아직 부족하면 이대로 한 판 더 해보고. 나도 아직 한 수가 남았으니."

뭘 말하는지는 자명하다.

바로 현현이다.

현현하면 그야말로 괴수대혈전의 대전투가 될 터. 일대가 남아나지 않을 거다. 바라카엘도 그 생각을 했는지 주변을 둘러보다가 혀를 찬다.

"쯧! 그대를 죽이긴 틀린 것 같군."

"고마워해야 하나?"

"고마워하는 건 본인이 고마워해야겠지. 앞으로의 방향을 고민하고 있었는데 유제아 의장 그대가 정해주지 않나."

저 말인 즉, 내 죽음을 빌미로 내분을 일으키는 건 포기했다는 거다. 대신 이제 정치적 타협으로 자신의 성공을 도모하겠지. 나는 그에게 구미가 당기는 제안을 해야 한다. 바라카엘은 손을 휘두른다. 그러자 투박한 탁자와 의자가 생겨난다.

"앉으라고."

그가 의자를 권하자 주변의 천사들이 술렁였다.

"바라카엘님이 인간과 협상을 하는 건가!"

"이런 일은 처음이야. 인간이 바라카엘님과 같은 자리에 앉다니."

천사들의 목소리를 들은 나는 기가 막힌 심경이 됐다. 대체 그간 인간을 어떻게 취급해 왔던 거야. 하긴 대전에 헌터들이 하나도 없는 것만 봐도 알겠다. 같은 자리에 있을 격이 안 된다는 거겠지. 그런데 이렇게 탁자를 앞두고 마주앉는다는 건 바라카엘의 입장에선 파격인 듯했다. 그래서 주변에서 만류하는 목소리가 터져나왔다.

"안 됩니다! 존귀하신 분께서 어찌 그런 천한 자와 동석하시나이까!"

"저도 반대합니다! 그는 바라카엘님과 동격이 아닙니다!"

천사 한 둘이 목소리를 높이기 시작하더니 곧 일대가 시끄러워졌다. 하지만 그러자 바라카엘이 바닥을 발로 찍는다.

쿵!

일대를 울리는 묵직한 소리에 천사들의 항의가 거짓말처럼 사라졌다.

"그럼 네놈들이 이 자를 막아보아라!"

바라카엘은 주위에 반쯤 타서 널브러진 12미덕을 가리키며 소리쳤다. 그러자 다들 꿀먹은 벙어리가 됐다.

"네놈들이 뭐라고 하던 본인은 유제아 의장을 인정했다. 본래 본인이 인간을 인정하지 않은 까닭은 무엇이냐? 그들이 우리보다 약하기 때문이다. 과거에는 꽤 걸물들이 있었지만, 요즈음에 본인의 마음에 찬 인간은 엽왕 정도 밖에 없었다. 본인이 천사는 특별히 위계가 높다는 귀족적 사고에 사로잡혀서 인간을 무시했다고 여기면 오산이다!"

음? 그런 거였어?

생각지도 못한 부분인데.

"하지만 힘이 있는 인간은 인정한다. 힘은 계급이며 권력이다! 즉, 힘이 있다는 건 권력을 쥘 수 있다는 것! 권력을 가질 수 있다면 그게 인간이고 천사고 무슨 상관인가! 네놈들은 천사의 날개를 가지고도 여기 유제아 의장에 비하면 한없이 권력에서 멀고 멀다! 이 버러지 같은 녀석들아!"

의외로 바라카엘을 오해했을지도 모르겠다. 그는 인간이라서 천대하는 게 아니라, 그저 약자를 천대할 뿐이다. 권력에서 먼 자는 취급하지 않는다. 하지만 권력에 가까운 자는 인정한다. 그러고 보니 대전에 들어오게 허락한 것도, 얘기를 나눈 것도 내가 메타트론의 화신이라 가능한 거라고 했다. 메타트론의 화신이란 것도 권력이다. 만약, 단순히 인간을 벌레처럼 싫어했으면 오늘 자리를 거부했겠지.

"이 자리에 격이 맞지 않는 건 너희 날벌레들이다! 꺼져라!"

바라카엘의 호통에 천사들은 혼쭐이 나서 물러났다. 우르르 대전을 빠져나가는 그들은 내 앞에서도 고개를 공손히 숙인 채 이동했다. 방금 전까지 고성을 질렀지만, 이제는 바라카엘이 인정한 내게 무례할 수 없기 때문이다. 그렇게 모두 사라지자 대전에는 바라카엘과 나만이 남았다.

"대체 12미덕을 지배한 그 힘은 뭔가?"

역시나 그것부터 물어보는군. 그런데 천사지배란 힘이 알려지면 곤란하다. 그렇다고 지배 자체를 부정할 수도 없다. 이미 보여줬으니까. 음, 이럴 때는 적당히 속여 주는 게 최선이다.

"나는 메타트론의 화신이지. 메타트론은 지배의 대천사다. 그거면 대답이 되지 않나?"

"천사 지배가 가능한 건가!"

놀라는 바라카엘. 그럴 수밖에. 이 부분은 알려지면 문제가 될 소지가 농후하다. 그래서 나는 태연하게 거짓말했다.

"설마 그럴 리가. 그런 게 가능했다면 메타트론님은 지금처럼 뒷방 늙은이 같은 신세가 아니라 가브리엘부터 지배했을 거다."

"하긴 그건 그렇지… 메타트론이 지배력을 쓴 정황은 없다. 그래도 아까 그건?"

"천사를 지배할 수는 없지만 그쪽 천사들은 특이 케이스가 아닌가. 이지가 없고 몬스터나 다름없기에 먹힌 거지. 애초에 내가 쓴 기술은 몬스터 지배였다고."

메타트론이 몬스터 지배를 잘 쓰는 건 잘 알려진 얘기다. 그러니 이런 식으로 둘러대면 납득할 수밖에 없다.

"그런 거였나. 의외로 12미덕에게 생각 못한 약점이 있었군. 역시 서열 1위라 그건가……."

바라카엘은 내 말은 믿는 듯 짜증난다는 표정이었다. 그는 잠시 생각하다가 고개를 흔들더니 본론으로 들어간다.

"그래서 타협을 원하는 정치적 현안이 무언인가?"

드디어 여기 온 목적을 달성할 수 있게 됐다. 참 피곤한 작자가 아닌가. 주변에 반쯤 탄 천사들을 널브러뜨리지 않으면 의욕이 안 생기는 타입이라니.

"메타트론 클랜의 뜻은 간단하다. 백당의 총수 자리에 가브리엘이 아니라 그쪽이 차지하길 원해."

"뭐라?"

바라카엘은 턱을 쓰다듬으며 흥미를 보인다.

"지금 터무니없는 말을 입에 담은 걸 알고 있나?"

"애초에 시시한 용건이라면 이런 짓도 안 했겠지."

내가 주변을 가리키고 말하자 바라카엘이 콧방귀를 낀다.

"솔직히 그대가 걸물이란 점 하나는 인정하지. 사실 메타트론이 웬 인간을 화신으로 삼았다기에 속으로 비웃음을 터뜨렸었다. 외로움에 지쳐 애완견이라도 하나 들였나 싶어서 말이다. 하지만 본인의 판단이 틀렸음을 인정하겠다."

나를 인정하는 발언을 한 바라카엘은 흉악한 미소를 짓는다. 입술이 없이 길게 찢어진 입이 만드는 미소는 말 그대로 살인미소였다. 밤에 보면 심장마비에 걸릴 것 같다.

"어디서 괴물 같이 흉악한 자를 그녀가 데리고 왔군. 확실히 그대는 서열 1위 대천사의 화신을 자처할 기량이 있다. 현현 없이도 12미덕을 제압한데 이어 본인에게 그런 대담한 제안을 직접 하다니. 크크큭. 이 바라카엘, 솔직히 감탄했다."

대천사 바라카엘 같이 까다로운 존재에게 저런 말을 듣는 건 나쁜 기분이 아니었다. 그런데 거기까지만 말했으면 좋았을 텐데. 바라카엘은 내 몸을 정말 훑듯 쳐다본다.

"정말 좋은 몸을 가지고 있군. 안은 어떤 모습일지 궁금증을 참기 어렵다."

참을 수 없는 변태 같은 시선이 꽂힌다.

"하아⋯⋯."

노골적으로 한숨을 내쉬는 동안에도 바라카엘은 선명한 근육의 색이나 섬세한 혈관의 가로지름 따위를 얘기하고 있었다. 이래서 한 분야의 덕후는 상대하기 어렵다. 게다가 고문 같이 정신 나간 분야의 덕후는 더더욱 문제였다.

"바라카엘."

"음?"

망상이 방해받아 그는 살짝 짜증스러운 몸짓을 한다.

"이건 단순히 내 개인의 의견이 아니다. 메타트론님의 의지이며 더불어 흑당 전체의 뜻이다."

"무모하군. 정치적으로 엄청난 파급을 일으킬 얘기를 그리 성급하게 내뱉다니. 생각해 보게, 유제아 의장. 만약 내가 이 일을 가브리엘에게 말하면 어떻게 되겠나? 그대와 그대의 주인이 그토록 원하는 몬스터와의 전쟁은 시작부터 삐걱거리겠지. 유제아 의장, 그대는 지금 백당의 수장을 끌어내리자고 한 걸세. 백당의 충실한 지지자인 내 앞에서."

"물론 그런 문제도 있겠지. 하지만 이미 백당과의 갈등은 심각하다. 대북방전쟁이 결의되었건만 가브리엘은 뒤에서 반전 시위를 주도하고 있지. 빌어먹을 새끼!"

다시 생각나도 좀 짜증났다. 바라카엘은 킥킥 웃으며 가브리엘은 원래 그런 천사라고 했다.

"그 하얀 늙은이는 겉으론 고상한 척을 다하면서 뒤로는 온갖 수작질에 매진하지."

"그래. 결국 우리 흑당은 그쪽이랑 손 잡지 않고는 전쟁을 수행할 수 없다고 결론 내렸다. 그리고…."

"그리고?"

대답대신 좀 뜸을 들이며 마법 주머니에서 위스키와 잔 두 개를 꺼냈다.

쪼르륵.

잔을 채운 뒤 건네고도 나도 한 모금 들이켰다.

화아아.

목이 뜨겁게 타오른다. 바라카엘도 술잔을 들이켰는데 입술이 없어서 그런지 태반을 턱으로 흘려버린다. 하지만 그는 별로 신경 쓰지 않는 듯했다.

"그쪽이 백당의 성실한 지지자라는 사실은 의심하지 않아. 하지만 이것 또한 의심치 않지. 대천사 바라카엘은 백당 이전에, 자기 자신의 가장 성실한 지지자란 점을 말이야."

"크크큭! 재밌는 말을 하는군."

나는 바라카엘에게 언젠가 어떤 대천사가 했던 말을 들려주었다.

"좀 더러우면 어떤가? 천사니, 몬스터니 하는 구분은 무의미하다."

"호?"

"수없이 반복된 이 싸움에서 진영논리는 가치가 없단 그 말이다. 더 싸워야 할 이유도 모르겠는 상황이다. 그렇다면 결국 자기만의 길을 찾아야 하지 않겠나. 그러기 위해 설령 진흙탕을 밟더라도 상관없다."

바라카엘은 내가 누군가에게 들었던 말을 읊는 걸 알고는 질문해 온다.

"그렇다면 그 길이 무엇인가?"

"간단하다. 그저 나 자신이다. 나 자신만을 위한 길이다. 이제 사명에 휘둘리는 삶은 거절하고 싶다."

그렇게 내 대답이 끝나자마자 바라카엘은 대전이 쩌렁쩌렁 울리는 웃음을 터뜨리며 자기 무릎을 쳐댄다. 그는 그렇게 한참이나 즐거워했다.

"대체! 크하하핫! 대체 누군가! 그런 주옥같은 소리를 지껄인 천사가?"

"우리엘이다. 지금은 몬스터 진영으로 사라져 행방을 알 수 없지만."

"아아! 우리엘인가…. 확실히 그라면 그리 말했겠군."

우리엘은 내게 바라카엘에 관한 여러 가지를 알려줬다.

—바라카엘은 교활하고 음흉한 천사. 그의 모든 더러운 술책은 지난날 몬스터들과의 싸움에서 배운 것이지. 그는 오직 자기 자신과 권력만을 사랑한다.

—아마 그는 백당 최고 실력자가 되는 게 목표일 거야. 아니, 궁극적으로는 대천사 중 최고가 되는 거겠지. 애초에 백당에 들어간 것도 흑당 쪽은 서열 1위, 2위가 너무 강력해 자신의 세력을 일구기 어려워 피한 것뿐이라고 생각한다.

—그는 네게 당한 라미엘 같은 녀석보다 열 배는 위험하다. 하지만 약점을 알면 상대하지 못할 것도 없지. 바라카엘의 약점은 게걸스러운 욕심이다.

내가 바라카엘을 조종하려면 그의 욕심을 자극해야 한다.

"사실 여기 오기 며칠 전에 가브리엘을 만나고 왔다. 어떻게든 타협점을 찾으려고 했거든."

"여기까지 온 걸 보니 결과가 마음에 안 들었나 보군?"

나는 씁쓸한 기분으로 고개를 끄덕였다.

가브리엘은 완고했다. 기본적으로 강북 일대에서 회전 불가론을 주장하고 있었다. 강북으로 넘어간 뒤 요새를 쌓고 거점을 확보하는 방식을 원했다. 그리고 그의 진정한 목표는 강북이 아니라 강남 평정이었다.

강남은 약해지긴 했지만 아직도 대부분 장소에서 몬스터가 자유롭게 활보하고 있다. 아무래도 정리해 두고 싶겠지. 하지만 내 생각에 강남은 강북만 쳐부수면 자연스럽게 흡수할 수 있는 지역일 뿐이었다.

"가브리엘이 백당의 총수로 남아 있는 한 이런 대립은 끝없는 평행선을 그릴 거야. 하지만 대천사 바라카엘이라면 다르겠지."

"재미있군. 재미있어. 과연 걸물이긴 걸물이로다. 본인의 흥미를 이리 돋우다니. 그래, 그래서 원하는 게 뭔가?"

"간단하다. 딱 두 번의 전투야."

"두 번의 전투에 참가하라고?"

얼핏 들으면 간단해 보이지만, 간단하지 않은 조건이었다.

"그렇다. 그 두 번의 싸움은 몬스터와 건곤일척의 승부가 될 거야. 그 후에도 전투에 참가하실지 여부는 그쪽 판단대로 하면 되고."

이득이 되면 끼라는 소리였다. 바라카엘도 즉각 이해했다.

"놀랍군. 단 두 번의 싸움으로 그런 상황을 만들겠다는 건가?"

"그렇다."

"그렇다면, 유제아 의장의 계획대로 된다면, 그 두 번의 전투 후 아군은 어디에 있게 되나."

"광화문이다."

광화문은 경복궁의 입구.

경복궁은 대군주급 카르페의 거처다.

두 번의 싸움 이후 적의 심장부로 향하겠다는 얘기였다. 내 포부에 바라카엘조차 혀를 내둘렀다.

"…과감하군. 정말 과감해. 정말 그게 가능하다고 보나?"

"아군이 제대로 연합할 수만 있다면 역대 최대 규모가 될 거야. 강북 쪽 몬스터 군주들은 병력을 있는 대로 쥐어짜야겠지. 양 진영의 운명을 건 대결전이 펼쳐질 거다. 거기서 모든 걸 끝낸다."

"터무니없는 없을 정도로 야심만만한 사내로군. 가브리엘이 죽자고 반대하는 것도 이해가 돼. 이 싸움에서 지면 제2의 몬스터 사태가 일어날 테니까. 유제아 의장. 그대는 참 특이한 인간이군. 메타트론의 화신으로 깜짝 데뷔한 이래 계속 기적 같은 일만 노리고 있지 않나. 그렇게 매번 너무 높이 뛰어오려고 하지 말게. 실패했을 때는 그만큼 더 추락할 뿐이니."

"하지만 몸을 사리면 높은 곳에 매달린 열매를 딸 수 없는 법 아닌가? 그쪽도 이번이 기회일 텐데. 가브리엘은 굳건한 리더다. 앞으로 이런 기회가 쉽사리 오진 않겠지."

내 지적에 그도 동감하는 듯 침음을 흘렸다. 게다가 그가 백당을 장악하려면 대천사회의에서 의결이 필요하다. 흑당의 힘을 빌리지 않고 그 혼자서 백당을 장악하기란 불가능하다.

"……."

바라카엘은 입을 다문 채 장고에 들어갔다. 나는 그의 결정을 재촉했다.

"망설이는 자는 흑당과 일할 자격이 없다."

"흥! 쪼잔한 성격이로다."

"당한 건 돌려주자는 심산이라서. 하하하."

가볍게 웃자 바라카엘이 질렸다는 태도가 된다.

"정말 놀랍다. 인간이 그런 썩은 미소를 지을 수 있다니. 본인이야 몬스터의 힘을 받아들여 이 모습이 됐다지만 그대는 천연의 인간이 아닌가? 그런데 그런 군주급 몬스터의 얼굴에나 서릴 듯한 미소라니, 혹시 남 몰래 몬스터의 능력을 흡수했나?"

울컥.

심한 오해를 하고 있다.

내 미소가 그렇게 썩어 있는 건가.

"별 시답잖은 농담을…."

나는 그와 이런 농을 하고 있었지만 결과가 이미 나왔음을 알았다. 바라카엘에게 있어서 욕심이란, 결코 떨쳐낼 수 없을 정도로 끈적끈적하게 그의 심장에 달라붙어 있는 것이었으니까.

아니나 다를까 그가 결정했다.

"본인은 유제아 의장의 제안을 받아들이겠다."

"좋다. 이제 가브리엘을 끌어내릴 일만 남았군."

권력을 가진 자는 언젠가 반드시 실각한다. 그건 마치 죽음처럼 피할 수 없는 성질이다. 권력자의 그늘 아래는 늘 우리 같은 협잡꾼들이 도사리고 있기 때문이니까.

나도 언젠가는 실각하겠지. 하지만 내가 가브리엘과 다른 점이 있다면, 나는 그 전에 이 모든 전쟁을 끝낼 작정이다.

2. 그녀 나름의 상냥함

스이엘은 미카엘라와 함께 메타트론을 만나기로 약속했다. 하여 미카엘라의 성소를 찾았다가 못 볼 꼴을 봤다.

"흥~ 흥~. 왜 유제아는 메이드 클럽 티켓을 안 쓰는 걸까? 소녀가 이렇게 예쁘게 준비 중인데."

미카엘라가 언제 준비했는지 혼자 메이드복을 꺼내입고 거울 앞에서 맘껏 뽐내고 있었던 것이다.

"으윽…."

미카엘라를 부르려 했던 스이엘은 말문이 막혔다. 그리고 빠르게 표정이 썩어들어갔다.

'사랑하더니 푼수가 되셨어….'

그래도 같이 가기로 했으니 말을 걸려고 했는데 이어진 미카엘라의 행동에 뻣뻣하게 몸이 굳어버리고 말았다.

"주인님~★."

혼자 거울을 보며 애교 연습에 매진하고 있는 미카엘라. 스이엘은 속이 울렁울렁거리기 시작했다. 결국 뭐라 할 말이 없어진 그녀는 쓸쓸하게 돌아설 수밖에 없었다.

미카엘라는 두려운 게 없는 여자다.

그녀의 힘과 위용은 태양처럼 찬란하게 빛난다.

누가 감히 그녀를 곤란하게 만들겠는가?

하지만 세상일이 모두 그렇듯, 예외가 있는 법이다.

"언니이이─! 언니! 어디 계셔요!"

맑게 사방을 울리는 미성.

하지만 미카엘라는 그 목소리에 식은땀을 흘리며 몸을 웅크렸다. 세상에, 이 위대한 천사가 궁색한 포즈로 무언가를 피하려고 하다니, 몬스터들이 보면 입이 떡 벌어질 노릇이었다.

"언니! 세라피엘이 여기 있다옵니다! 아이~ 참! 언니도 짓궂으시어요!"

"히익…."

도저히 그녀가 낸 것 같지 않은 소리가 흘러나왔다. 그녀는 애써 자신의 입을 손바닥으로는 막으며 식은땀을 흘린다.

"저 주시려고 쿠키를 굽고 있다는 걸 다 들었사와요!"

바로 근처에서 목소리가 들리자 수풀에 몸을 숨긴 미카엘라는 더욱 움츠러들었다.

"정말 아니 계신가요? 언니! 언니! 언니……!"

점점 아련하게 멀어지는 목소리. 미카엘라는 안도의 한숨을 내쉬며 이마의 땀을 닦았다. 지금 그녀를 애타게 찾던 이는 대천사 서열 12위 세라피엘. 치유와 생명, 사랑의 대천사로 일반인에게 무척 인기가 높은 천사 중 하나다.

사근사근한 태도에 귀여운 외모로, 대중에게 아이돌적인 존재로 군림하고 있었다. 심지어 얼마 전에는 싱글 앨범을 내고 정식으로 가수가 됐다. 대천사의 가수 데뷔가 전세계적으로 얼마나 화제가 됐는지 말할 필요도 없다.

사실 여기까지라면 미카엘라도 세라피엘을 좋아했을 거다. 애초에 미카엘라에게 자신에게 격의 없이 대하는 존재가 없어서 외로움을 타고 있지 않나. 하지만 세라피엘에겐 미카엘라가 도저히 받아들이기 어려운 점이 있었다.

바로 성적인 기호가 독특하다는 점.

아직 확증은 없지만 미카엘라의 감으론 세라피엘은 같은 여성을 좋아하는 게 확실했다. 미카엘라는 자신을 끈적한 시선으로 보는 세라피엘을 떠올리며 몸을 부르르 떨었다.

'그 점만 아니면 정말 좋은 아이인데.'

세라피엘은 미카엘라 앞에선 자기 주관이 없어질 정도로 무조건 그녀의 편을 들어줬다. 평화를 사랑하는 세라피엘이 공격파인 흑당에 가입한 것도 오로지 미카엘라 때문. 세라피엘이 말하길, 전장의 혼란 속에서라도 미카엘라 옆에 있으면 행복할 거라고 열렬히 고백해 왔다. 그러나 미카엘라는 지극히 흔한 성적 기호의 소유자였다. 게다가 최근엔 어떤 남자에게 홀딱 반해버리기까지 했다.

혹시라도 이상한 소문이 돌아 오해를 사지 않을까 전전긍긍하고 있었다. 오늘도 어찌 알았는지 쿠키를 굽고 있을 때 세라피엘이 쳐들어왔다. 허둥지둥 신성지를 나와 근처의 공원까지 도망쳤는데 여기까지 따라올 줄이야.

'미안하지만 이 쿠키는 주인이 있단다.'

미카엘라는 마음속으로 자신의 작고 귀여운 친구를 떠올리며 웃음 지었다. 그녀는 몸을 일으켜 메타트론의 신성지로 향했다. 메타트론은 과자를 좋아하기 때문에 분명히 기뻐해 주겠지, 미카엘라는 살짝 두근거림을 느꼈다.

미카엘라는 여러 가지로 메타트론을 신경 쓰고 있었다. 한 번 틀어져 소원해졌던 사이다. 다시는 그런 일이 없어야 한다고 생각해 나름대로 열심히 노력 중이었다. 게다가, 메타트론의 신성지로 간다는 건 그 남자를 볼 수 있는 핑계도 된다.

"흥~ 흥~."

미카엘라는 가볍게 콧노래를 부르며 메타트론의 신성지로 향했다. 그런데 새로 만들어진(어째서인지 부지 한 가운데 흉물스러운 폐성이 있었지만), 메타트론의 성소에서 생각지도 못한 광경을 보게 된다.

"아앙. 자 내가 먹어줄게."

"호호호. 고맙구나. 매우 맛이 있는 것이다."

메타트론이 누군가에게 아기 새처럼 작은 떡을 받아먹고 있던 것이다. 맛이 좋은 듯 연신 싱글벙글한 표정이다. 그런데 문제는 메타트론에게 계속 떡을 먹여주고 있는 존재였다.

기계로 된 팔다리.

강철 날개.

검은 장발에 창백한 피부.

그 이질적인 모습에 처음에 누군가 했지만, 곧 미카엘라는 상대방을 알아볼 수 있었다.

"쿠, 쿠니엘?!"

상대 역시 미카엘라를 알아봤다.

"태양이… 오랜만…."

수년 만의 만남에도 불구하고 고저 없는 쿠니엘의 감정표현은 여전했다. 미카엘라는 죽은 줄 알았던 쿠니엘의 등장에 허둥댔다.

"그, 그렇게 부르는 건 곤란해. 미카엘라라는 이름이 있잖니."

"깐깐한 건 여전… 그러면 시집 못가…."

"뭐, 뭐야!"

미카엘라는 예전부터 쿠니엘과의 관계가 애매했다. 둘이서 메타트론과의 우정을 두고 다투던 사이기 때문이었다. 한동안 잊고 지냈는데 갑자기 나타날 줄이야. 반가움보다 당혹감이 더 컸다.

"태양이는… 내가 안 반가운 듯…? 매정한 천사… 아니면 빼앗길까 불안…?"

"그, 그게 아니잖니! 그것보다 빼앗긴다는 소리가 무엇이냐!"

예전부터 앙숙에 가까웠던 그들이다. 옆엔 스이엘도 있었는데 미카엘라가 어찌된 거냐고 눈으로 묻자 자기도 모르겠다는 어깨를 으쓱인다.

"아니, 대체… 죽었다고 들었는데."

"긴… 이야기… 얼마 전에 돌아왔어…."

미카엘라는 어디서부터 얘기해야 할지 모르겠단 표정이었다. 그런데 그때 메타트론이 끼어들었다.

"그게 무엇이냐? 슴뚱? 킁킁! 좋은 냄새가 난다."

메타트론은 미카엘라가 가지고 온 상자에 관심을 보인다. 그러자 미카엘라는 여기 온 목적을 상기했다. 그리고 쿠니엘이 보란 듯 활짝 웃으며 메타트론의 옆에 앉는다.

"직접 구운 쿠키란다. 메타트론 네가 좋아할 거 같아서 만들어 봤단다. 먹어보지 않겠니?"

정성스러운 포장을 풀자 안에는 예쁜 쿠키가 가득 들어있었다.

"와아아ー!"

아이처럼 탄성을 터뜨린 메타트론은 한 손에 쥔 떡을 놓지 않은 채 쿠키까지 집어먹기 시작했다. 그러자 졸지에 관심을 빼앗긴 쿠니엘이 불편한 표정이 됐다.

"이런 싸구려 양과자… 몸에 좋지 않아…. 떡 먹어…."

"뭐? 지금 이 몸이 정성스럽게 만든 쿠키를 싸구려 양과자라고 했니?"

"틀린 말 아닌 것…. 지방질이 태양이의 디룩디룩 살찐 가슴처럼 잔뜩 들었어…. 그만 먹어. 계속 먹으면 가슴만 크고 멍청한 여자가 돼버려……."

"이 공장에서 나온 것 같은 기계팔 천사가 지금 무슨 소리를! 한 번만 더 그런 소리를 하면 전원을 뽑아버릴 테니 그리 알렴!"

"무서운 말… 하지만 내 몸에는 태양광 전지도 있어…. 게다가 눈앞에 태양이도 있으니 자체발전… 걱정 없는…."

쿠니엘은 정말 조근조근 사람을 열 받게 하는 성격이었다.

"정말 말 다했니!"

결국 미카엘라가 참지 못하고 자리에서 벌떡 일어나자 쿠니엘은 약간 놀란 표정을 지었다. 그러면서 옆에서 식탐에 빠진 메타트론

콕콕 찔렀다.

"뭐냐? 본녀는 지금 손과 입이 부족할 정도로 바쁘다. 우걱우걱."

"안 본 사이… 태양이 감정표현 풍부해 졌어… 원래 포커페이스가 자랑이던 아이였는데… 무슨 일? 지금… 내 머리에 니스라도 칠해줄… 기세야…."

그 말에 메타트론이 무심하게 대답한다.

"아, 그건 본녀도 잘 모르겠는데, 스이엘의 말에 의하면 사랑에 빠진 못난 여자가 돼서 그렇다고 하더구나."

쿠니엘은 미카엘라를 보고 입을 벌린다.

"헤에… 사랑에 빠진… 못난… 여자…. 쿠쿠쿡."

나직한 웃음을 흘리는 쿠니엘의 태도에 미카엘라는 부끄러움으로 몸이 굳어버렸다. 하얀 얼굴을 잔뜩 붉힌 채 반박할 말을 찾지 못하고 서서 몸을 부들부들 떨어댈 뿐이었다. 그러자 쿠니엘이 더욱 조잘거렸다.

"어느 틈에… 태양이는 소녀가 된 거야…? 뇌도 핑크색으로… 변해버린 것 같아……."

"너! 너어!"

둘의 그런 다툼에 옆에 있던 스이엘은 남몰래 한숨을 내쉬었다.

'몬스터 쪽에서 서열 2위와 과거 4위의 대천사가 이런다는 걸 알면 쓰러질 거야.'

미카엘라와 쿠니엘은 메타트론에게 서로 자신이 가져온 게 더 맛있다며 말다툼을 시작했다. 그리고 과자와 떡을 경쟁적으로 내민다. 스이엘은 그 꼴에 두통을 느끼다가 생각지도 못한 걸 발견했다.

"오오! 그렇구나. 이 유자 쿠키가 각별하다."

"오오! 아니, 그것보다 이 백설기가 낫지 않느냐!"

메타트론이 양쪽에서 먹을 것을 받아먹으며 미카엘라와 쿠니엘의 경쟁을 부추기고 있는 듯한 모습을 말이다.

"우아! 본녀가 실언했다. 역시 초코쿠키가 최고지!"

"아니다! 아니다! 우헤헤. 역시 송편만한 게 없다!"

틀림없었다. 메타트론은 양쪽을 일부러 경쟁시키며 쿠키와 떡을 마음껏 즐기고 있었다. 게다가 경쟁에서 밀린 미카엘라가 숨겨놨던 쿠키 상자를 하나 더 꺼내놨을 때 메타트론이 남몰래 씨익 웃는 걸 스이엘은 놓치지 않았다.

'미, 미카엘라님! 저 여자! 생각보다 속이 시커먼 여자였어요!'

미카엘라가 따로 빼놓은 쿠키상자는 스이엘의 짐작으로는 분명히 유제아에게 선물하려 한 게 틀림없었다. 그런데 메타트론에게 말려들어 꺼내놓고 말았다. 미카엘라뿐만이 아니었다. 쿠니엘도 원래 내놓을 예정이 없던 것 같은 떡을 더 꺼내놓았다. 그러자 메타트론이 슬며시 썩은 미소를 짓는다.

씨익.

스이엘은 깜짝 놀라 새된 소리가 새어나가려는 입을 막았다.

'저 바보가 저리 영악한 짓을! 알고 보니 영악한 바보였어요!'

우연히 스이엘만 메타트론의 정체를 간파했는데, 그녀는 음흉한 성격은 아니었지만 쿠키나 떡 같은 자신의 기호품이 걸린 경우라면, 한정적으로 속이 검은 여자가 되는 것이었다.

스이엘은 뭐라 말이라도 해주려고 입을 열었는데 메타트론과 시선이 딱 마주쳤다.

"힉!"

서늘하고 무시무시한, 서열 1위다운 위압감 가득한 눈동자에 스이엘은 자기도 모르게 주눅이 들어버렸다. 결코 자신의 과자 계획에 방해가 되는 자는 용서하지 않겠다는 의지가 느껴지는 눈빛이었다.

아직도 미카엘라와 쿠니엘이 아웅다웅 다투는 그때 메타트론은 스이엘에게 조용히 경고를 보냈다.

손가락 두 개로 자신의 눈을 가리킨 그녀는, 이후 손가락 하나로 스이엘을 가리켰다.

지켜보겠다는 뜻이었다.

"히입!"

놀란 스이엘은 눈물을 찔끔하며 정신없이 고개를 끄덕였다. 그러자 메타트론은 만족한 듯 작게 주억거리더니 해맑은 표정으로 되돌아간다.

"오오! 이 살구 쿠키는 참 맛있구나. 그렇지만 조금 더 먹어봐야 결정할 수 있겠는 걸?"

"우와! 이 무지개떡도 일품이다. 그렇지만 양이 좀 적은 것 같구나."

메타트론은 요리조리 잘 둘러대며 최대한 쿠키와 떡을 뜯어냈다. 그리고는 배가 빵빵해져서는 *끄윽!* 하는 소리를 내며 소파에 널브러졌다.

"아, 좋다. 맛있었어. 역시 떡과 과자. 이것이야 말로 우정이 만들어지는 방식 아니겠느냐?"

승자의 여유가 넘치는 목소리였다. 마치 포식하고 초원에 늘어져

버린 사자와 같았다. 이런 메타트론의 태도에 미카엘라와 쿠니엘은 더 아웅다웅할 생각도 없어졌다.

"그걸 다 먹은 거니?"

유제아에게 줄 것까지 넉넉히 가져왔는데 몽땅 사라진 쿠키를 보니 미카엘라는 기막힌 심경이 됐다.

"우정에는 성의를. 그게 본녀의 철학이니라."

그리 말하며 거들먹거리는 메타트론. 요즘 여기저기서 예쁘다, 예쁘다 한 탓에 한껏 기고만장해져 있었다.

"애 좀 보게."

그게 약간 밉상이라 미카엘라가 한 마디 해주려던 그때, 문이 열리더니 한 남자가 들어왔다. 미카엘라는 곧 그에게 시선을 빼앗기고는 첫사랑에 빠진 소녀처럼 볼을 붉혔다.

"다들 여기있었네?"

"오, 어서 오거라. 유제아."

방에 들어오자마자 유제아는 중요한 작전 회의를 하겠다고 했다. 평소라면 잡담부터 시작할 텐데 오늘은 바로 일 얘기였다. 역시 조만간 강북 공략이 시작될 터라 논의할 게 많은 것 같았다.

"모두 회의실로 가자고."

그리 말하면서 앞장서는 유제아.

당연하다는 듯 쿠니엘도 뒤따랐는데 유제아가 그녀는 거부했다.

"쿠니엘은 여기서 쉬고 있어. 미안하지만."

"나도 흑당에 들어가기로 했어…. 따돌리는 거 좋지 않아…."

야박하다는 듯 항의하는 쿠니엘에게 유제아는 확실히 선을 긋는다.

"네가 예전부터 메타트론의 친구였다는 건 알겠어. 하지만 아직 신뢰할 수는 없어. 강북에서 공을 세우면 다시 생각해 볼게. 지금 내가 완전히 믿을 수 있는 건 여기 셋 밖에 없으니까."

유제아는 자신의 곁에 선 메타트론, 미카엘라, 스이엘을 가리켰다. 그에겐 많은 조력자가 있지만 모든 걸 논의하는 건 이 셋뿐이었다.

"여기서 떡이라도 먹고 있으렴. 남은 게 있다면 말이야."

그제야 미카엘라가 기세등등해진다. 그리고는 과연 유제아라고 햇살처럼 웃는다. 사정을 모르는 유제아는 어리둥절해 할 뿐이지만.

"좋아…"

쿠니엘은 섭섭했지만 아직은 어쩔 수 없다는 생각이 들었다. 게다가 흑당의 총수는 메타트론이지만 실세는 유제아란 사실은 진작 파악했다. 유제아가 거부하면 메타트론도 자신을 감싸지 않는다.

아니나 다를까….

"떡이라면 여기 한 개 남았다. 사실 회의 중에 까먹으려고 한 건데 쿠니엘에겐 특별히 주마."

분위기를 못 읽는 여자 메타트론은 손에 쥐고 있던 떡을 건네주더니 돌아섰다. 그러자 다른 이들도 회의실로 향했다. 홀로 남겨진 쿠니엘은 멍한 표정으로 소파에 주저앉았다.

우물우물.

쿠니엘은 떡을 씹으면서 이번 전쟁에서 대활약하겠다고 다짐했다.

그녀는 조커이며, 히든 카드다.

아직 누구도 쿠니엘의 귀환을 모르고 있었다.

유제아가 그녀를 철저히 감추고 있었기 때문이었다.

"좋아… 주인공은 결정적인 순간에… 나서는 법이니까…."

늘 멍한 쿠니엘이지만 지금만큼은 주먹을 꽉 쥐어보였다.

회의실 안에 들어오자 장난스러운 분위기는 사라졌다. 이번 전쟁이 모두에게 얼마나 중요한지는 말할 필요도 없었다.

"강북에서의 싸움은 대북방전쟁의 시작과도 같아. 우리는 평양까지 진공해야 해. 그러니 강북에서 지지부진하게 시간을 끌 수 없어. 전에도 말했지만 내 목표는 3년 안에 왕을 죽이는 거야. 그런데 이제 2년 반밖에 안 남았다고."

"굼뜬 대천사들을 움직이게 하는데 반년 가까이 걸렸구나."

메타트론이 혀를 찼다.

"하지만 움직이게 했다고 끝이 아니잖니."

미카엘라의 지적에 나는 고개를 끄덕였다.

"솔직히 말하자면 적보다 백당이 더 문제일 것 같아. 내가 세운 계획도 강북의 몬스터가 아니라 백당을 우선으로 짰어."

내 말에 스이엘이 기가 막힌다는 표정이 됐다.

"세상에, 이중고라고. 적뿐 아니라 아군까지 상대해야 한다니."

하지만 어쩔 수 없다. 백당 없이는 강북 평정도 불가능하니까. 어떻게든 싫다는 그들을 끌고 올라가야 한다.

"어쨌든 모두회의에서 결정이 났으니 백당도 강북으로 진군할 수밖에 없어. 우리는 그 상황을 최대한 이용해야 하고. 아마 놈들은 강북에 올라간 뒤 방어선을 구축하고는 미적미적 거리겠지."

"그래서 대책이 무엇이냐? 유제아."

"이번 전쟁에 소극적인 백당을 움직이기 위해서는 군사적인 방법과 정치적인 방법 두 가지가 필요해. 일단 군사적인 방법은 어떻게든 적을 끌어들여서 백당에게도 회전을 강요하는 방법이야. 그리고 정치적 방법은 바라카엘을 지지해 가브리엘을 실각시킨다."

내 말에 모두 눈이 동그래진다.

"뭐라!"

"별로 놀랄 것도 없어. 어떤 단체를 굴복시키고 싶으면 내분을 일으키는 건 당연한 수순이니까."

어깨를 으쓱이는 날 보며 메타트론이 혀를 내두른다.

"유제아, 무서운 녀석."

아무래도 모든 시각이 전투에 맞춰진 메타트론에겐 내 방법이 신선했던 걸까.

"유제아, 좋은 의견이긴 한데 바라카엘이 이쪽과 손을 잡으려고 할까?"

의문을 표시하는 스이엘.

하지만 나는 이미 대답을 갖고 있었다.

"걱정할 거 없어. 사실 며칠 전에 바라카엘을 만나고 왔거든."

"뭐어?"

다시 한 번 그녀들이 나를 보며 놀란다.

꼬맹이 스이엘은 살짝 입을 벌리며 미카엘라에게 매달린다.

"미카엘라님. 대체 이 남자 얼마나 음흉한 걸까요! 우리에게 말도 없이 마구 저지르고 있어요!"

"그, 그렇구나. 하지만 그만큼 능력 있단 얘기 아니겠니?"

"세상에, 어쩜…. 미카엘라님. 매사 그렇게 유제아 편만 드는 버릇은 버리시는 게 좋아요. 너무 매달리는 여자는 인기가 없다고 그랬어요."

"아, 아니! 딱히 그런 건 아니잖니!"

미카엘라는 얼굴이 다시 붉어져서 발끈한다. 그녀는 우유색 피부를 가지고 있어서 좀 불리한 게 있었으니 조금만 홍조가 생겨도 확 티가 난다는 점이었다.

"바라카엘과 합의가 잘 됐어. 우리와 힘을 합쳐서 가브리엘을 실각시키기로 말이야. 그러기 위해서는 두 가지 조건이 필요해. 첫째로 가브리엘에게 불리한 여론을 형성해야 해."

그를 위해선 우리가 먼저 군을 이끌고 강북에서 전공을 세우는 게 중요하다고 설명했다.

"그렇게만 하면 자연히 흑당은 몬스터를 쳐부수고 있는데 백당은 대의를 저버리고 게으름을 부린다는 얘기가 나오겠지."

가브리엘은 어떻게든 전투를 피하려고 할 테니 그때쯤 여론의 압박을 받게 될 거다.

"그 다음 둘째는, 바라카엘이 새로운 서열 3위가 되게 해야 해."

한 당의 총수는 가장 서열 높은 대천사가 맞는다. 흑당은 서열 1위 메타트론이 총수이고 백당은 서열 3위 가브리엘이 총수 자리를 맡고 있다. 그래서 서열 5위인 바라카엘은 자력으로 백당의 총수가 될 수 없다.

"우리는 가브리엘을 향한 여론이 나빠진 때 대천사회의를 열어서 서열을 재조정해야 해."

대천사의 서열은 대천사회의에서 투표로 정하게 된다. 서열을 조정하기 위해선 대천사회의 정원의 3/4인 9표 이상이 필요하다. 이 9표는 절대적인 기준이라 지금같이 대천사가 총원 열둘을 못 채운 상황에서도 유효하다. 9표가 안 나올 것 같으면 빈자리를 채워서라도 만들어야 한다.

다만 예외가 하나 있으니 서열 1위의 자리다.

서열 1위가 되기 위해서는 투표수만 아니라 무력으로도 현재 서열 1위를 능가해야 한다고 한다. 서열 1위는 몬스터의 왕과 대응하는 자리인지라 정치력만 갖고는 얻을 수 없다. 그래서 정치력이 0에 한없이 가까운 메타트론이 아직까지 그 자리를 지키고 있는 거다. 메타트론의 밑에 거물이 많긴 하나 무력으로 그녀를 이길 존재는 없으니까. 게다가 서열 2위에 딱 자리 잡은 미카엘라가 알게 모르게 메타트론을 감싸고 돌았던 것도 컸다.

반면 그 밑으로는 여러 상황에 따라 유동적으로 바뀐다. 쿠니엘의 경우를 보면 본래 서열 4위였지만 실종처리 이후 라파엘이 서열 4위가 된 것처럼 말이다.

"우리 흑당이 도우면 대천사회의 때 바라카엘을 서열 3위로 올릴 수 있어. 그렇다면 자연히 가브리엘은 실각하고 바라카엘이 백당의 새로운 총수가 되는 거지."

나는 바라카엘이 그 대가로 강북에서의 전쟁 수행을 돕기로 했다고 알렸다. 메타트론은 괜찮은 것 같다며 고개를 끄덕인다.

"확실히 묘안이구나. 바라카엘이 음흉한 놈인 게 걸리지만 가브리엘처럼 꽉 막힌 자는 아니다. 게다가 가브리엘이 최근에 한 수작질들은 더 참아줄 수 없는 수준이 됐다."

메타트론의 말이 맞다. 그래서 나도 결국 움직인 거고. 반면 미카엘라는 좀 걱정스러운 듯했다.

"반대하는 건 아니지만 바라카엘을 경계하렴. 소녀는 그 자의 야심이 걱정이구나."

미카엘라가 무슨 걱정을 하는지 안다. 가브리엘이 완고한 노인네긴 해도 그는 어디까지나 아군의 이득을 위해 움직인다. 반면 바라카엘은 자기 이득을 위해서라면 아군이 입을 피해 따위는 상관치 않는다.

"최대한 조심할게. 장기적으로 손을 잡을 자는 아니지. 이용한 만큼 쓰고 버려야겠지."

내가 별 생각 없이 한 말에 스이엘이 질렸다는 얼굴이 된다.

"우와, 미카엘라님. 이 남자, 그 바라카엘조차 쓰고 버리겠다고 하고 있어요."

"정말 늠름하지 않니?"

"아니, 저 검은 속내가 어떻게 하면 그리 해석되는 거예요?"

"스이엘. 수완이 좋은 남자는 멋진 거란다."

그 말에 스이엘은 짜증이 난다는 듯 자신의 머리를 쥐어뜯는다.

"아악! 미카엘라님이 망가지셨어. 유제아! 다 너 때문이잖아! 과거의 쿨하고 근사한 미카엘라님을 돌려줘!"

또 시작이구먼. 무거운 분위기가 순식간에 날아가 버렸다. 고개를 절레절레 젓는데 메타트론이 뚱한 표정으로 날 바라보고 있다.

"왜?"

"유제아. 일 처리를 잘해줬다. 하지만 이제 혼나야겠구나."

"음? 그게 무슨 소리야?"

"회의의 흐름을 끊지 않으려 넘어갔다만, 얼추 정리가 끝난 거 같으니 확실히 해야겠지."

"뭘?"

"유제아. 바라카엘이 얼마나 위험한 작자인지 알면서 혼자 말도 없이 다녀온 것이냐!"

메타트론은 진심으로 화가 난 목소리였다. 티는 안 내려고 애를 쓰는데 눈에 걱정이 가득이었다. 작고 예쁜 입술은 살짝 떨리고 있었다.

"만약 네게 무슨 일이라도 생겼다면 어쩔 뻔했느냐! 그러면 본녀는… 그러면 본녀는….."

약간 울먹이는 목소리가 내 마음을 후벼 판다. 그래, 이 녀석은 과거에 클랜원들을 모두 잃어버렸었지. 요즘 밝게 지내고 있기에 잊고 있었던 그녀의 상처가 생각났다. 아니, 어쩌면 내게 맞춰주기 위해 일부러 더 밝게 있었던 게 아닐까? 앞으로 바꿔주겠다느니, 클랜을 키워주겠다느니, 외치는 한 변변찮은 남자의 다짐에 응해주기 위해서 말이다.

"미안해."

결국 난 솔직히 사과했다. 그리고 진심을 담아 덧붙였다.

"나는 말이야. 네 곁을 떠나지 않……."

"유제아! 이놈! 네가 말없이 다녀온 탓에 그날은 과자를 못 먹었지 않느냐! 어쩐지 아무리 찾아도 없더라. 다음부터는 외출할 때면 미리 과자를 일정량 바치고 가거라!"

아니다.

아무래도 내가 착각한 거 같다.

"뭐야! 내 걱정해준 줄 알았는데 과자 걱정이었어!"

"흥! 누가 말도 안 듣는 널 걱정한다고 그러냐! 그대보다 우리 동네 편의점의 안위가 훨씬 걱정이다!"

"화신인데 편의점보다 못하다니!"

나는 그대로 메타트론과 티격태격 말다툼을 벌일 수밖에 없었다. 하지만 내가 모를 리 없는 게 있었으니….

저런 태도야 말로, 메타트론 나름의 상냥함이라는 걸.

3. 인재를 등용할 때는 옛 법을 따른다

봄이 오자 개전의 준비가 가시적인 성과를 보이기 시작했다. 이미 전쟁은 기정사실이었다. 한 달 정도만 있으면 대군이 강북으로 출진한다.

그런데 싸움이 코앞인 것치고는 우리 흑당 쪽 세력은 여러 가지로 미진했다. 전체 규모를 따지면 경쟁관계에 있는 백당에 비해 대략 1/3 수준. 현재 군세를 비교해 보면 우리 흑당은 천사와 헌터를 다 합쳐서 1만 4,500이고, 백당은 4만 2,000이었다.

"답이 없네."

내가 한숨을 내뱉자 침대에서 뒹굴던 메타트론이 등을 보이고 돌아눕는다. 면목이 없는 거겠지. 지금 우리 쪽 전력이 이렇게 밀리는 데에는, 저 녀석이 크나큰 공을 세우고 있으니까.

"어디 사는 서열 1위께서…."

움찔!

메타트론의 등이 떨리는 걸 보고 나는 다시 한숨을 길게 내쉬었다. 그러자 메타트론이 몸을 일으키더니 항의한다.

"이놈! 전부터 말하지 않았느냐! 본녀는 인망이 없다고!"

"…자랑이다."

대천사는 전시가 되면 한정적으로 군단이란 편제를 편성해서 이끈다. 그래서 그들의 직책을 대천사라고 부르는 것이고. 이때 군단의 중핵이자 주력은, 대천사를 따르는 평천사와 그들 소속의 헌터들이다. 사실 대천사 클랜에 속한 헌터들은 군단 직할 부대 같은 느낌으로, 결코 주력이 아니다.

대천사 중 가장 세력이 막강했던, 미카엘라로 예를 들어 설명해보자면…. 그녀의 직속인 미카엘라 클랜의 헌터들은 기껏해야 500여 명이다. 반면 전시 그녀가 최대 동원할 수 있는 평천사와 평천사 클랜의 헌터는 1만에 육박한다. 안타깝게도 그 1만은 노량진 웨이브에서 반 토막이 났지만.

"그래도 미카엘라는 군단이 흑당에서 최대 규모란 말이지. 단출한 누군가와 다르게."

반면 메타트론의 군단은 초라하기 그지없다. 그녀의 클랜에 속한 헌터들 400여 명에 권천사 부대인 티르리온 백인대가 전부다.

"그것도 본인이 모집한 게 전혀 아니란 말이지. 헌터들은 산달폰 클랜, 우리엘 클랜에서 흡수한 거고, 티르리온 백인대는 날 보고 충성을 맹세한 경우지."

내 지적에 메타트론은 결국 팔을 위로 흔들며 성질을 부린다.

"산달폰 클랜의 경우는 다르지 않느냐. 여동생의 것은 본녀의 것이나 다름없다!"

어쩐지 산달폰이 살아있던 시절에 많이 다퉜을 것 같은 느낌인데.

"본녀는 일인 군단이다! 휘하에 500밖에 없는 게 문제겠느냐! 원래 우리 세력은 저들보다 늘 수가 적었다. 다들 질로 양을 극복해 왔다! 그대는 본녀의 화신답게 용기를 갖도록! 무릇, 용기란 희망의 빛이 가장 어두울 때 더더욱……."

메타트론이 장광설은 늘어놓기 시작한다. 근사한 말로 궁색한 상황을 가리려는 게 뻔히 보이는 수작이었다.

"너는 일단 사회성을 기를 필요가 있어. 흑당의 전력이 이 모양이라 전쟁에서 목소리를 내기 어렵다고."

안타깝게도 흑당은 총체적 난국이었다.

소속 대천사의 수로 따지면 6:5로 백당보다 흑당이 하나 더 많다. 하지만 흑당 대천사들의 사정을 살펴보면 여러 가지로 안쓰럽기만 했다.

〈서열 1위 메타트론〉

그녀의 밑에는 전력이라고 할 만한 게 없다.

〈서열 2위 미카엘라〉

안타깝다는 말만 나온다. 원래 대천사 중 최대 규모를 자랑했던 그녀의 세력은 지난 노량진 웨이브로 크게 줄어들었다. 그 수는 5,000가량.

〈서열 4위 라파엘〉

여기도 참 문제인 게, 서열 4위나 되면 뭔가 기대할 만도 하지만 대천사 라파엘은 같은 천사들 중에서도 따돌림 당하는 존재다. 라파엘 휘하에 그의 광기를 빼닮은 소수의 전력만이 있을 뿐이었다. 그 수는 1,000을 좀 넘는다. 라파엘의 군단은 하나 같이 일당백의 전쟁광들로 유명하지만 수가 너무 적었다.

〈서열 6위 이후디엘〉

이 녀석 역시 세력이 자기 서열에 비해 별 볼일이 없었다. 총 2,500정도. 특이하게도 이후디엘은 휘하에 천사와 헌터를 늘리기보다, 세속적 사업을 확장하는데 더 열심이었다.

최근에 알게 됐는데 청성그룹 말고도 우량 기업을 여러 개 갖고 있더라. 도대체 몬스터 토벌을 업으로 하는 천사인지, 돈을 목적으로 하는 사업가인지 구분이 안 된다. 그래도 이제는 같은 편이라 그의 사업체는 내버려 두기로 했다. 다만, 앞으로는 휘하의 천사와 헌터를 늘리라고 경고를 덧붙였다.

〈서열 10위 세라피엘〉

이쪽은 건실하게 자기 세력을 이루고 있지만 원래 서열 12위였던 대천사. 게다가 세라피엘과 그녀 휘하의 천사, 헌터들은 지원계 능력의 소유자들이다. 원래부터 다른 클랜의 보조로 움직이며 자신들의 규모가 크지 않은 집단이다. 그래서 그 수는 2,000정도다.

〈서열 11위 스이엘〉

라미엘 클랜을 이어받은 그녀지만, 라미엘과는 판이하게 다른 게 스이엘이다. 그래서 구 라미엘 세력의 평천사와 헌터들이 상당수 이탈해 버렸다. 현재 겨우 1,500을 좀 넘는다. 뭐, 이쪽이야 신생 클랜이고 앞으로 성장해 나갈 테니 뭐라 할 수도 없다.

그래서 총 수는 1만 3,000이다.

여기에 각 대천사 클랜 휘하의 직속 천사 부대(권천사, 능천사 등으로 이뤄진)가 1,500을 더한다.

하여 최종적으로는…

"1만 4,500밖에 없다고. 이대로라면 전쟁터에 나가도 그 백당 놈들이 안하무인으로 설치는 꼴을 봐야 해."

내 지적에 메타트론 역시 곤란한 표정이었다.

"끄응……."

그녀도 별 대책이 없겠지. 막상 어렵사리 대북방전쟁 결의안을 통과시키긴 했지만, 산 너머 산이었다. 그나마 다행인 건, 근래에 흑당의 인기가 올라가서 중립파였던 평천사 클랜들이 이쪽으로 속속들이 합류하고 있다는 점이랄까.

"그런데 왜 우리 클랜만 지원자가 없냐 그거지."

내가 그 점을 들며 노려보자 메타트론이 다시 시선을 피한다.

"히익… 그 점은 본녀도 잘…."

"너 말이야. 평천사들에게 어떤 이미지로 통하고 있는 거야?"

그렇게 물으면서도 나는 메타트론에 대한 세간의 시각을 잘 알고 있다. 사실 모두 그녀를 두려워하고 있다고 할까. 홀로 평양에 쳐들어가 왕을 찌른 경력의 소유자다. 어렵게 생각하지 않는 게 이상하지. 하지만 그 이상의 문제가 있다. 많은 평천사들이 과거, 메타트론의 방식을 이해하지 못하고 비난했었다. 그러니 면목이 없어 들어오질 못하는 거다.

문제는 이 녀석이 지난 일은 모두 잊겠다, 내 휘하에 들라! 라고 외치고 다니면 괜찮겠지만, 방구석폐인에 대인관계가 빵점인 수준이었다.

"미안하구나. 본녀가 덕이 부족해서…."

"아니야. 넌 원래 그런 녀석인데 어쩔 수 없지."

"설마 그거 위로라고 하는 것이냐? 묘하게 실례되는 말을 들은 느낌인데."

"그래도 좀 이상하단 말이지."

"뭐가 말이더냐? 아, 아니. 그보다 원래 그런 녀석이지, 라고 말한 걸 사과하거라! 유제아! 이놈! 이놈!"

옆에서 다시 성질을 내는 메타트론을 내버려두고 나는 상념에 잠겼다. 아무리 그래도 이렇게 휘하에 들 평천사를 찾지 못하는 건 이상하다. 또라이라 불리는 라파엘조차 적지만 평천사를 데리고 있다. 꼭 자기를 닮은 미친 녀석들로 말이다.

"아무래도 조사를 해봐야겠어."

"뭘 말이더냐?"

"최근에 우리가 몇을 초빙하려고 했잖아. 모두 실패했지만."

"우우…."

새삼스럽게 안 좋은 기억이 떠오른 듯 메타트론은 울적한 얼굴이 된다. 사실 노력을 안 해본 게 아니다. 메타트론의 성격상 대규모로 평천사를 모집하는 건 어렵다 싶어서, 소수라도 무소속 평천사 중 훌륭한 인재를 데려오기로 말이다. 셋을 노렸는데, 안타깝게도 다 실패했다. 그 뒤로 메타트론은 더욱 의기소침해져서는 세력 일구기를 포기해 버렸다. 더불어 자기 인망에 대해서도 체념하고 말았다.

좋지 않아. 그래선 안 된다.

전쟁을 떠나서도 나는 이 녀석과 육성계약을 체결했다. 이 외로운 대천사를 버젓하게 키워놓겠다고 말이다. 그런데 아직 휘하의 평천사 클랜이 0이라니. 도저히 용서할 수 없다. 그런 결심을 한 내가 눈을 이글이글 불태우고 있자 메타트론이 내 손을 잡아온다.

"유제아, 그렇다고 너무 무리하지 말거라."

"메타트론…"

"본녀는 다 알고 있다. 지금까지 네가 본녀를 위해 얼마나 노력해 줬는지 말이다. 떠돌던 본녀가 이리 버젓이 신성지를 갖게 된 것도, 강북과의 전쟁을 준비하게 된 것도, 모두 네 도움 덕이 아니더냐. 항상 감사하게 생각하고 있는 거다. 휘하에 세력이 적은 건 네가 부족한 게 아니다. 본녀가 부족한 것이지."

다정한 말을 들으니 더 화가 났다. 이 녀석은 누구보다 위에 설 자격이 있다. 파벌 싸움과 자기 이익을 도모하는데 정신이 나간 다른 대천사들과 다르게 말이다. 그러니 지금 상황은 옳지 않았다.

"걱정 마. 내가 어떻게든 할 테니까."

"또 혼자 뭔가 흉계를 꾸밀 작정이구나."

"저기… 정확히 보긴 했는데… 좀 더 완곡한 표현이 있지 않을까?

좋은 단어 많잖아? 정치라던가."

최근에 겪은 바에 의해 판단하자면, 이 정치란 단어는 권력층에서 벌어지는 온갖 구린 일을 설명하기에 만능이었다.

"폼 잡기는. 본녀가 도울 것은 있느냐?"

"응, 일단 기다려 봐. 때가 되면 도와달라고 할 테니까. 이번에는 제법 노력해 줘야겠어. 너 사람 상대하는 게 서툴잖아?"

"…뭐, 그렇다."

"그러니까 이제는 아예 연기를 한다고 생각해. 감독, 각본, 연출 모두 유제야. 너는 내 무대의 주연 배우고. 앞으로 너는 누구보다 덕이 있고 포용력 있는 강한 리더가 되는 거야."

"으윽!"

메타트론은 말만 들어도 자신 없다는 듯 움츠러든다. 대인관계가 서툰 그녀에겐 쉽지 않겠지. 그러니까 연극을 하라고 한 거다.

"네게 실제로 이상적인 리더가 되라는 건 아니야. 그냥 그런 척하라는 거지."

"…그거라면 조금은 가능할지도."

그렇게 메타트론과 나는 다시 한 번 힘내보기로 했다.

하지만 그런 결심은 며칠 가지도 못한다.

"이 못된 놈!"

메타트론은 분기탱천했다. 그럴 수밖에. 며칠 사이에 은밀한 조사하며 알게 된 사실인데, 우리가 그간 중립 평천사를 등용하는 게 실패했던 건 다 이유가 있었다. 바로 가브리엘 클랜에서 조직적으로 방해 해왔기 때문이었다.

"가브리엘 그놈은 예전부터 하는 짓이 음흉한 작자였다! 그간 본 녀의 관대함으로 참아 넘기고 있었는데 총력전을 앞둔 시점에서 아군을 방해하다니! 드디어 인내의 끈은 끊어진 것이다! 당장 가브리엘 클랜으로 쳐들어가자!"

화가 난 메타트론이 어찌나 침대 위에서 방방 뛰어대던지, 매트리스 스프링이 다 망가질 기세였다.

"참아. 어렵게 전쟁을 결정했는데 다 망쳐버릴 참이야? 그리고 그런 막나가는 태도 때문에 지난 노량진 웨이브 때 고생한 거 잊어버렸어? 앞으로 머리를 쓰기로 했잖아."

"하지만!"

"우리가 발끈하는 것이야말로 가브리엘이 바라는 거야. 일부러 도발하고 있는 거라고."

내 말에 메타트론은 길게 탄식한다. 애초에 우리가 가브리엘 클랜에서 방해가 들어온 걸 알게 된 것도, 저쪽에서 정보를 흘렸기 때문이다.

"가브리엘 이놈은 모두회의에서의 결정도 뒤집고 싶어서 호시탐 탐 흉악한 짓거리로구나! 이 일을 어쩔꼬. 이 일을 어쩔꼬."

메타트론은 초조하게 방을 왔다갔다 한다. 당장 때려 부술 수 없으니, 어려운 장애물을 만난 것처럼 끙끙댄다. 역시 메타트론에겐 정면 승부가 어울린다. 이런 뒷 공작은 화신인 내가 해줘야겠지.

"방법이 없는 건 아니야."

"뭐? 정말이냐! 유제아!"

"그래. 저쪽에서 먼저 치사하게 나왔잖아. 그렇다면 우리도 치사한 방법을 쓰면 되지. 그리고 그런 방법이라면 나는 제법 일가견이 있다고."

그 말에 메타트론이 크게 고개를 끄덕인다.

"역시 유제아다! 비겁한 짓거리라면 누구에게 질 리가 없지!"

새삼 이 녀석이 나에게 내리고 있는 평가가 궁금해졌다.

"…흠. 아무튼, 가브리엘에게 똑같이 돌려주자고."

"어떻게 말이더냐?"

"그 내가 어릴 때 수호지란 책을 재밌게 봤는데… 거기서 인재 등용하는 방법이 좀 특이하더라고. 우리도 참고해 볼 수 있을 것 같아. 대신 메타트론 네가 연기를 잘 해줘야 해."

"맡겨 두거라! 뭐든 할 생각이다!"

평소라면 이런 부분에서 소극적이었을 메타트론이 화가 나서 더없이 적극적인 상태다. 좋다. 그렇다면 나도 계획을 들려주지. 나는 메타트론에게 소곤소곤 이야기를 시작했다.

며칠 뒤.

나는 믿을 만한 헌터들을 데리고 사냥터로 향했다. 선릉역 일대로. 솔직히 말하면 사냥을 하러 온 게 아니다. 가브리엘의 일을 방해하러 왔다.

"오늘 사냥하러 나온 거 아니죠? 단장님?"

나와 나란히 폐허를 걷던 홍담이 호기심을 참지 못하고 묻는다. 똘망똘망하고 귀여운 얼굴. 미카엘라 클랜의 유망주로 주목받고 있는 이 소녀는 얼마 전에 심상호에 의해 오빠를 잃었다. 하지만 복수를 끝낸 뒤에는 어느 정도 떨쳐낸 것 같았다.

"눈치 빠르네."

"헤헤."

홍담은 똑똑하고 재능이 뛰어나서 내 곁에 두고 쓰고 있었다. 원윤아는 내가 죽은 홍준에게 심적인 부채를 느껴서 그런다고 하지만 어림없는 소리. 그냥 얘가 뛰어나서 데리고 다니는 것뿐이다. 정말 다른 이유는….

"야, 조심해야지."

무방비하게 걸어가던 홍담을 끌어당겼다. 그러자 녀석이 가볍게 비명을 지르며 품에 안긴다. 하마터면 이 녀석, 걸어가면서 폭탄을 걷어찰 뻔했다.

"도시 곳곳에 불발탄이 있어. 항상 신경 쓰라고."

아직 경험이 부족해서 마음을 놓을 수 없다니까. 아무래도 아직은 내 손길이 필요하다. 귀찮긴 하지만 어쩔 수 없지.

"가, 감사합니다. 단장님."

어째서인지 홍담이 말을 더듬으며 얼굴을 붉힌다. 실수한 게 부끄러운 모양이다. 그래도 나중에 큰일을 안 당하려면 주의를 주는 게 낫겠다. 나는 사냥터에서 조심할 것들을 한참 떠들어댔다. 그러자 어째서인지 홍담이 키득키득 웃는다.

"지금 심각한 얘기 중이거든?"

"아, 죄송해요. 그냥 단장님 잔소리가 심한 게, 오빠가 생각나서요. 어쩌면 두 사람이 이리 똑같은 건지."

"시끄러, 이 녀석아."

꿀밤을 한 대 먹이려고 하니까 홍담 녀석이 혀를 쏙 내밀고는 피한다. 아주 이거 말썽쟁이 기질이 다분하구나.

"단장님."

그때 정찰을 나갔던 헌터 셋이 돌아온다.

"찾았어?"

다짜고짜 묻는 내 물음에 그들은 고개를 끄덕인다.

"바로 안내하겠습니다."

"좋아, 가자고."

나를 포함해서 10명인 헌터들이 조용히 이동을 시작했다. 오늘 목표는 몬스터가 아니라 천사. 이름은 칼리엘. 무소속 중립파 평천사로 일신의 무력이 매우 뛰어나고 성품이 바르기로 유명하다.

단순 무력만으로는 평천사 중 최고 수준으로, 서열 12위 대천사 세라피엘도 이길 수 있다고 한다. 물론 그렇다고 해서 평천사인 칼리엘이 대천사인 세라피엘보다 뛰어나다는 건 아니다. 세라피엘은 치유의 대천사로, 터무니없는 규모의 광역 힐링 같은 걸 아무렇지도 않게 쓰는 존재다. 애초에 주특기가 다른 것이다.

하지만 대천사인 이상 힐링이 특기라고 해도 무력 역시 뛰어난데, 그걸 평천사인 칼리엘이 앞서니 놀랍긴 하다. 이러니 가브리엘은 눈이 뒤집혀서 칼리엘을 끌어들이려는 거겠지.

그걸 아는 이상 이대로 두고 볼 수만은 없다. 당연하게도 나는 방해를 하려고 왔다. 이미 가브리엘의 공작에 이쪽은 몇 번이나 물을 먹었다. 제대로 되갚아 주지 않는다면 한동안 밤에 잠을 못 이룰 게 뻔하다.

"작전에 앞서 주의 사항을 전달하겠다. 오늘 목표는 중립파 평천사인 '푸른 창' 칼리엘. 별명처럼 창술의 대가라고 한다. 그러니 절대 무력으로 충돌하지 말도록. 칼리엘과 대결하는 건 나 혼자서 한다. 알겠나?"

"알겠습니다."

헌터들이 소리 죽여서 대답한다.

"정찰대의 보고에 따르면 현재 칼리엘은 여기서 300미터 앞에 혼자 있다고 한다."

"혼자요? 사냥터에서?"

홍담의 질문에 나는 고개를 끄덕였다.

"칼리엘의 강한 무력은 늘 사냥터에서 혼자 싸우면서 익힌 것이라고 한다. 아마도 수많은 사선을 넘어왔겠지. 그래서 오늘도 혼자 사냥터를 떠돌고 있는 거고. 본격적으로 개전하기 전에 최대한 자신을 단련하고 싶은 게 아닐까 싶다."

"단장님, 그런데 우리는 그런 천사에게 무슨 볼일인 거죠?"

"간단하다. 그 자를 납치한다."

"네에?"

황당하다는 듯 눈을 크게 뜨는 홍담. 다른 헌터들도 놀란 기색이다. 하지만 반대하는 인원은 없다. 뭔가 이유가 있겠지라고 생각하는 것 같다. 사실 내가 그 고명한 칼리엘을 납치하려는 건 수호지의 인재 등용법을 따르려는 거다. 보면 수호지의 인재 등용에는 일정한 패턴이 있다.

순서는 다음과 같다.

1)먼저 맘에 드는 인재가 나오면 설득을 하던 실력 행사로 붙잡던, 어떻게든 양산박 산채로 끌고 간다.

2)당연히 영웅은 분노한다. 기가 막힌 게 이때 산채의 우두머리인 송강이 등장한다. 그러면서 영웅호걸을 이리 취급하면 어찌하느냐! 라고 부하들을 혼쭐을 내준다. 그리고 끌려온 인재를 환대한다.

3)이에 인재는 댁은 뉘시오? 라고 묻는다. 그러면 기다렸다는 듯 내가 송강이오, 라고 대답한다.

4)당연히 이름 높은 송강의 위명에 끌려온 인재는 대경실색. 당신이 급시우及時雨 송공명이란 말이십니까! 라 외치며 부들부들 거리는 패턴.

5)이때 굽실굽실 거리는 인재에게 송강은 인자한 모습으로 덕을 보인다. 이후 넌지시 등용을 청하는데, 여기서 해결되는 경우도 있고 인재에게 사정이 있어 안 되는 경우가 있다. 그러면 송강은 일단 연회를 베풀어 안심시킨다.

6)이 다음이 포인트인데, 부하들이 관군에게 조작된 소문을 퍼프려버린다. 첩자라거나 하는 그런 불리한 소문이다. 결국 인재는 자기도 모르는 사이, 돌아가려고 해도 돌아갈 수 없는 몸이 돼버린다.

7)산채에서 풀려난 인재는 결국 다시 쫓겨 올 수밖에 없어진다. 그러면 송강은 허허허! 웃으며 영웅께선 여기 머무시오, 라고 생색을 내기 시작한다.

8)상황을 모르는 인재는 어려울 때 자신을 도와준 송강을 따르게 된다. 이걸로 인재 등용 끝.

…실로 무서운 술수다.

순진한 인재가 송강의 손아귀에 일단 들어가면 빠져나올 수 없게 된다. 내가 칼리엘에게 쓰려는 것도 이런 방법이다. 수집한 첩보에 따르면 칼리엘은 이미 반쯤은 가브리엘에게 넘어간 상황.

곧 시작될 전역에서 백당 편에 설 게 자명하다. 그러니 내가 중간에 수작질을 해서 흑당의 인재로 만들겠다는 계획이다. 이미 메타트론에게도 대본을 주고 잔뜩 교육을 시켜 놨다. 대인관계를 기피하는 그녀지만 이번만큼은 가브리엘에게 한 방 먹이겠다고 열심히 대사를 암기하더라. 이제 메타트론은 인재가 흠모할 만한 후덕한 지도자로 화하게 될 예정이다.

"후후후……."

"저, 단장님? 지금 악당 같이 사악한 표정을 하고 있으신데요?"

"뭐? 크흠! 시끄럽고. 아무튼, 중요한 일 때문에 칼리엘에게 노량진까지 동행을 요청하려고 한다. 너희는 그 과정에서 지원을 해주면 된다."

내 말에 홍담은 머리를 부여잡는다.

"인신매매라니… 오빠, 저 터무니없는 곳에 소속되어 버린 것 같아요."

"시끄러워. 다들 임무에 집중해."

나는 헌터들을 이끌고 조심스레 사냥터를 가로질렀다. 곧 정찰의 보고대로 전방에서 기합 같은 전투의 소음이 들려왔다. 칼리엘이 바로 앞에 있는 게 틀림없었다. 건물에 몸을 숨겨서 살펴보니 아니나 다를까 창을 든 천사 하나가 몬스터들을 사냥하고 있었다. 푸른 장발에 갑주를 차려입은 그는 청아한 기운을 갖고 있었다.

"어머, 잘 생겼다!"

외형 역시 훌륭해서 홍담이 바로 반색할 정도였다. 그는 다수의 거대 몬스터를 홀로 상대하면서도 전혀 밀리지 않고 있었다. 강하다. 저 몬스터 중 셋이 고위 몬스터인데 이 정도라니. 나는 그의 무위에 존경심이 일었다.

"몬스터가 일을 방해하지 못하게 격퇴해. 그리고 내가 칼리엘을 쓰러뜨리면 구속하는 걸 도와주고."

그리 말하고 앞으로 나섰다.

저벅저벅.

앞에선 몬스터의 울부짖음이 천지를 진동시켰지만 내 발걸음은 여유로웠다. 고위 몬스터가 몇이던 알 바 아니다. 지금 중요한 건 칼리엘이었다. 한창 싸우던 그는 내가 접근한 걸 알아채고는 경고해 온다.

"물러나라! 사냥꾼! 그대가 감당할 몬스터가 아니다."

내가 별다른 대답이 없자 그는 재차 외친다.

"그대까지 지켜줄 여유가 없단 말이다. 어서 물러나라!"

칼리엘은 나에 대해 완전히 착각하고 있었다. 어쩌다 흘러들어온 어중이떠중이 헌터로 생각하는 거겠지. 하지만 내 대답은 전혀 그의 예상과 맞지 않겠지.

"지금 뭐라고 했어? 어? 이 닭털 날개 새끼야!"

"뭐라?"

갑작스러운 폭언에 칼리엘이 싸우다 말고 당황한다. 그러거나 말거나 나는 쏘아붙였다.

"이 선릉 일대는 위대하신 메타트론님의 사냥터다. 네놈은 뭔데 이렇게 밀렵을 하는 것이냐!"

"하?"

"지금 네놈이 공격하고 있는 건 모두 메타트론님의 사냥감이란 말이다! 감히 허가도 없이 죽이다니 네놈 죄를 알렸다!"

칼리엘의 입이 떡하니 벌어진다. 그는 일시적으로 강한 힘을 쏟아 내 몬스터를 밀어내고는 내게 따진다.

"사냥터에 그런 법이 어디 있는가! 대체 그대는 누군가?"

"나? 나는 바로 위대하신 메타트론님의 화신! 유제아님이시다!"

"뭐? 그대가 그 화신이라고?"

"그렇다! 이미 이 선릉 일대는 메타트론님의 영지로 선포된 지 언제인데, 어찌 네놈은 평천사 주제에 지엄하신 분의 명을 어기고 이리 불법을 저지르는 것이냐! 내 오늘 네놈을 잡아가 이 일을 메타트론님께 알리겠다!"

"이런 천둥벌거숭이 같은 작자가! 메타트론의 화신에 관해 이런 저런 절찬을 들었건만 오늘 보니 다 헛말이로구나! 몬스터를 물리치는데 어찌 땅을 나누고 사사로운 이득을 도모한단 말이냐!"

그야말로 정의로운 일침이라 연기를 하면서도 찔끔했다. 하지만 그렇다고 듣고 보니 선생님 말씀이 참 맞습니다, 라고 할 순 없지.

"시끄럽다! 메타트론님께서 노량진을 점령하지 않았다면 감히 이렇게 활개 치지도 못할 녀석 주제에!"

갑자기 천사와 헌터가 싸우기 시작하자 몬스터들도 한동안 당황하는 기색이었다. 하지만 이내 우리 둘을 공격해 왔다.

"저 괴물들을 정리하라!"

미리 대기시켜놓은 헌터들을 움직였다. 일부러 실력이 뛰어난 자들만 데리고 왔다. 고위 몬스터가 셋이나 있다고 해도 문제될 것 없었다.

"자, 그러면 우리 쪽 문제도 해결해 볼까?"

"좋다! 화신이여! 오늘 네놈에게 도리가 뭔지 알려주마!"

우리 둘은 정면충돌했다.

칼리엘은 역시 훌륭한 전사였다. 아마 군주급 몬스터 중 하위권과는 정면 승부가 가능할 것 같았다. 하나 이족은 미안하게도 클래스가 다르다.

"현현하라!"

검은 마력이 사방으로 몰아치기 시작했다.

불초 칼리엘.

이 몸은 지금까지 도리에 어긋남을 경계하고 늘 부단히 단련해 왔음을 자신한다. 한데 오늘 그 자부심이 웬 불한당 같은 놈에 의해 박살났다.

메타트론의 화신 유제아.

그놈이 사리분별에 맞지 않는 일을 주장하면서 힘으로 날 깨부순 것이었다. 참으로 부끄럽게도 전투 중 기절하고 말았다. 그리고 다시 깨어났을 때는 포승에 묶여 어떤 대저택으로 잡혀온 상황이었다.

"여기가 어딘가?"

의식이 깨어나자 내 옆에는 어린 소녀가 있었다. 이 소녀도 틀림없이 헌터다. 기억을 떠올려보니 유제아의 일행이었지.

"정신이 드세요? 고생 많으셨죠? 죄송해요."

소녀는 대답대신 부산을 떨기 시작한다. 그리고 물수건으로 내 얼굴을 닦아준다. 성격이 사근사근한 좋은 아이였다.

"여긴 메타트론님의 성소예요."

여기가 그 위대한 서열 1위의 대천사의 성소인가? 호기심에 주변을 둘러보던 나는 곧 씁쓸한 기분이 됐다. 평소 메타트론을 흠모했다. 사정이 있어 가브리엘의 파벌에 들어갈 예정이었지만, 메타트론의 무용이나 위명을 존경해 왔다. 단기로 평양에 돌입해 왕을 찌르다니. 믿을 수 없는 위업이었다.

하지만 선릉을 자기 영지로 선포한 일이나 그 화신의 행태로 볼 때, 평소 어떤 인물인지 짐작하기 어렵지 않았다. 그녀에 대한 존경심이 식어버렸다. 어쩔 수 없었다고 하나 역시 가브리엘님께 의탁하길 잘 한 것 같다. 그런데 그때 유제아를 비롯한 헌터들이 우르르 몰려왔다.

"이제 메타트론님께서 오실 거다. 감히 남의 땅을 들쑤신 대가를 치르게 해주지."

한숨이 나왔다. 강남은 아직도 태반이 몬스터의 구역이다. 다 함께 힘을 합쳐 밀어내야 할 판에 저런 소리라니. 메타트론 클랜의 성세도 오래가지 못할 것 같다. 나도 모르게 한숨을 내쉬고 있는데 갑자기 미성이 들려온다.

"아니, 이게 무슨 짓이더냐! 누가 이런 짓을 벌인 거야?"

듣기 좋으면서도 힘이 담긴 음색이었다. 대체 누군가 싶어 고개를 들어보니, 검은 로브를 걸친 소녀가 보였다. 소녀는 주변에 호통을 치고 있었다.

"이놈들! 칼리엘에게 이런 무례를 저지르다니! 평소부터 한 번 만나보고 싶던 인재인데 어찌 이리 잡아온 것이냐!"

주변에 소녀가 일갈하자 유제아를 비롯한 고위 헌터들이 꼼짝 못하고 고개를 조아린다. 유제아가 식은땀을 흘리며 변명했지만 따끔하게 혼나고 만다. 지켜보자니 심히 유쾌해 깨소금 맛이었다.

그나저나 저 소녀는 누굴까? 저 메타트론의 화신은 요즘 나는 새도 떨어뜨린다고 하는 권세가 아닌가.

"정말 미안하구나. 이런 대접을 받게 하다니."

작은 소녀는 서둘러 내 포승을 풀어낸다. 그런데 이런 소녀가 날 하대하는데도 전혀 이상하지 않았다. 그건 무척 자연스럽게 느껴졌다. 왜일까?

"끌려오느라 불편하진 않았느냐?"

그리 물으면서 소녀는 옆에 선 유제아의 무릎을 걷어찼다.

"이 녀석! 타인에게 정중하라 했거늘 어찌 네놈 힘만 믿고 매번 이렇게 천방지축으로 날뛰는 것이냐!"

"죄, 죄송합니다."

황급히 고개를 숙이는 유제아. 신기한 광경이었다. 이 유제아란 사내는 대군주급 몬스터나 대천사도 쓰러뜨렸을 진데, 어찌 이렇게 저자세를? 사실 짐작 가는 구석이 하나 있긴 하지만 납득이 잘 되지 않는다. 그래서 조심스레 물었다.

"귀공께서는 뉘십니까?"

"아, 이런 미안하구나. 소개가 늦었구나. 본녀는…."

그리 말하면서 전신을 감싸고 있는 커다란 로브를 벗어던지는 소녀. 그러자 감춰져 있던 본 모습이 드러났다.

"허어……."

나는 나도 모르게 숨을 들이켰다. 로브가 사라지자마 심후한 마력과 검은 날개 세 쌍이 드러났던 것이다.

"메타트론이라 한다."

"메, 메타트론님이십니까!"

전신이 파르르 떨린다. 그 위명은 언제나 들어왔다. 존귀한 치천사 일족이자 대천사의 수좌를 맞고 있는 명실상부한 일인자. 소문만 많이 들었는데 막상 만나보니 전율할만한 존재였다.

태어난 이레 줄곧 무를 단련했기에 더욱 잘 안다. 지금 눈앞의 대천사가 얼마나 초월적인 존재인지를. 나는 천사가 지닐 수 있는 무력의 정점을 만났다는 사실에 일종의 감동마저 느끼고 있었다.

"그렇다. 본녀가 메타트론이다. 칼리엘."

"제, 제 이름을 아시는군요?"

"모를 리가 없잖느냐. 푸른 창을 다루는 칼리엘의 명성은 익히 들어 알고 있었다. 언젠가 한 번 만나길 원했는데 오늘에서야 그 뜻을 이뤘다."

세상에! 이런 존재가 나를 알아주다니. 말할 수 없는 감동이 전신을 관통했다. 채신머리없는 모습을 보여주기 싫어 입술을 깨물었다.

"자, 뭣들 하느냐? 오늘 영웅을 만났으니 마땅히 연회를 베풀어야겠다. 칼리엘, 본녀의 수하들이 무례를 저질렀으니 술로 사죄하고자 한다. 받아주겠는가?"

"이를 말입니까. 황공무지로소이다."

나 때문에 저택에서 커다란 연회가 열렸다. 서열 1위의 대천사가 이리 날 대우해 주다니. 이 칼리엘. 생전에 이런 영광은 처음이었다.

"하하하! 제 잔을 받으시지요."

"이 사람이 왜 끼어들어?"

"저만 빼면 섭섭합니다. 칼리엘님의 무예에 대해 평소부터 들어왔습니다."

메타트론 클랜의 헌터란 헌터는 모두 몰려와서 내게 술을 권해댔다. 듣기 좋은 술이 졸졸졸 따라지는 소리와 함께 사방에 주향이 가득 찬다.

"하하하."

"뭐라! 으하하!"

사방에 웃음이 가득하다. 가브리엘님에게 듣던 것과 다른데? 메타트론 클랜은 산달폰, 우리엘 클랜의 잔당을 끌어 모아 급조했기에 내분이 심하다고 했다. 그런데 이건 딴판이 아닌가. 게다가 메타트론님의 태도 역시 소탈했다. 권위적이던 가브리엘과 상당히 다른 느낌이다.

"칼리엘. 본녀의 화신을 이해해주게. 녀석은 극렬한 충성파야. 열성당원이라고 할 수 있지. 그래서 본녀의 의중과 어긋나는 행동도 하곤 하네. 하지만 근본은 나쁜 녀석이 아니니, 인간을 수호하는 천사된 자 입장에서 이해해주게."

"이를 말씀이십니까."

"자, 본녀의 화신이여. 이리 와서 칼리엘에게 사과하라."

유제아가 오더니 내게 고개를 꾸벅 숙여 보인다.

"칼리엘님. 선릉에게 제가 크게 실수했습니다. 부디 용서해 주십시오."

물론 나는 용서했다. 진심이 느껴지는 사과였던 데다가 메타트론의 체면을 봐서라도 용서해야만 했다. 게다가 즐거운 연회 덕에 마음이 풀어진 상황이었다.

그나저나 메타트론과 화신은 엄한 상명하복 관계구나. 소문과 다르게 그녀는 자신의 화신을 제대로 통제하고 있었다. 듣기로는 화신인 유제아가 실세라고 하던데 역시 사실과 달랐다. 이 조직은 효율적으로 보였다. 그리고 메타트론의 관용적인 태도까지. 다 성공하는 데는 이유가 있구나.

"후우…."

나도 모르게 한숨이 나왔다. 고압적인 가브리엘 클랜 대신 메타트론 클랜의 휘하에 들고 싶었기 때문이다. 하나 이미 가브리엘 밑에 합류하기로 약속한 상황이다. 섣부른 선택으로 인한 실수였다. 소문을 맹신한 데다가 한쪽 말만 듣고 메타트론 클랜에 대해 판단하고 말았다.

"어찌 한숨을 내쉬느냐?"

메타트론님이 몸소 내 잔에 술을 채워줬다. 갑자기 메타트론님의 술을 받기 부끄럽다는 생각이 들었다.

"아닙니다. 그저 소인의 무지 때문이니 메타트론님께서는 신경 쓰지 마십시오."

"그대가 그리 하다니 알겠다. 하나 혹시라도 털어놓고자 한다면 본녀는 들을 테니 언제든지 말하거라."

나는 감사의 마음을 담아 고개를 숙여보였다. 안타깝구나. 이 위대한 천사와 좀 더 일찍 만나야 했거늘.

"어찌 그리 자애로우십니까? 이 칼리엘, 메타트론님의 마음 씀씀이에 감탄했습니다."

내 물음에 메타트론은 당연하다는 듯 대답해 온다.

"그것은 이 일이 끝나면 초코우유 30개를 받기로 했……. 흡!"

메타트론님은 어째서인지 황급히 자기 입을 막는다.

"아니다! 아니다! 말이 헛 나왔구나. 신경 쓰지 말거라."

지금 내가 뭘 들은 거지? 30개의 초코우유? 음, 아무래도 술에 취한 것 같다. 메타트론님께서 그런 뜬금없는 얘기를 하실 리가 없으니까.

나는 하하 웃고 말았다.

"재밌는 농담을 다하시는군요. 설마 메타트론님이 초코우유 때문에 움직이시다니요. 하하핫! 초코우유 100개면 무슨 일을 하실지 궁금하군요."

그러자 메타트론님은 어째서인지 눈을 지그시 감아버렸다. 이런 농담을 한다고 했는데 말실수를 한 모양이다. 역시 이 분은 소문 그대로의 분이였다.

오로지 무武 밖에 모르는 분이다.

가벼운 농담조차 하지 않는다는 점에서 나는 더욱 이분에게 감탄하고 말았다. 어쩌면 이리 잘 벼린 한 자루의 검과도 같은 분이시란 말인가!

100개의 초코우유라니!

세상에 그것보다 훌륭한 게 있을까?

메타트론은 그리 생각했다.

초코우유가 100개나 된다니?

그 극도의 호사스러움에 메타트론은 지금까지 감히 그걸 떠올려보지 못했음을 깨달았다.

메타트론은 칼리엘의 앞에서 눈을 지그시 감았다. 그 순간만큼은 도저히 자신의 표정을 관리할 자신이 없었기 때문이다.

그런데 눈을 감자 얄궂게도 메타트론의 눈앞에 새로운 것이 보였다. 바로 초코우유 100개가 살고 있는 망상의 세계였다. 그건 너무나 거대한 상상이었다.

'본녀가 감당할 수 있을까?'

메타트론은 두려움에 식은땀이 흘렀다. 자극이 강하면 정신을 놓아버리는 법이다. 하물며 초코우유 100개라니. 어쩌면 주화입마에 들어버릴지도 모를 일이었다.

'침착하자. 100개나 되는 쪼꼬우유의 당분은 만만치 않은 것이니!'

메타트론은 생사대적을 앞에 둔 것처럼 집중했다.

그리고 마침내!

그녀의 마음은 기어코 100개나 되는 초코우유가 한 번에 눈앞에 존재할 수 있다는 사실을 받아들였다.

실로 위대한 한 걸음이었다.

"새로운 경지로다!"

자기도 모르게 탄식이 터져 나왔다.

갑작스레 눈앞에 있는 메타트론이 "새로운 경지로다." 라고 중얼거리자 술을 입가에 대고 있던 칼리엘은 대경하고 말았다. 그의 눈이 부릅떠 커졌다.

'깨달음이다! 이건 무의 깨달음을 얻으신 거다! 잠깐 명상에 잠기시더니 그 사이에 무예의 극의에 다다르시다니!'

아무리 성취란 게 갑작스레 찾아온다지만, 서열 1위의 대천사가 새로운 경지를 개척하는 걸 눈앞에서 만나다니.

칼리엘은 벅찬 감동으로 손발이 부들부들 떨렸다. 이런 깨달음은 극도로 자신을 단련한 그도 과거 몇 번 경험했던 일이다. 그리고 이후에는 몰라보게 성장하게 된다.

'지, 지켜드려야 한다! 이분이 방해받지 않게 내가 지켜야 해!'

주변을 둘러보니 연회로 시끄러웠다.

메타트론은 명경지수를 유지하고 있었지만 무슨 방해가 있을지 알 수 없는 일이었다. 그는 자리에서 일어나 근엄한 얼굴로 변을 서기 시작했다. 그리고 주변에 시끄럽게 떠드는 취객들을 눈을 부라려서 쫓아냈다.

"주사가 있구먼. 저 분 저렇게 안 봤는데."

"그러게. 칼리엘님도 술 먹으면 개 되는 스타일인가 본데? 좀 떠들었다고 쏘아보는 것 좀 봐."

주변에서 수군수군거렸지만 칼리엘은 신경 쓰지 않았다.

지금 자신은 위대한 순간을 지키고 있는 거다. 그에 비하면 흠집이 나고 있는 자신의 명성은 아주 사소한 일일 뿐이었다.

'메타트론님! 대성 하십시오! 이 칼리엘이 전심전력으로 지켜드리겠습니다!'

메타트론은 100개의 초코우유가 존재한다는 사실을 수용하고는 완전히 자신의 심상세계(망상)에 들어와 있었다.

그곳은 초코우유의 시냇물이 흐르고 초코우유의 요정이 사는 곳이었다. 하늘에는 작은 날개를 단 초코우유들이 날아다녔다. 메타트론은 행복한 얼굴로 잠자리채를 든 채 그 비행 초코우유들을 잡으러 뛰어다녔다.

"아하하하! 게 섯거라! 하하하!"

메타트로은 해맑은 웃음을 달리고 또 달렸다.

"여기는 천국인가! 쪼꼬우유가 가득한데, 잔소리하는 유제아도 없느니라!"

이런 곳이면 언제까지나 살 수 있을 것 같았다. 메타트론은 요정들과 강강술래를 하며 초코우유 분수를 빙글빙글 돌았다.

이곳은 언제나 축제가 열리는 꿈의 동산이었다. 메타트론은 아주 만족했고 현실세계의 입으로 중얼거렸다.

"아아… 다 이루었도다."

그 말에 번을 서던 칼리엘은 너무 놀라서 눈알이 다 튀어나올 뻔했다.

"헉!"

분명히 다 이루었다고 메타트론님께서 말씀하시었다. 그 말인즉, 깨달음을 정리해 새로운 경지로 나아갔다는 얘기였다.

어쩐지 메타트론님에게서 후광이 보이는 듯했다.

'메타트론님! 이 칼리엘이 대성을 감축드립니다!'

차마 입으로는 말하지 못한 채 칼리엘은 부들부들 전신을 떨었다.

세상에 이런 호호탕탕한 일이 있나!

왕과 자웅을 겨룰 수 있는 메타트론이 한 걸음을 앞서가게 된 것이다!

이제는 왕조차 매일 밤 편히 잘 수 없게 됐다.

칼리엘은 벅찬 감동을 이기지 못하고 뜨거운 사나이의 눈물을 흘렸다. 그러자 영문을 모르는 주변에선 그 모습에 저마다 수근거리기 시작했다.

"어라? 우네."

"가끔 있지. 저런 스타일. 칼리엘님도 술 먹으면 청승맞아지는 성격인가 본데."

"멀쩡한 양반이 주사가 심하구먼. 저러면 못 쓰는데. 쯧쯧."

여전히 사소한 소곤거림이 들려왔지만 칼리엘은 신경도 쓰지 않았다.

'오늘밤 역사는 이루어졌다!'

칼리엘은 그렇게 감동 중이었지만 근처에서 혀를 차며 자신을 지켜보는 이가 있는 줄은 몰랐다. 바로 유제아와 스이엘이었다.

메타트론에 대해 너무 잘 아는 그들은 무슨 일이 벌어진 건지 알 수 있었다. 초코우유 100개란 말에 혼자 상상의 세계로 넘어가 버린 거겠지. 그런데 칼리엘은 그걸 멋대로 착각한 거고.

유제아가 길게 한숨을 내쉰다.

"바보가 하나 더 늘었구나."

스이엘은 혀를 차며 고개를 끄덕였다.

"그러게. 바보는 약도 없는데…."

"어떠냐? 어떠냐? 본녀가 잘한 것이냐? 유제아, 네가 만들어준 대본대로 읽었다."

"잘했어."

나름대로 오늘 고생한 메타트론의 머리를 슥슥 쓰다듬어줬다. 메타트론은 자긍심이 가득한 얼굴로 내 쓰다듬을 즐기고 있었다. 힘냈으니 당연히 누릴 권리라고 생각하는 듯했다.

"제법 기분 좋구나. 더 상냥하게 쓰다듬거라."

"네, 네."

"그건 그렇고 이제 약속한 포상을 내 놓거라."

메타트론의 요구에 나는 냉장고 문을 열어보였다. 그러자 메타트론의 얼굴이 순간 밝아진다.

"화아아!"

냉장고 안에는 30개나 되는 초코우유가 가득했기 때문이다.

"세상에, 어쩜 이리 황홀한!"

메타트론은 기쁨을 감추지 못한다. 사실 지엄한 대천사의 이런 모습은 어이없다면 좀 어이없는데, 나름 사정이 있다. 이 녀석은 전투 외에는 물정이 너무 어두워서 편의점에서 물건을 사는 법도 잘 모른다. 심지어 자산이란 개념도 희박해 현재 메타트론 클랜의 재화는 모두 내가 관리하고 있다. 그 때문에 메타트론은 초코우유와 여타 간식의 수급을 모두 내게 의존했다.

물론 나야 메타트론이 좋아한다면야 간식을 원 없이 사주고야 싶지만, 많이 먹으면 그만큼 식사가 소홀해지기 때문에 통제를 할 수밖에 없었다. 얼마 전에 빵만 잔뜩 먹고는 저녁을 안 먹겠다고 해서 혼쭐을 내줬다. 그러자 입이 댓자는 나와서는 유제아 네가 본녀의 엄마라도 되는 것이냐! 라고 항의하더라. 그래서 나는 그래, 내가 엄마다! 라고 일갈하며 주먹으로 관자놀이를 양쪽에서 잘근잘근 눌러 줬다. 그 뒤로 메타트론은 한동안 간식의 보릿고개를 겪었는데, 오늘 일로 초코우유 30개를 받았으니 가히 천하를 얻은 기분일 거다.

"한꺼번에 많이 먹지 마. 또 저녁 안 먹는다고 하면 혼나?"

"알았다. 알았다. 본녀가 어린애도 아니고 설마 그러겠느냐."

그렇게 말해도 믿음이 좀 안 가는데.

너 어린애 맞잖아.

"그건 그렇고, 유제아."

"응?"

"본녀의 냉장고를 그만 쳐다 보거라. 쪼꼬우유가 상하겠다."

"날 대체 뭐로 생각하는 거냐? 응? 걸어 다니는 황색포도상구균 정도로 생각하는 거야? 뭐야?"

"에잇, 시끄럽다. 아무리 애원해도 쪼꼬우유를 하사할 일은 없으니 관심을 끄거라. 이건 본녀의 정당한 보물이다. 오늘 본녀는 노력했다. 정말 최고로 멋졌다."

자화자찬이 심하긴 하지만 잘하긴 했다. 칼리엘은 완전히 메타트론의 지도자적 자질에 감명 받은 듯했으니까. 아니, 필요 이상으로 감명 받은 게 문제지만.

"좋아. 이제 가브리엘과 칼리엘을 갈라놔야겠군."

"가서 힘 내거라. 유제아. 치졸한 수법을 쓰는 게 딱 그대에게 적합한 일 아니더냐?"

울컥.

"너 자꾸 까불면 그 초코우유 전용 냉장고 갖다 버려버린다?"

"끄아앗! 세상에! 그런 만행을! 본, 본녀가 잘못했다. 그런 전쟁범죄는 저지르지 말거라! 대량학살은 중범죄다."

이 녀석에겐 초코우유의 안위는 인명만큼이나 무거운 모양이었다. 더 얘기하다가는 제네바 협약에 사실 초코우유 항목이 있단 소리까지 나올 것 같아 자리에서 일어났다.

"다녀올게."

"그래, 수고 하거라. 기왕이면 올 때 아이스크림 사오고."

이제 유언비어를 흘리는 작업에 들어간다. 아직 칼리엘이 노량진에 머무는 동안 진행해야 했다. 소문은 간단한 것이었다. 칼리엘이 메타트론 휘하에 들기로 했다는 얘기였다. 가브리엘이 겁쟁이라 그의 밑에선 언제까지 적을 구경하지 못할 것 같단 이유에서였다.

닷새나 메타트론 클랜에 머문 칼리엘이 드디어 떠났다. 원래는 더 일찍 떠나려던 그였으나 우리 쪽에서 계속 붙잡아서 그렇게 됐다.

"신세졌습니다. 비록 이번 전쟁에서 같은 진영은 아니겠으나 무운을 빌겠습니다."

칼리엘은 내게도 친근한 태도로 인사해 왔다. 며칠 사이에 앙금을 풀고 친해진 탓이다. 그는 메타트론에게 깊이 감화되어 무척이나 이별을 아쉬워했다. 어떻게든 메타트론 클랜 휘하에 들고 싶어하는 기색이 역력해 보였다. 하지만 그가 괜히 명망 높은 게 아니다. 한 번 약속은 금석과도 같이 지키는 게 칼리엘이다. 물론 지금 속으로 피눈물을 흘리고 있겠지만.

"살펴 가시길 바랍니다. 칼리엘님."

돌아갈 수 있다면 말이지. 이미 작업이 끝난 상태였다.

아니나 다를까.

다음날 바로 칼리엘이 노량진으로 돌아왔다. 그는 평소의 모습답지 않게 흥분해 있었다.

"무슨 일이십니까?"

"믿을 수 없는 일이 일어났습니다. 유 위원님. 가브리엘 클랜에서 저를 배신자로 매도하며 비난하더군요!"

"네? 배신자라니요?"

아무것도 모른다는 듯 묻는 내 말에 칼리엘은 줄줄이 털어놓는다.

"제가 이제 메타트론 클랜에 붙었으니 앞으로 필요 없다고 했습니다. 세상에! 메타트론 클랜의 환대로 노량진에 며칠 머문 것 정도로 그리 취급하다니! 가브리엘 그 양반이 이리 소인배인 줄 몰랐습니다. 그대는 언제나 사냥터를 홀로 다닐 정도이니 싸움질 좋아하는 검은 날개 밑에 있으면 제격이겠구나, 라고 하더군요."

평상시라면 그 정도로 관계가 깨지지 않았겠지. 그런데 이미 칼리엘은 메타트론의 '만들어진 인품'에 감읍한 상태다. 연회에서 메타트론이 6년간 홀로 떠돌며 해냈던 전투는 이 천사를 완전히 사로잡기 충분했다. 결국 그 자리에서 가브리엘과 대판 싸우고 갈라섰다고 한다. 곧 칼리엘은 간절하게 부탁해 온다.

"유 위원님. 제가 어찌하면 메타트론 클랜과 같이 싸울 수 있겠습니까? 가브리엘 클랜에 반쯤 가세했다가 이제와 함께하겠다고 하니 염치가 없어서 쉽게 입이 떨어지지 않습니다."

나는 걱정 말라는 듯 그의 손을 잡아주었다.

"제가 말씀드리겠습니다. 너무 심려하지 마시길."

"정말이십니까? 이 전쟁, 메타트론님과 함께 싸울 수 있다면 더 없는 영광이겠습니다!"

바보… 아니, 칼리엘의 얼굴이 갑자기 환해진다.

"저희야말로 감사할 일이지요. 칼리엘님 같이 고명하신 분께서 함께해주신다면."

결국 칼리엘은 그날 메타트론을 만나 휘하에 들기로 약속했다. 그뿐만이 아니었다. 의외로 뜻하지 않던 자들까지 얻게 되었는데, 평소 칼리엘을 따르던 중립파 평천사들이었다. 칼리엘을 포함해 총 25위位로, 나름대로 파벌을 형성하고 있던 자들이었다. 그들은 리더인 칼리엘의 결정에 따라 전격적으로 메타트론 클랜의 휘하에 들기로 한 것이다. 그리고 그 스물다섯 천사의 클랜에는 1,041명의 헌터들이 있었다.

갑자기 평천사 25위位와 헌터 1,041명을 메타트론의 군단에 두게 된 것이다. 이로써 메타트론의 군단은 천사와 헌터를 합쳐 1,500가량이 됐으니, 군단으로서 최소한의 구색은 갖추게 되었다. 아직 많이 미진했지만 말이다.

가브리엘의 성소.

백당의 총수가 머무는 이곳에는 지금 대천사 나나엘이 방문해 있었다. 나나엘은 날카로운 인상에 키가 껑충하게 큰 미녀로 마치 발키리 같은 느낌의 대천사였다.

　"다른 자들은 안 불러도 되는 거야?"

　나나엘의 물음에 가브리엘은 고개를 저었다. 백당이란 이름으로 뭉쳐있는 그들이지만 미묘한 갈등 관계가 존재했다. 가브리엘은 바라카엘, 카마엘, 자르키엘을 믿지 않았다.

　"카마엘, 자르키엘은 이득에 따라 움직이지. 날 따르는 게 이득이라면 배신하지 않을 거다. 하지만 바라카엘은 야심이 있지."

　"꽤나 고생이네, 우리 총수님. 흑당을 상대하는 것만 해도 벅찰 텐데 내부단속도 신경 써야 하고."

　"그건 흑당 쪽도 마찬가지다. 몬스터와의 싸움뿐 아니라 우리 백당도 억지로 끌어들이기 위해 머리를 쥐어짜고 있을 테니까."

　며칠 전 흑당과 백당의 대립이 있었다. 어찌 잘 수습되긴 했지만 자칫하면 개전의 결의 자체가 무효화될 뻔했다. 이유인 즉, 백당에서 서열 1위 대천사 메타트론의 총지휘권을 부정했기 때문이다. 즉각 흑당에선 반발했고 막말이 오갔다.

　"아무리 규칙이 그렇다고 해도 어림없는 일이지. 몇 년이나 가출해서 서열 1위의 일을 방기한 녀석에게 총지휘권을 넘길 수 없는 일이다. 게다가 메타트론의 초라한 군세를 생각하면 더더욱."

　가브리엘은 며칠 전의 기억을 떠올리는 듯 미간을 좁히고 있었다. 결국 백당과 흑당은 강북에서 따로 행동하기로 했다. 양 진영 다, 몸 하나에 머리가 두 개인 것보다 각자 움직이는 게 낫다는 걸 알고 있었다.

"가브리엘, 우리가 나뉘어 진군했다가는 강북에서 승리하지 못해."

"애초에 강북에서 승리할 필요가 있는 건가?"

"뭐?"

"강남에서 몬스터들의 기세가 꺾이긴 했지만, 아직 제대로 정리를 못했다. 강북에서 건곤일척의 승부를 하느니 안정적으로 강남부터 평정하는 게 도리에 맞지 않겠나?"

"요컨대 적당한 성과와 함께 조기에 종전하는 게 목표구나?"

"현실주의적 결정이라고 해주게."

가브리엘은 이런 자신의 목표를 위해 강북에서 슬렁슬렁 움직일 작정이었다. 그러면서 흑당이 패전하기를 기다린다. 싸움에서 지면 여론은 흑당에게서 등을 돌리겠지. 그때 가브리엘은 다시 나서서 싸움터를 강남으로 옮길 작정이었다.

"때가 되면 우리는 멀쩡한 군세로 강남 일대를 평정하면 된다. 그 땅들은 모두 우리 백당의 차지가 되는 거지. 흑당 녀석들은 강북에서 실컷 고생하게 두라고."

가브리엘이 보기에 흑당은 이상주의자에 불과했다.

"나나엘. 일의 계획이란 현실의 조건이나 한계를 그대로 인정해 설정할 필요가 있다. 사악한 몬스터를 토벌하고 인간을 구해야한다는 명분이나 이념 따위가 아니라. 몬스터 사태가 시작된 이래 모든 쓸만한 결과는 나 같은 자들이 내왔어. 칼 한 자루 들고 날뛰는 메타트론 같은 부류가 아니라."

이것저것 마음에 앙금이 많은 듯한 말투였다.

가브리엘은 허공에 디스플레이를 띄우더니 나나엘에게 무언가를 보여준다.

　가브리엘님께.
　어찌 저희가 인재를 구하는 걸 다 아시고 이런 배려를 해주시는 건지 모르겠습니다. 보내주신 인재는 적재적소에 활용하겠습니다. 저라면 인재 욕심 때문에 선뜻 그러지 못했을 텐데 가브리엘님은 과연 배포가 대단하십니다.

-메타트론 클랜의 유제아.

　명백히 조롱조의 메일이었다. 나나엘은 이게 무슨 얘긴지 알 수 있었다. 이름 높은 천사인 칼리엘과 그가 이끄는 파벌인 청성회가 흑당으로 간 건 상당한 이슈가 됐으니까. 가브리엘은 다시 분기가 오르는지 수염을 가늘게 떨고 있었다.
　"메타트론이나 그 화신이나 하는 짓이 똑같지 않나! 이런 자들에게 대업을 맡긴다는 건 말도 안 될 일이지. 남을 이간질하기나 하는 소인배들이야."
　칼리엘을 잃고 나서야 무슨 일이 있었던 건지 가브리엘은 알 수 있었다. 분해서 그날 잠도 제대로 못 잘 정도였는데, 자신이 먼저 한 게 있어서 항의할 수도 없었다. 애초에 먼저 뒷 공작으로 인재 등용을 방해한 건 가브리엘이었기 때문이다.
　"절대 그 전쟁광들 뜻대로 하게 두지 않을 거야. 아군은 이길 수 있는 싸움만 해야 한다. 그게 아니라면 무조건 지키는 거고."

나나엘은 적이 아니라 아군을 상대로 의지를 불태우는 가브리엘을 물끄러미 보면서, 강북에서의 싸움이 쉽지 않겠다는 생각을 했다. 그녀가 보기에 가브리엘은 현실주의자를 자처하고 있지만, 근시안적인 현실주의자였다. 현실주의란 이름에 빠져서는 정작 중요한 걸 못 본다고 느낌이었다. 한 파벌의 총수답지 않게 큰 그림을 그리지 못한다고 할까? 하지만 나나엘은 굳이 그걸 지적하지 않았다. 어차피 자신은 칼도 못 뽑는 겁쟁이였다.

"그래, 네 판단이 맞길 바라."

나나엘은 늘 위엄있는 대천사를 연기하고 있었지만 이미 용기를 잃어 버린 지 오래된, 죽은 것이나 다름없는 자였다.

4. 뜻밖의 조력

5월.

흑당이 1만 5,500여명의 군세를 모았다. 각 대천사의 군단이 모인 이 무리는 흑익군黑翼軍이라고 부르기로 했다. 메타트론의 날개에서 딴 이름이었다. 이렇게 병력이 집결하자 우리는 망설임 없이 출정했다.

백당과 연합해 '집단군'을 만드는 게 틀린 이상, 백당이 아직 밍기적거리고 있다고 해서 기다릴 이유가 없었다. 흑당의 가장 중요한 전략 목표는 용산역이었는데 이곳만 점령하면 대군주 카르페가 있는 경복궁까지 직선으로 올라갈 수 있다. 게다가 한강철교를 통해서 노량진과 연계할 수 있으니 더욱 좋다. 하지만 몬스터들도 바보가 아닌 이상 이 점을 모를 리가 없었다.

"철옹성이네, 철옹성."

"그러게, 저기로 진입하려면 완전 노르망디 상륙 작전 한 번 찍어야겠구나."

메타트론과 나는 공중에서 용산역을 정찰하며 고개를 절레절레 흔들었다. 몬스터들은 우리에게 한강철교를 빼앗긴 이래 독이 바짝

오른 상태였다. 그래서 한강철교에서 용산역까지 이어지는 구간을 완전히 요새화 해놨다. 그 모습에 메타트론이 혀를 찬다.

"아무래도 한강철교를 너무 일찍 점령한 게 아닌가 싶구나. 괜히 벌집을 들쑤셔 놓은 기분이다."

"어쩔 수 없었잖아. 모두회의 발언을 위해 성과가 필요했다고."

"그거야 그렇지만… 이제 어쩌면 좋겠느냐?"

"할 수 없지. 우회해야지. 저걸 정면에서 들이받는 건 제정신으로 할 수 있는 일이 아니야. 강북에서 제대로 싸워보기도 전에 병력의 반이 녹아버릴지도 몰라."

우리엘을 통해 알게 된 건데, 용산역 방어를 위해 군주급 몬스터들이 여럿 내려왔다고 한다. 우리가 전쟁을 준비하는 겨울 동안 적도 놀고 있던 게 아니다. 이쪽이 치고 들어갈 만한 지점을 열심히 방비했던 거다.

"서강대교 쪽으로 도강하자. 그리고 서강대까지 올라간 뒤에 남하해서 용산역을 후방에서 공격하는 거야."

내 말에 메타트론은 천천히 날갯짓을 하며 골똘히 생각에 잠긴다.

"나쁘지 않구나. 하지만 서강대교를 사용하려면 먼저 여의도를 점령해야 한다."

"여의도쯤이야 문제될 거 없지. 군주급 몬스터도 없잖아. 잔챙이들뿐이야."

그리 결정을 하고는 우리는 강변에서 대기 중인 부대로 돌아갔다. 그리고 여의도로 향하겠다고 명을 내렸다.

"서쪽으로 이동한다."

이번 전쟁에서 나는 연합헌터단 단장으로 종군한다. 의전서열로는 각 군단을 이끌고 있는 대천사들 보다 한 칸 아래지만, 실질적인 파워는 비슷했다. 애초에 메타트론의 군단이 내 휘하에 있는 거나 마찬가지였으니까. 메타트론은 한껏 위엄을 부리며 날 돕고 있었지만 실제로 군대를 지휘하는 일엔 무관심했다. 그녀는 홀로 군단이다. 전투가 나면 혼자 뛰어들게 틀림없었다. 비록 분신체긴 하지만 큰 도움이 될 거다.

"저, 단장님?"

갑자기 말을 거는 소리에 돌아보니 원윤아였다. 내 소꿉친구 비서 양께서는 험한 전쟁이니 노량진에 있으란 말을 단호히 거절했다. 사령부에만 있을 테니 큰 문제는 없을 거라나.

"왜?"

"저기 좀 보세요. 한강철교 위로 몬스터들이 달려오고 있는데요?"

"뭐?"

그게 무슨 뜬금없는 소리야? 한강철교로 몬스터들이 왜 공격해와? 의아해하면서 보니까 정말 한강철교 위로 몬스터들이 이쪽으로 돌진해 오고 있었다. 그런데 뭔가 무시무시한 기세라기보다 허둥대는 느낌이었다.

"헤에? 저것들 뭐야?"

조그마한 스이엘에 내 곁에 오더니 유치원생처럼 손을 잡으면서 묻는다. 심지어 한손에는 막대사탕도 들고 있었다. 스이엘은 몸이 어려지더니 행동도 어려진 것 같았다.

"글쎄. 뭐지?"

당황하는 건 나뿐이 아니었다. 아군의 모두가 술렁이고 있었다. 그도 그렇게 몬스터들이 정신 나간 짓을 벌이고 있기 때문이었다. 한강철교 끝에는 지금 흑당의 전력이 모두 모여있었다. 분신이긴 하나 대천사들도 여럿이다.

한데 그걸 들이받으려고 한강철교를 건너오고 있던 것이다. 당연히 지형적으로도 적이 불리하다. 우리가 한강철교 입구에서 부채꼴 모양으로 자리 잡고 있으면 일렬로 내려온 적은 완전히 녹아버릴 수밖에 없다.

"상식적으로 이해가 안 되는데…. 무슨 꿍꿍이지?"

내가 곤란해 하자 메타트론은 심각하게 생각할 필요 없다고 조언해 온다.

"적이 오면 격파하면 그만이다."

그리 말하면서도 과자 봉지를 뜯는 걸 보니까 참으로 태평하다. 참고로 메타트론은 종군의 대가로 일일 과자배급량을 세 배나 받게 되어 희희낙락하고 있었다. 어제 전격적으로 협의가 타결됐는데, 전쟁 간 힘들 테니 과자를 많이 먹어도 밥을 잘 챙겨먹겠지 싶어 내린 결정이었다.

"흐음……."

누굴 보낼까 고민하는 눈빛으로 부대를 둘러봤다. 그러자 수많은 눈빛이 나를 향한다. 서열상 최고 지휘관은 메타트론이다. 그런데 그 메타트론이 내게 뭐든 맡기는 듯한 태도인지라 자연히 모두 날 주목했다. 다른 대천사들이야 내 지지자거나 아무래도 상관없단 입장이었고.

좋아, 결정했다.

"티르리온 백인대!"

내 부름에 한 집단이 반색하며 앞으로 나선다. 전원 중갑으로 무장한 그들은 천사들 중 군인 역할인 권천사들이다. 라미엘 클랜에 있던 걸 내가 흡수한 이래 상당한 발전이 있었다. 일단 내가 돈을 엄청나게 발라서 그들의 장비를 대폭 업그레이드를 했다. 메타트론이 남몰래 훈련도 시켰다고 한다.

최근까지 몰랐는데 그 초코우유 탐식자가 의외로 일을 하고 있었던 거다. 내가 외출했을 때는 그들을 불러 넣고 개인 전투 기술을 교습했다고. 생각 외로 기특한 구석이라 메타트론을 다시 본 계기가 됐다. 그 외에 가끔 커다란 고기 덩어리 같은 걸 들고 뭘 하던데, 그건 대체 뭘까?

"명을 받듭니다!"

티트리온 백인대의 우렁찬 목소리가 강변 일대를 쩌렁쩌렁 울린다. 나는 그들의 병기와 갑주가 만들어 내는 위광에 만족하며 티르리온에게 물었다.

"추가 인원이 필요하나?"

"아닙니다!"

티르리온은 단호하게 거절하더니 백인대를 이끌고 한강철교로 향했다. 사방에서 환호가 쏟아진다. 좀 어처구니없게 시작되긴 했으니 이번 전역의 첫 전투라 모두 큰 소리로 응원해주고 있었다.

결과는 금방 나왔다.

예상대로의, 이변이라고는 하나도 없는 결과였다.

-쿠아아아아!

한강철교 위에 남아있던 마지막 몬스터가 울부짖었다. 그리고 그
걸로 끝이었다. 허둥대며 달려들던 놈들은 모두 박살나서 피떡이 됐
다. 철교의 기둥을 보니 번들거리는 피가 흥건히 흘러내린다.

"뭐지… 이게…."

이 상황에 지휘부는 혼란에 빠졌다. 반면 병사들은 첫 승리에 사
방이 떠나갈 듯 환호하고 있었다. 특히 종군기자로 따라온 자들이
연신 플래시를 터뜨려댄다. 저 자들 때문에 이번 전역은 거의 생중
계나 다름없는 상황이었다. 이후 한강철교로 몬스터들이 더 밀려나
왔으나 우리의 기세에 눌려서는 멀리서 소리만 질러댔다. 일부는 부
서진 콘크리트를 던져댔는데 거리가 있어 닿지도 않았다.

"점점 알 수 없군. 쩝….."

혼자 머리를 긁고 있자니 티르리온 백인대가 유난히 큰 몬스터 하
나를 끌고 오고 있었다. 다 죽인 줄 알았더니 하나 살려둔 모양이다.

"몰려온 녀석들의 대장입니다. 심문할 필요가 있을 듯해서 데려
왔습니다."

이런 센스 있는 천사 같으니라고. 나는 그를 크게 칭찬하고는 바
로 잡아온 몬스터의 신문에 나섰다. 당연히 녀석은 비협조적이었기
에 나는 주변에 도움을 요청했다.

"맡겨주십시오. 이 녀석 입을 좀 더 부드럽게 바꿔놓겠습니다."

티르리온 백인대의 천사들이 나서 몬스터를 고문하기 시작했다.
녀석은 한참이나 비명을 지르더니 신기하게도 정말 말문이 열렸다.

-마, 말하겠다……

놈은 피를 너무 많이 흘려서 정신이 반쯤 나간 듯했다. 그저 편안한 죽음만을 바라는 듯한 눈동자다.

"말하라. 말하면 네게 안식을 주지."

─좋다….

몬스터의 입에서 나온 정보는 놀라운 것이었다. 바로 여의도에 3,000여 마리의 몬스터가 대기하고 있다는 것. 무리에는 군주급 몬스터 하나까지 포함되어 있다고 했다. 그들은 우리가 한강철교를 건너 용산역을 공격하면, 배후를 습격하려 했다는 것이다.

"참 괜찮은 작전이군. 우리가 한강철교로 건너가지 않았다는 점만 빼면 말이야."

이제야 우리가 한강철교를 떠나려고 하자 몬스터들이 득달같이 달려 나온 이유를 알겠다. 생각했던 작전이 어긋나니까 어떻게든 유인하려고 했던 것이겠지.

"아군의 뒤를 치려고 했구나? 이거 운이 좋네."

뒤에서 듣던 미카엘라는 기뻐했다. 그리고 자신이 곧장 여의도 공격의 선봉에 서겠다고 나섰다.

"좋아. 미카엘라 군단을 선봉으로 해서 여의도로 쳐들어간다. 이후 디엘 군단은 한강철교 앞을 지키도록. 여의도로 간 틈에 다시 몰려나오면 골치 아프니까."

우리는 파죽지세로 여의로를 공격했다. 가보니 이미 소식을 들은 듯 3,000여 몬스터들이 급하게 방어선을 구축하고 있었다. 설마 우리 쪽에서 여의도를 공격할 줄 몰랐겠지. 그들 입장에서는 어떻게든 여의도에서 서강대교로 향하는 길목만은 막으려 했지만 이미 늦어

버렸다.

미카엘라 군단의 정예가 들이치자 놈들은 단번에 박살났다. 몬스터 무리는 사방으로 달음박질치기 시작했다. 어떤 놈들은 국회의사당으로, 어떤 놈들은 KBS건물로, 어떤 놈들은 서강대교로 달려 나갔다. 여의도 일대에서 소탕전이 벌어졌다. 덕분에 기자들만 신이 났다. 아군이 일방적으로 두들기고 있으니 취재할 맛이 나는 듯했다.

"카메라! 카메라! 뭐하고 있어! 이리 안 오고!"

"여기 인터뷰 좀 해주세요!"

"이건 몇 등급 몬스터입니까?"

그렇게 기자들이 들쑤시고 다니니, 오늘 뉴스는 흑익군의 얘기로 도배되겠지.

"유제아. 안 싸우느냐? 본격적인 전쟁에 앞서 몸을 풀기 좋은 기회니라."

메타트론이 검을 들고 나서며 묻자 나는 고개를 가로저었다.

"다녀와. 난 할 일이 있으니까."

내겐 전투보다는 기자들 상대가 더 신경 쓰이는 일이었다. 두 번의 싱거운 전투를 영웅적 승리로 포장해야 한다. 그래야 대중은 우리에게 열광할 것이다. 그리고 출정하지 않은 채 자리만 지키고 있는 백당을 비난하게 되겠지.

"유제아 의장님! 인터뷰 좀 부탁드립니다!"

"유 의장님! 오늘 승리에 대해 어떻게 생각하십니까!"

마침 기자들이 한가로이 있는 나를 발견하고는 우르르 몰려든다. 나는 그들을 향해 사람 좋은 미소를 지어보였다.

"하하하. 당연히 대답해 드려야지요."

언론이란 정말 훌륭하지 않은가.

언론을 이용하면, 지저분한 정치 공작도 당당하게 행할 수 있으니 말이다.

서강대교로 도강한 우리는 서강대학교에 자리를 잡았다. 이제부터는 적지다. 삼엄한 경계 병력이 일대에 깔렸다. 나 역시 이런저런 일로 한동안 뛰어다녀야 했는데 밤 11시가 돼서야 간신히 발 좀 뻗고 누울 수 있었다. 나는 심야뉴스를 보며 콜라를 홀짝거렸다.

-오늘 여의도가 탈환되었다는 소식에 전국민이 들썩이고 있습니다. 김 교수님, 이 일의 의미에 대해 어떻게 평가하십니까?

-드디어 인류의 반격이 시작됐다고 볼 수 있겠습니다. 우리가 노량진을 되찾은 건 몬스터 사태 이후 처음입니다. 그간 감히 엄두도 못 냈던 일이 이뤄진 겁니다.

심야 뉴스에서는 전문 위원과 앵커가 대화를 하고 있었다. 다른 뉴스 채널을 돌려봐도 비슷했다. 오늘 흑당의 여의도 탈환이 큰 화제였다. 여기저기서 여의도 얘기만 하며 우리 군을 끝없이 찬양하고 있었다.

그나저나 내 인터뷰도 있을 텐데? 오늘 싸움 후 기자들을 모아놓고 일장 연설을 했으니 뉴스에 나올 거다. 뉴스 채널은 같은 내용을 계속 반복하니까 기다리면 나오겠지.

"아, 나왔네."

아니나 다를까 인터뷰 장면이 나오기 시작했다. TV의 나는 사명감으로 가득 찬 인류의 수호자 같은 모습이었다. 꽤나 열변을 토해내고 있었는데 내용은 간단, 명확했다. 우리 흑당은 사명감을 갖고 싸우는데 지금 백당은 뭘 하냐는 이야기였다. 나는 정중한 태도를 유지하면서도 여러 번 백당을 까고 있었다.

-우리의 총의는 강북 탈환입니다. 모두회의에서 결정된 이 사안에 대해 한마음으로 노력해야 할 것입니다. 하나 이때 사리사욕과 자기 당의 이득만을 위해 움직이는 무리가 있다면, 결국 역사의 죄인으로 남게 될 것입니다!

TV에 나오는 내 모습을 그리 물끄러미 보고 있는데 텐트로 원윤아가 들어왔다. 내가 시킨 일이 있어서 보고하러 온 거다.

"어때?"

"응, 인터넷을 뒤져봤는데 여론은 확실히 우리 편이야. 백당을 비난하는 소리가 상당해."

일반인들도 천사와 헌터들이 파벌을 나누고 서로 알력 다툼을 벌이는 걸 알고 있다. 그래서 더욱 백당을 비난하는 여론이 거세게 일어나고 있다고 한다.

"백당 쪽도 이대로라면 상당히 부담이 될 거야. 한동안 더 엉덩이를 뭉개고 있을 생각이었겠지만 이제는 어려울 것 같아."

"단언하긴 일러. 가브리엘 그 양반은 보통이 아냐. 어떻게든 핑계를 만들어서 더 버틸지도 몰라. 정보팀에게 인터넷에서 선동을 하라고 그래. 어차피 여론은 우리 편이야. 그림만 제대로 만들면 한 방

먹여줄 수 있겠지."

　방법은 얼마든지 있었다. 대중의 감정을 자극하는 게 좋다. 강북에서 죽은 하이에나나 헌터 얘기로 감성팔이를 하면 된다. 원래라면 강북에서 죽는 헌터와 하이에나는 일상일 뿐이다. 하지만 그걸 백당이 강북으로 진군하지 않아서 죽었다는 식으로 포장하면 어떻게 될까? 분명히 대중은 분노하겠지. 특히 희생된 헌터나 하이에나가 어리거나 여자면 화를 돋우기 더욱 좋다. 사실 늘 있는 일이, 뉴스 좀 탄다고 백당의 잘못이 돼버린다.

　"언론을 잘 사용해서 백당은 이기적이고 나쁜 집단이란 프레임을 씌워야 해. 그래야 이후 우리가 상황을 주도하기 좋아지겠지."

　"알았어. 정보팀에게 신경 써서 하나 만들어 보라고 할게. 최대한 감정적으로 자극이 가능한 걸로."

　원윤아는 고개를 끄덕이고는 나갔다.

　"후우…."

　그제야 나는 간이침대에 몸을 뉘었다. 딱히 전투를 직접 한 것도 아닌데 온 몸이 뻐근하고 아프다. 가브리엘 녀석뿐만이 아니라 대군주 카르페도 경계해야 한다. 이 강북은 그의 땅. 이렇게 대군을 이끌고 들어선 이상 곱게 돌려보내려고 하지는 않을 터. 나는 다가올 회전을 떠올리며 상념에 잠겼다. 그런데 그때 갑자기 알림이 울리더니 메일이 도착했다. 미리 지정해 놓은 중요한 메일주소라 허공에 홀로 그램으로 떠오른다.

승전을 축하드립니다.

다만 유 위원님의 성명에 대해서는 오해의 소지가 있어 우려스럽습니다. 본인의 언제나 흑당과 사이좋게 지내고자 합니다. 서로 불필요한 마찰은 피했으면 합니다.

-가브리엘.

나는 가브리엘의 메일에 피식 웃음을 터뜨렸다. 그 나름대로는 정중하게 경고한 거겠지. 하지만 어쩌나. 내겐 이런 경고는 씨알도 안 먹힌다. 이런 거에 신경 쓸 정도였으면 TV를 통해 공개적으로 까지 않았을 거다. 나는 답 메일을 간단하게 적어 보냈다.

사이좋게 지내고 싶으시면 사이좋게 강북으로 진군합시다.

-메타트론 클랜의 유제아.

이후 답장은 없었다.

안 봐도 뻔하지. 가브리엘의 성격상 욕은 못한다. 속으로 부글부글 끓고 있겠지. 아니, 그러니까 누가 그렇게 강남에서 아직 버티고 있으라고 했나. 간교한 놈 같으니라고. 누가 네놈 수작을 모를 줄 아냐. 이쪽이 대패하면 그때 나서서 주도권을 쥘 요량이겠지.

하지만 무르군, 가브리엘. 그건 철저히 무른 수작이다. 마치 감이 떨어지길 기다리며 입을 벌리고 있는 꼴이다. 만약 내가 가브리엘이었다면 좀 더 철저히 했다. 흑당이 패배하게 온갖 공작을 부렸겠지. 그게 나와 가브리엘의 차이였다.

경북궁에 자리 잡은 강북의 수뇌부는 충격에 빠졌다.

초전에 연패를 하더니, 결국 강북에 인간과 천사 진영이 똬리를 틀게 만들어버린 것이다. 게다가 여의도에서 군주급 몬스터 훔바가 살해당해서는 그 머리가 지금 땅바닥을 구르고 있었다.

－이 머리는 누가 들고 온 것이냐?

카르페의 물음에 몬스터 하나가 나서 대답한다.

－인간이 쓰는 기계새가 와서 떨어뜨려놓고 갔습니다. 위대하신 분.

기계새는 드론을 말한다. 유제아는 여의도에서 잡은 군주급 몬스터의 머리를 참수해서는, 드론에 묶어 경복궁 근처에 떨어뜨렸다. 이후 몬스터가 이를 주워서는 카르페의 앞으로 가져온 것이다.

잘린 훔바의 머리는 비참했다. 고통스러운 얼굴로 혀를 내빼고 죽은 꼴이 패장의 말로를 적나라하게 보여준다. 하지만 몬스터 중 누구도 훔바를 동정하지 않았다. 오히려 비웃고 잘린 머리에 침을 뱉어댔다.

－퉷! 그리 잘난 척을 하더니 꼴이 좋군!

－이제야 그 재수 없는 주둥이가 닫혔구나!

한동안 근정전에 모인 군주급 몬스터들은 죽은 훔바를 조리돌림하듯 비웃었다. 카르페 역시 그런 분위기를 조장했다. 사실 초전의 패배는 카르페의 안일한 대비에 있었기에 마치 훔바의 실책인 양 몰아가기 위해서이다. 그리고 이후 그는 여전히 유능한 지도자인 것을 가장하기 위해 한 가지 문제를 제기하고 비책을 내놓을 작정이었다.

-모두 듣거라. 놈들이 강북으로 기어 올라오긴 했으나 아군의 군세가 많고 강하니 두려워할 것 없다. 일거에 깨 부수면 될 일!

그러자 모여있던 몬스터들이 호응했다.

-하지만 우리가 조심해야할 일이 하나 있다. 바로 대천사들의 본체가 튀어나오는 일이다.

카르페는 대천사의 본체가 신성지를 포기하고 직접 튀어나올 위협을 경고했다. 실제로 노량진 사태 때 대천사 미카엘라가 자신의 신성지를 포기한 전례를 덧붙이면서. 그러자 듣던 몬스터들은 저마다의 반응을 보인다.

-그리되면 사생결단뿐입니다!

-차라리 잘 됐습니다! 신성지가 무너진다면, 그 결계 안에 숨어있는 인간놈들을 모조리 도륙할 수 있겠습니다! 크하하!

더욱 호전성을 드러내는 몬스터가 있는가 하면 우려를 표하는 몬스터도 있었다.

-대천사들의 본체를 상대하기 쉽지 않을 것입니다. 타르하님과 르카님이 쓰러진 상황이니 말입니다.

서울에는 원래 대군주급 몬스터가 셋이었다. 그런데 노량진 수복때 대군주급 타르하가 미카엘라에게 죽었고, 이어 노량진 웨이브에서 유제아에게 대군주급 르카가 죽었다. 그렇기에 대천사들의 본체가 튀어나오면 아주 치열한 전투가 될 터였다.

물론 신중한 의견은 몬스터에겐 나약함으로 치부되었다.

-겁쟁이 같은 소리하려면 입을 닥치라!

-쪼다 같은 놈!

-역시 네놈은 그 자리가 안 어울린다. 그만 은퇴하지? 훔바처럼!

사방에서 야유가 쏟아졌다.

카르페는 그렇게 분위기가 달아올랐을 때 나섰다.

-놈들의 본체가 튀어나온다 하여도 걱정치 말라! 평양에서 내려온 삼건장이 있다! 그리고 대천사들에 비해 우리 군주들의 수가 훨씬 많으니 불리한 싸움은 아니다!

호전적인 몬스터들답게 당장이라도 싸움을 벌이자고 난리였다. 대체 지금까지 10여년의 대치 상태를 어떻게 참았나 의문일 정도였다.

대군주급 몬스터 르카가 사망하고, 온건파도 연달아 숙청되자 몬스터간의 세력 균형은 완전히 무너진 상태였다. 이제 이들은 거칠게 없었다.

-모두 들으라! 우리의 승리가 당연하다고는 하나 대천사들의 본체가 나타남을 경계하지 않아야 한다는 게 아니다. 기왕이면 쉽게 싸우는 게 이롭다.

카르페가 이리 운을 띄우는 건 방책이 있단 얘기였다. 몬스터 군주들은 과연 어떤 수가 있는지 그를 주목했다.

-보호해야할 도시와 인간이 있는 대천사들은 신성지를 포기하지 못한다. 그렇다면 열화된 분신체로 부대를 이끌 수밖에 없겠지. 게다가 그 분신체는 한 번 죽이면 수복하는데 많은 시간과 마력이 필요하다고 한다. 즉, 우리가 대천사의 본체를 효과적으로 견제하고

분신체를 모조리 죽여 버리면, 놈들은 철수할 수밖에 없게 된다.

지도자답게 카르페는 이번 싸움의 방향을 제시했다.

'본체를 견제한 채 분신을 모두 정리'하면 끝이라는 것. 이 점에 대해 한 군주급 몬스터가 질문한다.

-하면 우리가 어찌 대천사의 본체를 견제해야겠습니까?

-간단하다. 놈들이 강북으로 진군했을 때, 별동대를 보내 노량진과 남쪽의 전선에서 무력시위를 하면 그만이다. 만약 적의 대군이 그 일로 회군한다면 더 없이 좋은 일이고.

신성지 앞에 대군을 파견해 놓으면 대천사들의 본체가 움직일 엄두도 내지 못할 거란 게 카르페의 얘기였다.

-위대하신 분이시여. 아군의 무리는 그 정도로 충분할지 감이 안 잡힙니다. 첩보에 의하면 결집하고 있는 천사와 인간은 역대 최대라고 합니다. 그러니 아군 역시 총력전을 벌여야 합니다. 한데 남쪽 전선에서 무력시위를 할 여력이 있는지 모르겠습니다. 실질적인 위협을 느끼게 하려면 상당한 규모의 병력을 파견해야 할 것입니다. 군주급 역시 여럿이야 할 터인데 도리어 적에게만 이로운 일을 하는 것일지도 모릅니다.

그럴 듯한 말이었기에 다른 군주급 몬스터들도 의문어린 표정이 된다. 하지만 카르페는 여유만만이었다.

-걱정할 것 없다! 병력이라면 있으니!

-그게 정말이십니까? 평양에서 지원군이라도 온 겁니까?

-쿵! 그럴 리가 없지. 평양 놈들이 날 눈엣가시로 여기는 걸 모두가 알고 있지 않느냐. 삼건장을 돌려준 것만 해도 최대한 양보한 거

겠지.

왕이 머무는 평양의 얘기가 나오자 카르페의 표정이 안 좋아졌다. 그에게 왕은 언젠가 쓰러뜨려야 할 적이었다. 카르페는 신성지 때문에 남으로 못 나가고 있다고 대외적으로 말하나, 실상 그의 진짜 목표가 북쪽이 때문인 게 진짜 이유였다.

-그렇다면 위대한 분이시여, 적을 견제할 무리는 어디에 있는 겁니까?

-크흐흐흐. 하나 있지. 이날을 위해 이 몸이 준비한 비장의 한 수가. 바로 강원도이다.

강원도란 말에 군주급 몬스터들은 다들 아리송한 표정을 지었다.

-그곳은 불쾌한 탈주자 놈들이 살고 있는 곳 아닙니까? 언젠가 남김없이 토벌해야 할 무리들인데 어찌…?

-만약 그들이 탈주가 아니라면 어떤가? 사실 이 몸의 명을 받고 강원도에 터전을 잡은 것이었다면.

카르페의 말에 모인 군주급 몬스터들은 놀라움을 감추지 못했다.

-그렇다면 가능합니다! 강북일대의 몬스터로 적과 싸우면서 대천사들의 본체를 견제하는 게!

-그렇다. 놈들이 강북으로 올라오는 즉시 강원도의 독립군주의 무리를 강남으로 전진시킨다. 상황을 봐서 포위섬멸도 가능할지도 모른다.

-맙소사!

여기저기서 탄식이 터졌다. 그리고 몇몇은 소름이 돋았다. 단순히 탈주자 무리라고 생각했던 강원도의 독립군주들이 사실 카르페의 끄나풀이었다니. 생각지도 못한 카르페의 저력에 그의 자리를 노리던 몇몇은 고개를 떨어뜨렸다.

사실 그 강원도의 독립군주들은 인간과 몬스터를 겨냥한 존재가 아니었다. 후일 왕과 싸우기 위해 카르페가 남몰래 빼돌려놓은 무리였다. 하나 사태가 급박하게 되자 일단 꺼내다 쓰기로 결정한 것이다. 원래 강원도에는 진짜 탈주한 독립군주가 몇 있었으나, 현재는 카르페의 심복들에게 대부분 토벌 된지 오래다. 강원도 쪽에서 지원을 올 수 있는 병력은 최소 3만. 인간들의 도시 앞에 주둔해 대천사들을 견제하기 충분한 숫자였다.

-모두 그 더러운 면상을 펴라! 근심을 내려놓으라 그 말이다! 대천사들은 절대 본체를 움직일 수 없다. 우리는 그저 강북에서 놈들을 섬멸하면 그만이다! 이것이야말로 이겨놓고 싸우는 것 아니더냐!

카르페의 일갈에 환호가 터져 나왔다. 군주급 몬스터들은 참지 못하고 목청껏 포효해댔다. 그 모습에 카르페는 만족스러운 얼굴로 고개를 끄덕였다. 그리고 곁에 서 있는 삼건장에게 지시했다.

-너희 셋에겐 특별한 임무를 주겠다. 이번 전쟁에서 반드시 메타트론의 화신을 해치우거라.

그 말에 분노의 군주 타르미룬이 불만을 나타냈다.

-그는 고작 인간이 아닙니까?

-놈을 깔보는 네 심경도 이해한다. 하지만 다르쿠다가 조사해온 정보에 의하면 최근에 있던 모든 사태는 그 인간이 주도한 것 같다.

-그 비천한 피를 가진 놈의 말을 믿는 것입니까?

다르쿠다에 대한 비난에도 카르페는 고개를 내저었다. 결국 타르미룬은 다르쿠다에 대한 상관의 신뢰가 확고함을 느끼고는 입을 다물었다.

-소인이 책임지고 처리하겠습니다. 구르굴과 즈굴까지 붙이실 필요가 있습니까?

분노의 군주 타르미룬은 삼건장 중 으뜸으로 매우 특별한 능력을 갖고 있었다. 자신의 잠력을 폭발시키면 일시적으로 대군주급의 위력을 낼 수 있는 것. 여기 모인 군주급 몬스터 중 유일하게 카르페를 직접 위협할 수 있는 수준이었다.

-만전을 기하고자 한다. 타르미룬, 네 능력에 구르굴, 즈굴까지 붙으면 메타트론의 화신 놈도 살아날 수 없겠지.

탐욕의 군주 구르굴은 몬스터의 사체를 먹어 힘을 회복할 수 있다. 전장에 있으면 결코 쓰러지지 않는 무적의 전사로 이름 높았다.

오만의 군주 즈굴은 수많은 환영과 기만책을 가진 교활한 전사다. 그의 실력 역시 군주급 몬스터 중 최상위권. 이들 셋이 혈안이 되어 노리면 제아무리 메타트론의 화신이라도 가망이 없어보였다.

-알겠습니다. 반드시 그 인간 놈의 목을 그 영광스러운 발치에 받치겠습니다.

-좋다! 이제 놈들을 갈아 마시면 될 일! 하나 그 전에 네놈들에게 근사한 연회를 베풀고자 한다! 가서 잡아둔 천사들을 모조리 내 오거라! 오늘 한꺼번에 먹어치운다! 앞으로 우리 창고가 그놈들로 가득 찰 터이니 아낄 이유가 무엇이냐!

천사는 몬스터에게 진미 중의 진미였다. 특히 고귀한 천사일수록 마력이 높아 그들에게 맛있게 여겨졌다.

"이 괴물이! 놔라! 놔!"

"아아! 가브리엘님! 살려주세요! 꺄아아!"

사방에 애처로운 천사의 비명과 피가 튀었다. 그리고 축축하게 젖은 깃털들이 뽑혀 사방에 뿌려질 뿐이었다. 그렇게 경복궁 일대는 쏟아지는 비로도 씻을 수 없을 피바다로 변해갔다.

우리는 서강대에서 나흘간 머무르며 거점화에 힘썼다. 어느 정도 작업이 완료되자 방어 병력 2,000을 남기고 용산역 방향으로 남하했다.

"와, 뒤쪽도 엄청 막아놨구나."

며칠 사이에 용산역 북서쪽도 급조 방어시설이 강화돼 있었다. 그래서 메타트론은 차라리 빨리 들이치는 게 낫지 않았겠냐고 한다.

"여의도를 공격한 날 바로 이동해서 용산까지 공격할 수 있었다. 연달아 전투가 있으니 좀 힘들었겠지만, 그래도 충분히 할만 했다고 본다."

그런데 어째서 여의도에서 몬스터 잔당 토벌을 하고, 기자회견을 하고, 이후 서강대에선 진지구축까지 했냐 궁금한 거겠지. 옆에 있는 미카엘라와 스이엘도 같은 표정이었다.

"다 생각이 있어. 조금만 기다려봐. 곧 알 수 있을 거야."

그렇게 확신을 갖고 말하자 메타트론, 미카엘라, 스이엘은 더 묻지 않는다. 고마운 일이다. 이들의 확고한 지지 덕에 흑익군은 사실상 내 맘대로 이끌 수 있었다.

"숙영지를 설치하고, 전투대열을 만들겠다!"

용산역 서쪽에는 넓은 공터가 있다. 원래는 재개발을 위한 지역이었는데 몬스터 사태 때까지 결국 시작도 못했다. 금싸라기 같은 땅이 풀만 가득한 곳으로 회전을 치르기 딱 좋았다. 근처에 있던 물류 센터나 터미널 따위도 몬스터에 의해 깡그리 철거되어 예전보다 훨씬 더 넓어진 상태였다.

"서울에 와서는 난장판인 시가전이 될 거라고 생각했는데, 이 공터에서 제대로 한 판 붙을 지도 모르겠구나."

미카엘라는 일대를 꼼꼼하게 살핀다. 수많은 전투를 치러낸 그녀는 유능한 지휘관이었다.

"우리가 놈들을 끌어낼 수 있다면 말이지."

"끌어낼 수 있는 거니?"

"그렇게 해야지."

"어려운 상황인데 꽤나 자신만만해 하네?"

미카엘라의 지적대로였다. 용산역은 반쯤 철옹성으로 변한 상태다. 게다가 그 안에 몬스터가 우글우글하다. 그냥 정면으로 받았다가는 승산이 없다.

"한 번 믿어봐. 네 주인님이잖아."

"또 그런 소리를 한다."

약간 타박하는 듯한 말투의 미카엘라. 그러면서도 자신의 목줄을 쓰다듬는 게 싫지는 않는 기색이다.

"미카엘라, 이 싸움이 끝나면 가브리엘이 피눈물을 흘릴 거야."

"그건 듣기 좋은 말이구나."

그렇게 미카엘라와 얘기를 하고 있는데 메타트론이 나를 지긋이 쳐다보고 있었다. 뾰루퉁한 얼굴이었다.

"아, 메론아."

부르니까 흥! 하고 고개를 돌리더니 사라져버렸다.

"뭐지, 왜 저래."

경복궁.

강북의 패자인 대군주 카르페는 허공에 떠올라 있는 서울의 지도를 유심히 살피고 있었다. 카르페는 강북을 초토화시킨 파괴적인 이미지 때문에 인간들에겐 그저 괴물로만 통하고 있었지만, 실제로 그는 상당히 지성이 뛰어났다. 정치도 일가견이 있었고 군재도 뛰어났다. 안 그랬으면 그 쟁쟁한 경쟁자들을 재끼고 대군주급 몬스터가 되지도 못했을 것이다.

─인간과 천사들이 용산역 앞에 진을 치고 시위 중이라고 합니다. 겁쟁이 놈들이 우리가 두려워 부딪치지 못하면서도 매일 꽥꽥 짖기만 하고 있답니다.

카르페의 삼건장 중의 하나인 분노의 군주 타르미룬이 상황을 보고한다.

─놈들도 꿍꿍이가 있겠지. 너희도 알겠지만 천사와 인간 놈들은 속이 검기로는 우리들 보다 더하다. 증원을 보내겠다. 타르미룬, 그대에게 2만 5,000을 붙여줄 터이니 가서 용산역을 구원하라.

-명을 받들겠습니다! 당장이라도 몰아쳐 놈들의 팔다리를 모조리 찢어버리겠나이다!

-그대의 용기는 참으로 흡족하다. 하나 이번 싸움을 위한 계책이 필요하다.

-용산역에서 버티는 놈들까지 합치면 적의 두 배입니다. 계책이 필요하겠나이까?

용산역에 주둔한 몬스터들은 8천여 마리. 타르미룬이 2만 5,000을 끌고 가면 흑익군의 두 배가 넘는다. 분노의 군주란 이명답게 성질이 급한 타르미룬은 계책일 필요하단 말에 노골적으로 불만을 드러냈다.

-이 몸의 방책이 불만이더냐?

-소인은 이해하기 어렵습니다. 위대한 분께선 제가 평양에 있던 사이에 심장이 작아지신 겁니까?

-뭐라? 크하하하핫!

다른 군주급 몬스터들이 이 광경을 본다면, 타르미룬의 무례에 놀라서는 식은땀을 흘릴지도 모른다. 하지만 이런 일은 타르미룬이기에 가능한 부분이었다. 그가 카르페의 오랜 전우일 뿐더러, 일시적으로 잠재력을 폭발시키면 대군주급과 비등한 힘을 낼 수 있는 능력을 가졌다.

-타르미룬이여. 어쩌면 그대의 심장이 본인의 심장보다 클지도 모르겠구나. 하지만 생각해 보라. 저놈들에게 꿍꿍이가 없겠느냐?

카르페가 지금까지 승리해온 비결은 간단하다. 역지사지해서 적의 입장에서 늘 생각해본 까닭이다. 지금 흑익군이 용산을 정면으로 들이받으면 점령에는 성공할지언정 큰 피해를 볼 건 자명하다. 그럼에도 진을 치고 공격할 듯한 태세를 갖추고 있다. 뭔가 꿍꿍이가 있는 게 틀림없었다.

－타르미룬이여. 놈들은 용산을 점령할 비책이 있는 게 분명하다. 내 송곳니에 걸고 맹세할 수 있다. 그러니 우리 역시 놈들의 뒤통수를 때릴 계책을 마련해야 한다.

－일단 말씀 들어보겠나이다.

－좋다. 이 싸움은 놈들이 무엇을 준비했는지는 모르나 우리가 승리할 수밖에 없다. 그 이유는 바로 그들이 지하 땅굴에 대해 알지 못하기 때문이다.

－설마 그 말씀은 용산역 지하로도 땅굴이 이어져 있단 말씀이십니까?

－그렇다.

카르페의 단언에 주변에 있던 삼건장의 얼굴이 밝아진다. 지하 땅굴은 강북의 지하에 카르페의 주도 하에 비밀스럽게 만들어지고 있는 시설이다. 카르페는 전쟁을 대비해 다용도의 땅굴을 강북 이곳저곳에 굴토하고 있었다. 현재 그 땅굴의 존재나 위치는 가장 엄중한 비밀 가운데 하나다.

－최근 용산역의 지하로도 몇 개의 땅굴이 만들어졌다. 이는 결코 우연이 아니다. 생각해 보라. 전쟁이 터지면 놈들이 어디부터 공격하겠느냐?

－용산역입니다.

그제야 타르미룬의 목소리에 공손함이 깃들었다.

-옳다. 지도를 보라. 용산역에서 병력을 땅굴로 몰래 내보내면 이곳으로 그리고 빠져나올 수 있다. 그리고 그대의 증원군이 합류하면 어떻게 되겠는가?

　-대단합니다. 이것은 정말! 적을 포위해서 섬멸할 수 있겠나이다!

　땅굴의 입구는 절묘하게도 흑익군의 좌측과 우측에 있었다. 남쪽은 용산역의 방어선이 가로막는다. 이때 증원군이 북쪽에서 들이치면 사방을 포위할 수 있게 된다.

　-게다가 도시의 복잡한 구조 때문에, 포위망이 완성되면 도망치기도 어려울 것입니다.

　-그렇다. 놈들은 넓은 공터에 자리를 잡았지만 그곳은 사지다. 시가지의 특성상 공터 밖은 건물로 가득해서 출구가 비좁다. 우리가 그 비좁은 구역을 선점하면 어떻겠느냐? 게다가 반파된 건물들은 아군이 요새처럼 사용할 수도 있다.

　-완승입니다! 적의 머리를 하나도 빠짐없이 잘라올 수 있겠나이다!

　타르미룬의 목소리에는 흥분이 가득했다. 적은 땅굴의 존재를 알지 못한다. 그 덕에 사지로 들어가 버렸다. 한 놈도 살아남지 못하리라. 다만 왼쪽 포위망 쪽에 건물이 적어서 돌파될 가능성이 있으나, 그쪽은 천혜의 장애물이 있었다. 왼쪽 포위망을 돌파해 강변북로로 간다면 바로 한강이다. 그리고 그 한강은 온갖 수중 몬스터로 가득한 세계에서 제일 위험한 강이다.

　-날아서 도망가지 않는 한 놈들에겐 희망이 없나이다.

　-크크크크! 날아서도 도망가지 못하게 할 것이다. 타르미룬, 그대를 지원하도록 고룩에게 명을 내려놨다. 그의 휘하에 있는 2천이 하

늘을 막아줄 것이다.

고룩은 군주급 서열 30위로, 2천여 마리의 비행 몬스터를 이끈다. 본인 역시 거대한 익룡을 닮은 비행형 몬스터였다.

-완승이나이다. 완승. 벌써부터 적들의 피 웅덩이에 몸을 담구고 있는 기분입니다.

흥분한 건 분노의 군주 타르미룬만이 아니었다.

옆에 있는 탐욕의 군주 구르굴, 오만의 군주 즈굴 역시 크게 소리를 지르며 땅을 두들겨댔다.

-소신도 보입니다. 그 천사 놈들의 닭털이 뽑혀서 사방에 추잡하게 흩날리는 모습이!

-크하하! 아군은 인간들의 팔다리를 뜯으며 잔치를 벌일 겁니다! 이들은 자신만만했다.

확실히 이대로라면 흑익군에겐 승산이 없어보였다.

"이봐, 사냥개. 지금 네 명령에 무슨 이유가 있는 거야? 내가 머리를 존나게 굴려도 뭐하는 짓인지 모르겠는데? 흑익군이라고 모아서는 사실 소풍 온 거야?"

며칠째 용산역 앞에서 소극적인 교전만 오고가자 라파엘이 짜증을 내기 시작했다. 나를 믿고 기다려주는 메타트론, 미카엘라와 다르게 라파엘은 불만이 하루가 다르게 늘어나고 있었다. 처음에는 얌전히 있더니 역시 이 녀석의 인내심이란 한없이 가벼운 것이었다.

"차라리 나를 선봉에 세워줘. 저딴 방벽쯤은 박살내고 안쪽으로 아군을 이끌 테니까. 응? 너 여기서 땅구더기마냥 지체하는 게 니가 홀딱 반한 대천사들이 상할까봐 그러는 거 아냐? 메타트론이고 미카엘이라고 아주 예뻐서 죽겠지? 그런데 어쩌나? 우리는 전쟁을 나온 건데. 연애질을 하려면 개전 결의를 하지 말았어야지. 니들이 노량진에만 죽치고 있었으면 안에서 떡을 치고 애를 싸지르든 말든 상관 안 하거든요? 근데 씨발, 여기 나와서 왜 계속 밍기적거리냐고!"

도발적인 라파엘의 말에 미카엘라가 폭발해 버렸다.

"그 주둥이 좀 닥치지 그러니?"

"뭐?"

"하긴, 너는 떡을 쳐도 애가 안 나오고 뒷구멍만 헐거워지는데 불쌍해서 어쩌니?"

"뭐! 이 젖소 년이 뭐라고 하는 거? 이 거지 같은 년이 얼굴 좀 예쁘다고 아주 싸가지를 한강물에 말아먹었나! 하여간 가슴 큰 년 중에 인성이 바른 년을 본 적이 없어요, 내가."

곧이어 내 뇌가 수용을 거부하는 폭언이 오고갔다.

"후우…."

한숨이 나왔다. 흑익군에선 라파엘이 문제다. 협력 관계긴 하지만 저 녀석만 내가 통제하지 못하고 있었다. 그렇다고 버릴 수도 없다. 라파엘의 무력은 적으로 돌리기에 너무 강하다. 게다가 대천사 회의에서 한 표 행사할 수 있는 권리가 너무 컸다. 대천사가 수십 명이면 버려도 벌써 버렸다.

하지만 지난 투표들에서 알 수 있듯, 단 한 표로 가부가 결정되는 상황이다. 그러니 안고 갈 수밖에. 그렇지만 언제까지 방치할 생각은 없다. 쿠니엘이 복귀한 이상 언젠가 라파엘을 쳐내고 쿠니엘을 그 자리에 올릴 방법을 생각 중이었다. 듣자니 쿠니엘이 원래 서열 4위였다고 한다. 러시아에서 실종된 후 공석이 된 서열 4위 자리에 라파엘이 올라온 거다.

"일단 둘 다 진정하시길. 저도 방법이 있으니까 이러는 거 아니겠습니까? 그렇지만 다들 기다리는 게 지루한 듯하니 약속하겠습니다. 사흘입니다. 나흘만 기다려보고 계속 이 상태라면 그때는 공격하겠습니다."

"이런! 염병할. 나흘이나 더 기다린다고?"

"후훗. 거기가 짧은 넌 인내심도 짧나 보구나?"

"이 젖소 년이 오늘 아주 끝까지 가자 그거지? 하긴 그 젖탱이가 무거워서 싸울 수나 있을까 모르겠네."

라파엘은 미카엘라와 다시 싸우기 시작했지만 이후 나흘이란 단서로 어찌 저찌 달랠 수 있었다.

"나흘이다? 하여간 약속만 어겨봐? 백당에 가서 꼬리 살랑살랑 흔들고 붙어버릴 테니까. 유제아, 이 사냥개 새끼야. 잘 판단하라고."

그걸로 그날 작전 회의가 파했다.

"후우…."

침대에 몸을 누였지만 쉽사리 잠이 오지 않았다. 작전대로 하려면 일단 기다리는 수밖에 없다.

얼마나 지났을까?

기척이 느껴져서 눈을 떠보니 간이침대 옆에 누가 서 있었다.

"뭐야? 우리엘?"

"…그 이름은 버렸다."

검은 로브에 까마귀 두개골로 만든 가면을 쓴 사내가 기분 나쁜 듯한 말투로 대답한다. 외형은 과거 하늘공원에서 싸웠을 때라 똑같지만 크기는 사람 정도로 작아져 있었다. 아무래도 크기 정도는 조절이 가능한 것 같다.

"왜? 좋은 이름이잖아. 우리엘."

"크으…."

"너는 정말 이상한 놈이야. 자기 이득을 위해 살면서 수치심은 가득하다니. 뭐, 아무래도 상관없겠지. 무슨 용무로 온 거야?"

나는 아무렇지도 않은 말투였지만 내심 좀 걱정하고 있었다. 우리엘이 직접 찾아왔다면 평범한 일은 아닐 거다.

"나도 별로 오고 싶지 않았다. 하지만 이놈의 지독한 지배가 발길을 하게 만들더군. 참으로 악독한 수가 아니냐?"

"잡설이 기네. 그래서 왜 왔는데?"

"…따라와. 보여줄 게 있다."

혹시 함정인가 싶어 지배력을 체크했는데 문제는 없었다. 그래서 난 장비를 챙겨서는 우리엘을 따라나섰다.

"멀어?"

"금방이다."

우리엘을 따라 이동한 곳은 서북쪽으로 600미터가량 떨어진 아파트 단지였다. 흉물스럽게 무너진 아파트들이 검고 거대한 실루엣을 만들고 있었다. 우리엘은 그 아파트 잔해의 틈으로 들어간다. 거대한 아파트들이 무너진 곳에 사람 몇이 지나다닐 만한 틈이 나 있었다. 보통 이런 곳 안에는 몬스터의 둥지가 있곤 했다. 조용히 뒤따라가는 나는 점점 호기심이 피어올랐다.

"어? 뭐야? 이거?"

아파트 잔해 안쪽에는 거대한 동굴이 있었다. 앞쪽이 온갖 잔해로 막혀있긴 했지만 눈치채지 못할 내가 아니다.

"인위적으로 판 것 같은데?"

"제대로 봤다."

"잠깐, 이거 어디로 이어지는 거야?"

나는 심각한 표정이 됐다. 우리엘이 괜히 날 여기로 데려온 건 아닐 터.

"예상이 되시지 않나?"

"맙소사…."

"용산역과 곧장 이어진다. 안 믿기면 직접 들어가 봐도 좋다."

"만약 전투가 벌어졌을 때까지 이 구멍을 몰랐다면……."

내 말에 우리엘은 동의하듯 고개를 끄덕인다. 식은땀이 흘렀다. 정말 끝장날 뻔했다. 필승의 전략을 세웠음에도 생각지도 못한 변수 때문에 무너질 뻔한 거다.

"그래도 잘 됐군. 미리 발견했으니."

"아직 안심하긴 이르다. 한 개 더 있으니까."

"뭐?"

"여기서 동쪽으로 2Km정도다. 삼각지역 근처에 숨겨진 구멍이 또 하나 있다."

이건 정말 대단한 정보였다. 우리엘은 지금 흑익군 전체를 구했다. 이대로 있었다면 전투가 벌어질 때 참극이 벌어질 뻔했다. 갑자기 용산역 앞에서 몰살됐을지 모른다는 생각에 아득한 기분이 됐다.

"알려줘서 고마워. 네가 우리 모두를 구했군."

"…지배력 때문에 한 행동일 뿐이다. 솔직히 메타트론이나 네가 몰락했으면 좋겠다고 생각한다."

"내 지배력에 감사해야겠군. 그런데 군주급 몬스터는 모두 땅 속의 굴에 대해 알고 있나?"

"모른다. 극히 일부만 알고 있다. 정말 극히 일부."

"흠? 그런데 너는 어떻게 안 거지? 듣자니 몬스터 진영에서 네 취급은 별로 좋지 않다고 하던데."

우리엘은 배신자다. 몬스터 쪽에서도 좋게 보지 않겠지. 워낙 능력이 출중하니 쓰는 거겠지만 천사 출신이 달가울 리가 없다.

"당연히 나 혼자라면 알아낼 수 없었다. 도와준 이가 있었지."

"뭐? 정말? 혹시 몬스터 쪽 정보 수집을 하던 게 들킨 건가?"

"미안하지만 그렇게 됐어."

잠깐, 이러면 얘기가 달라지는데. 어쩌면 저 굴 자체가 또 함정이 아냐?

"뭐가 어떻게 된 건지 솔직히 말해봐."

"이 굴 자체는 진실이야. 여기에 어떤 거짓도 없다. 그리고 이 굴의 비밀을 알려준 이는 다르쿠다다."

"뭐? 정말?"

다르쿠다는 군주급 서열 18위로, 과거 극염의 르카를 섬겼다. 특이하게도 영토가 없는 군주급 몬스터인데 아군이 극히 경계하고 있는 자 중 하나였다. 솔직히 군주급 서열 1위, 2위보다도 더 무섭게 여기고 있다. 그도 그럴 게, 다르쿠다의 엄청난 변신 능력을 이쪽에서 제대로 대처하지 못하고 있었기 때문이다.

처음 정체를 알게 된 후 조사한 바에 의하면 지금까지 많은 천사와 헌터들이 다르쿠다에게 암살당한 걸로 파악됐다. 정황상 의심스러운 것만 해도 수십 건이 넘는다. 그런데 우리에게 가장 위험한 적인 다르쿠다가 그런 중대한 비밀을 알려줬다고? 대체 무슨 속셈인지 알 수 없다. 우리엘에게 이점을 묻자 그 역시 고개를 젓는다.

"나도 무슨 속셈인지 모르겠다. 다만 확실한 건 이 정보가 네게 도움이 될 거란 점이지. 정 껄끄러우면 은밀히 동굴을 조사해 보는 것도 좋을 거다."

"허……."

그것 참, 일이 희한하게 돌아가기 시작했다.

5. 용산 회전

사흘 뒤.

나는 군사회의를 긴급하게 소집했다. 대천사들과 고위 천사, 고위 헌터 등이 빠짐없이 참가해 대형 막사가 북적북적거렸다.

"모두 주목해 주십시오."

내 말에 다들 입을 다물었다.

"정찰병들에 의하면, 현재 광화문 앞 광장에 적의 대군이 집결해 있다고 합니다. 몬스터 사이에 심어놓은 첩자에 의하면 목표는 이곳입니다. 적은 출병하여 고립된 용산역을 지원할 작정입니다."

꿀꺽, 누군가 침 삼키는 소리를 낸 것 같다. 모두 긴장된 표정이 역력하다. 그때 헌터 하나가 손을 들더니 묻는다.

"적의 수가 얼마나 됩니까?"

"2만에서 3만 사이라고 합니다. 게다가 다수의 비행 몬스터들도 섞여 있답니다."

사방에서 탄식이 터졌다. 어려운 싸움이 될 게 뻔했기 때문이었다. 하지만 나는 냉정한 자세를 유지한 채 허공에 홀로그램으로 된 지도를 띄웠다.

"경복궁에서 용산역까지는 6.25Km입니다. 도보로 1시간 34분이면 도착 가능하죠."

"그러면 금방 들이친다는 얘기 아닙니까! 대비할 시간이 있을는지!"

이번에는 천사 하나가 비명에 가까운 소리를 냈다.

"이 시간대로 판단할 일이 아닙니다. 녀석들은 무질서합니다. 같은 거리를 걸어오는데도 시간이 더 걸릴 겁니다. 게다가 이미 경복궁에서 용산역까지 이르는 도로 곳곳에 매복을 배치했습니다."

"오오!"

"적어도 세 시간은 확보할 수 있다고 자신합니다. 게릴라 전을 위해 파견된 자들은 칼리엘님을 필두로 한 청성회 소속의 평천사와 헌터분들입니다."

평천사면서도 군주급 몬스터와 대결할 수 있는 힘을 가진 칼리엘의 위명은 무척 높다. 게다가 그를 중심으로 뭉친 조직인 청성회는 그 단결력이 타의 추종을 불허한다.

"그것뿐만이 아닙니다. 대천사 스이엘님, 대천사 세라피엘님께서도 이번 작전에 참가하셨습니다."

그들은 각종 힐과 버프를 지원하기 위해 파견됐다.

"위험하지 않겠습니까? 적에 군주급 몬스터도 여럿일 텐데?"

"걱정하실 것 없습니다. 게릴라 전의 목표는 어디까지나 적을 지연시키는 겁니다. 위험하게 정면으로 충돌할 일은 없을 겁니다. 그리고 피해를 최소화시키기 위해 두 분의 대천사님들께서 나선 것이고요."

이 정도로 말하자 좌중의 분위기가 한결 나아진다. 다들 암담한 얼굴이었으나, 슬슬 희망적인 관측이 피어오르는 것 같았다. 그런데 이때 초를 치는 인물이 나타났다.

"지연전에 나서줘서 존나게 감동적이긴 한데, 이틈에 우리는 도망가야 맞지 않겠어?"

"퇴각을 제안하시는 겁니까? 라파엘님?"

"당연하잖아? 지금 아니면 찬스가 없어요. 이대로 있다가는 위의 지원군에 아래의 용산역 몬스터에 아주 제대로 샌드위치 되서 죽겠는데?"

정확한 지적이었다. 라파엘은 역시 전투에 대한 감 하나는 탁월했다. 그는 좌중을 돌아보며 강조한다.

"생각해 봐. 이 용산역 공터 밖은 건물지대다. 시가전이라고? 저놈들이 내려와서 골목을 틀어막으면 우리가 원활히 물러날 수 있을까? 아마 존나게 어려울 걸? 아주 씨발 좆가튼 상황이 되는 거야. 아니면, 니들 지금 우리보다 배는 많은 적병을 이 공터에서 일제히 섬멸하자고 주장하는 거? 미안하지만 그건 어려울 거 같은데. 여기 있는 비실이들 가지고는!"

그 모욕적인 말에 울컥해서 반발하는 소리가 있었으나, 다들 표정이 안 좋다. 라파엘의 지적은 옳았으니까.

"자, 말해봐. 메타트론의 사냥개 새끼야? 대체 사지에서 밍기적거리다가 우리 모두를 죽이려는 이유가 뭔데? 너 이 새끼 첩자냐? 몬스터에게 몰래 마력이라도 받아먹었나 보지?"

이 모욕적인 언사에도 메타트론과 미카엘라는 가만히 있는다. 그녀들은 사흘 전에 내 작전을 이미 들었기 때문이다. 사흘 전, 땅굴을 발견한 날 바로 메타트론, 미카엘라, 스이엘에게 내가 준비한 비장의 수를 알렸다. 아무래도 땅굴 때문에 변동이 생겨서 미리 알려줄 필요가 있었다.

"라파엘님. 시가지가 아군에게 불리한 점만 얘기하시는군요. 반대로 생각해 볼 수도 있지 않습니까? 우리가 북쪽의 시가지 골목을 막고 건물을 요새로 쓴다면 적은 대군에도 불구하고 이 공터까지 진입하기 쉽지 않을 겁니다. 그 틈에 우리는 지원군에 호응하기 위해 방벽 밖으로 나선 용산역의 몬스터들을 토벌하고, 용산역 안으로 진입합니다. 이후에 적의 지원군이 몰려와도 우리는 안전한 용산역 안에 자리 잡을 겁니다."

내 말에 라파엘은 기 막혀 했다.

"하! 지금 완전 어이없는 거 알아? 계획이야 그럴싸하지! 그런데 너 이 애송이 새끼야! 전투가 늘 계획대로 차곡차곡 진행되는 줄 아냐? 응? 내가 장담하지. 그런 리스크 큰 작전은 시작부터 꼬여버린다고!"

정론이었다. 불가능한 작전도 아니고 성공하면 더 없이 훌륭하겠지만, 나 역시 이대로 될 거라고 생각하지도 않는다. 애초에 땅굴이 있기도 하고. 이건 어디까지나 연막이다. 내가 준비한 한 수는 라파엘이 극렬히 반대할 게 뻔하기 때문에 지금은 밝힐 수 없었다.

"말도 안 돼! 이대로는 몰살이라고!"

라파엘은 길길이 날뛰었다. 그러면서 모두에게 손가락질하며 외친다.

"니들 피그만 상륙작전이라고 아냐! 지금 니들이 하려는 일의 존나게 좋은 반면교사거든?"

피그만? 그게 어디 붙어 있는 동네냐?

뭔가 했는데 이어진 라파엘의 설명을 들어보니 이렇다. 피그만은 쿠바에 있는 해변이란다. 1961년 4월 15일에 미국은 피델 카스트로의 쿠바 공산정권을 무너뜨리기 위해 반공 게릴라를 이 피그만 해변에 상륙시킨다. 그런데 결국 완전히 망해버렸다고. 미국이 시행한 작전 중 실패한 사례의 대표한다.

"피그만 작전도 니들처럼 터무니없는 계획대로 강행하다 망했단 말이다. 이 멍텅구리들아. 당시 미국의 공군참모총장인 커티스 르메이가 그 일에 대해 말했지! 차질 없이 모든 단계들이 진행될 것이라는 전제로 수립된 계획은 실패할 수밖에 없다고! 우리는 시작부터 해변에 상륙할 놈들의 목을 따버렸던 거라고 말이다! 알아 듣겠냐? 이 답답한 것들아?"

인상을 찌푸리며 열변을 토하는 라파엘. 속으로 좀 감탄했다. 실제 사례와 커티스 르메이의 말을 인용해 말하고 있었다. 이대로라면 다들 이번 작전에 의문을 품을 듯했다. 벌써 여기저기서 웅성거리고 있었다. 이번 라파엘의 반론은 상당히 큰 도전이었다.

어떻게 해야 할까?

나는 재빨리 머리를 굴렸다. 그러자 두 가지가 떠올랐다. 방법이 없는 게 아니다. 라파엘의 반론은 지당하고 정당했지만 무리에 끼지 못하고 겉돌고 있는 그의 사회적 위치가 문제였다. 그걸 공략하면 충분히 승산이 있었다.

일단 권위에 의해 찍어 누르고 이후 집단 사고의 방법으로 그를 배제한다. 좋아, 방침을 정한 나는 일단 메타트론과 미카엘라를 끌어들였다.

"라파엘님의 반론은 알겠습니다. 그러니 일단 다른 대천사님들의 이야기를 들어보죠. 메타트론님, 미카엘라님. 이번 싸움이 실패할 것이라고 보십니까?"

그 말에 즉각 대답이 돌아왔다.

"본녀의 판단으로는 이번 작전은 성공할 것이다."

"나도 마찬가지란다. 실패할 리가 없잖니."

논리도 근거도 없었다. 그저 확신어린 말투의 대답이 전부였다. 하지만 그걸로 단번에 분위기가 변하는 게 느껴졌다. 서열 1위, 서열 2위의 힘이란 이런 것이었다. 흑익군이 이렇게 뭉친 것도 사실 그녀들의 카리스마와 위업에 의한 일이었다. 사실 둘 다 승리를 확신하는 건 내 비장의 수를 들은 까닭이지만 여기 모인 이들이 그걸 알 리는 없지.

"웃기고 있네! 니들이 무슨 승리의 여신이냐? 아님 무당이야? 뭐 미래가 보이나 보지?"

라파엘은 바로 반발했다. 그렇다면 집단 사고를 이용해 배제해 버리는 수밖에.

집단 사고란 간단한 원리다.

외부에 적을 가진 폐쇄적인 집단이 만장일치의 합의를 위해 거슬리는 소수 의견을 묵살해 버리는 상황을 말한다. 역사적으로 이런 사례는 얼마든지 있다.

전쟁시에 많이 보이는데 나치가 전형적인 케이스다. 나치는 상식적으로 이해가 안 되는 온갖 삽질을 벌였는데, 이는 집단 사고에 의해 합리적인 상식인이 점점 조직에서 배제된 결과다. 그리고 그 집단 사고를 일으키는 방법은 여러 가지가 있는데, 몇 개만 써먹어도 충분하다.

일단은 우리의 위대한 조직은 절대 잘못을 하지 않는다는 환상을 심어주는 것이다. 나는 메타트론과 미카엘라의 권위에 의지해 우리는 틀리지 않았다는 걸 강조했다.

"이번 작전은 저 혼자만의 생각이 아닙니다. 위대하신 대천사님들의 지혜에서 나온 겁니다! 어려울 것 없습니다. 순서대로 일이 진행된다면 우리는 저녁쯤 용산역을 점거하고 밖에서 발을 동동 구르는 적을 보며 웃고 있을 겁니다. 우리는 절대 틀리지 않습니다!"

그 다음은 적에 대한 상동적인 태도다.

"수는 비록 적으나 병력의 질에선 비교가 될 수 없습니다! 우리는 강합니다. 그리고 전멸이란 가당치 않습니다! 만약 최악의 사태가 일어난다면 이곳과 코앞인 노량진 신성지에서 메타트론님과 미카엘라님의 본체가 튀어나올 겁니다! 두 분의 본체만 있어도 적을 쓸어버리기 충분하지 않겠습니까!"

그 말에 다들 완전히 안심한 얼굴이 된다. 하지만 그건 거의 불가능한 약속이었다. 군의 동요를 막기 위해 밝히지 않고 있는 사실이 있는데 현재 노량진 신성지로 적이 들이친 상황이다.

대체 어디서 온 건지 알 수가 없었다. 메타트론과 미카엘라의 본체가 그곳에 있으니 함락될 리는 만무하다. 대신 그녀들의 본체도 꼼짝없이 묶여 있을 수밖에 없었다. 아마 적의 교묘한 수작질이 틀림없었다. 아무래도 가까운 노량진에서 튀어나올 수 있는 본체를 염려한 거겠지. 현재 노량진에는 민간인도 3천여 명이 넘게 들어와 있었다. 절대 임의로 버릴 수 없는 상황이었다.

"우리가 왜 이곳에 와 있는지 생각해 보십시오! 인류 수호의 위대한 사명을 안은 우리는 수많은 기대를 짊어지고 출병한 것입니다! 그런데 싸움 한 번 해보기 전에 꽁무니를 빼고 도망갈 것입니까?"

마지막으로 사명과 의무로 환상을 심어준다. 이건 제대로 효과가 있었다. 흑익군에는 저돌적인 성격에 단순한 정의파들이 꽤 많았다.

"옳소이다! 적을 두고 도망갈 수 없지!"

"몬스터를 다 쳐 죽입시다! 제게 맡겨주십시오! 유 위원!"

"모조리 죽여 버립시다!"

대번에 분위기가 끓어올랐다. 라파엘은 더 이상 말해봐야 소용없다는 걸 아는지 이를 갈기만 한다. 나는 그런 그에게 제안했다.

"라파엘님. 내기 하나 하지 않으시겠습니까?"

"꽤나 여유만만이네? 다들 몰살 루트 타고 있는데 내기는 뭔 놈의 내기?"

"자신 없으십니까?"

"하? 아주 막 나가는구나, 사냥개 새끼야. 대천사 몇이 품에 끼고 예뻐해 주니까 아주 세상이 다 자기 거 같지? 좋아, 시빨. 아주 그냥 내가 탈탈 털어줄게. 패전으로 찡찡 짜고 있는 너를 나락으로 떨어뜨려줄 테니까 어디 내기 한 번 해보자고!"

내기의 조건은 간단했다.

내가 이기면 앞으로 라파엘은 입 다물고 시키는 대로 하기로. 만약 라파엘이 이기면 앞으로 흑익군의 지휘는 그가 하는 걸로.

"아주 내기가 이겨도 져도 좆같네요. 이겨도 내가 지휘할 군대가 남아 있을지 모르겠네? 응? 안 그래?"

"걱정하지 않으셔도 될 부분입니다. 군은 건재할 거고 라파엘님이 지휘할 일도 없을 테니까요."

"뭐? 크하하하핫! 그래! 좋아, 한 번 해보자."

내 말에 차이나드레스를 입은 작은 미소녀가 사납게 웃어댄다. 어디까지나 겉모습은 그렇다는 말이다. 생긴 건 어떻게 봐도 늘 일그러진 표정을 짓는 작은 미소녀 같았다.

"그래! 아주 존나게 설레는 심경으로 기대할 테니까 잘 해보라고!"

그 말을 끝으로 라파엘은 군막을 나가버렸다.

분노의 대군주 타르미룬은 자신만만했다.

그가 보기에 이건 이긴 싸움이나 마찬가지였다.

ㅡ쿠크크크! 단숨에 들이쳐서 용산역에 있는 놈들을 쓸어버린다!

타르미룬의 명에 몬스터 군단은 도로를 타고 남하했다. 지저분하고 파괴된 도로 위에 길게 늘어진 몬스터의 행렬은 마치 백귀야행 같았다. 수많은 괴물들이 아우성치며 인간을 찢어발기러 행진하고 있다. 타르미룬이 보기엔 모든 게 완벽했다. 서울역을 지날 때까지는.

콰아아아앙!

전방에 대폭발이 일어났다. 기세 좋게 나아가던 몬스터들이 검은 연기와 함께 하공으로 떠오른다. 앞에서 고통에 찬 울부짖음이 터져 나왔다.

　-적의 기습입니다! 분노의 군주시여!

　-어서 응전하지 않고 뭐하나!

　얼마나 나타난 건지 모르겠지만 단호한 싸울 것을 명했다. 오늘은 그를 위한 날이었다. 수많은 적의 목을 잘라내 강북의 모든 몬스터에게 찬사를 받아야 하는 날이었다. 그런데 초장부터 이렇게 초를 치다니! 타르미룬은 분노했다. 하지만 이어서 전해진 소식은 타르미룬을 더욱 열 받게 만들었다.

　-적이 모두 도망쳤습니다!

　-뭐라! 이 새끼들이!

　갑자기 난입해 한바탕 휘저은 적은 반격이 개시되자마자 빠르게 도망가 버렸다. 그 때문에 단 하나도 잡지 못했다.

　-이런 팔다리를 모조리 뜯어버릴 놈들이! 대체 네놈들은 뭘하고 있었던 것이냐!

　격분한 타르미룬은 들고 있는 기괴한 형태의 할버드를 내리찍어, 부관인 거인을 일도양단해 버렸다. 그러자 주변에 있던 몬스터들이 비명을 지르며 사방으로 흩어진다.

　-모두 움직여라! 목적지까지 코앞이니 언제까지 머뭇거리고 있을 것이냐! 적습을 두려워해 이동 속도를 늦춘다면 그것이야말로 적이 원하는 바다. 어차피 피라미 같은 놈들이다. 다소간의 피해는 감수하고 돌파한다!

　타르미룬의 결정은 합리적으로 보였다. 하지만 그건 더욱 커다란 피해를 낳고 말았다. 그들은 용산역의 근처까지 오는 동안 연달아 습격을 당했다.

콰아아앙! 콰앙!

다시 폭음이 연달아 울렸다. 전방에서 다급한 보고가 이어진다.

-적의 마법 공격입니다.

타르미룬의 실수는 게릴라들을 피라미라고 파악한 점이었다. 하지만 이 기습전에 동원된 자들은 칼리엘을 필두로 한 청성회와 대천사 세라피엘, 대천사 스이엘이다. 소수정예의 막강한 전력이라 선봉을 맡은 군주급 몬스터가 응전했지만 효과가 없었다.

-이 멍청하고 뇌가 문드러진 놈들! 이 몸이 직접 나서겠다!

타르미룬은 사방이 격동하는 쩌렁쩌렁한 기합성과 함께 돌진해 나갔다. 이제 용산역이 눈앞이다. 거의 다 왔으니 선두에 서서 모두 쓸어버릴 작정이었다.

타르미룬은 걸리적거리는 몬스터는 모조리 짓밟으면서 지나갔다. 용의 비늘이 돋은 뿔난 인간형의 상반신을 가진 그는, 하반신은 판타지 속 드래곤의 것과 거의 흡사했다. 굵직한 다리가 지면을 딛자, 미처 피하지 못한 몬스터들이 피떡이 되었다.

-비켜라! 이 하찮은 놈들!

타르미룬이 지면을 딛을 때마다 아스팔트에 거미줄 같은 파열이 일어났다. 그는 일자로 그어진 피의 길을 만들며 단숨에 대열의 앞에 도착했다. 마침 그곳에선 난입한 천사, 헌터들과 몬스터의 치열한 싸움이 벌어지고 있었다. 원래라면 치고 빠졌을 천사와 헌터들은 몬스터가 예상 외로 주춤하자 더욱 몰아치는 중이었다. 그 모습에 타르미룬은 열불이 터졌다.

-이놈들!

타르미룬이 큰 소리로 꾸짖자 용감히 싸우던 천사들이 놀라서 허둥댔다. 그 모습에 타르미룬은 기분이 좋아져서는 들고 있던 할버드를 휘둘렀다. 순식간에 천사들 중 가장 앞에 있던 용감한 이 하나가 허리가 끊겨 상반신만 허공으로 날아갔다.

"분노의 군주다!"

"위험해! 방어선까지 물러난다!"

그들은 황급히 물러나려 했으나 쉽지 않았다. 이미 상당수가 타르미룬의 넓은 공격 범위 안에 있었다. 도망가려면 그들을 포기해야 한다. 하지만 이들은 동료를 버린다는 선택을 하지 않았다.

-쿠크크크크! 좋다! 아주 좋다! 어리석은 네놈들이라면 그런 선택을 할 줄 알았다! 미련하구나! 정에 얽매이면 그렇게 미련해 질 수 있다더냐!

타르미룬이 다시 할버드를 휘두르자 이번에는 헌터 셋이 옆으로 날아가 근처의 폐건물에 자욱한 먼지를 일으키며 처박혔다. 그러자 뒤에서 상황을 지켜보던 몬스터들이 기세가 올라 괴성을 질러댔다.

-네놈들은 오늘 승리를 위한 제물로 삼아주지!

한데 그때 푸른 창을 가진 천사가 나타나더니 타르미룬에게 일격을 날려 온다.

카앙!

타르미룬은 막아내긴 했으나 몇 발자국이나 뒤로 밀렸다. 당연히 그건 그의 자존심을 건드는 일이었다.

"타르미룬! 네놈이 몬스터의 우두머리라면 대장다운 행동을 하라. 싸움이 나면 대장은 대장을 상대하는 법! 나의 창을 받으라!"

-오호? 푸른 창. 들어본 적이 있도다. 그래, 네놈에 관한 풍문은 이 몸의 귀에도 꽤나 간질간질 들려오더구나! 좋다! 그 자랑하는 기예를 보이라! 그렇지 않으면 네놈의 동료들로 시체의 산을 쌓겠다!

둘이 부딪치자 무시무시한 광풍이 일어났다. 그야말로 절정의 경지에 이른 자들의 싸움에 주변에 있던 이들은 도망치듯 뒤로 물러났다. 그건 마치 서사시의 한 가운데 같은 싸움이었다. 하지만 오래가지는 못했다. 둘의 기량 차이가 확실했기 때문이었다. 칼리엘은 점점 밀리게 되었고, 결국 더는 타르미룬의 공격을 견디지 못했다.

카앙!

요란한 소리와 함께 칼리엘의 상징인 푸른 창이 뒤쪽으로 날아가 아스팔트 바닥에 꽂혔다. 칼리엘은 그 꼴을 보며 씁쓸하게 웃었다. 사실 이 정도나마 싸울 수 있었던 것도 세라피엘과 스이엘의 버프 덕분이었다. 하지만 한계에 다다르고 말았다.

-이곳에 네 무덤이다. 푸른 창.

"상관없다! 전장에 나온 이상 죽음은 늘 각오하던 바다! 그대와 겨루는 사이 아군이 모두 방어선까지 후퇴했으니 후회는 없다!"

-참으로 고결한 자세로군. 하지만 어리석기 짝이 없다. 대체 너희 무리는 이해할 수 없는 짓만 하는구나. 뇌가 제대로 달린 건지 의심스러울 지경이다. 너 같이 훌륭한 전사는 방금 내 할버드에 맞아죽는 놈들 백 보다도 귀하다. 아니, 사용에 따라서는 천보다도 귀하게 쓸 수 있다. 한데 그런 피라미를 살리가 위해 네놈이 죽게 생겼으니,

손익을 계산할 줄 모른다 하지 않겠느냐! 크크크큭! 덕분에 이 몸은 횡재를 하는구나!

"우리가 어리석은 게 아니다! 네놈들의 시야가 좁은 거지! 그렇게 매사 눈앞의 이득만으로 계산하니 수하들이 진심으로 따르겠나? 내 듣자니 지난 날 노량진 싸움에서 폭염의 대군주가 위기에 처하자 심복들이 그를 버리고 도망갔다고 한다. 타르미룬이여! 이게 바로 지배력에 의지할 수밖에 없는 네놈들의 민낯인 것이다!"

-흥! 달변이다만, 죽음 앞에선 다 부질없는 말뿐이구나! 이제 잡담은 되었다. 네가 그리 고결하다면 그 피조차 새하얗겠지! 그러니 친히 그 몸을 갈라 확인해 주겠다! 죽어랏!

거대한 할버드가 머리 위로 떨어져 내리자 칼리엘은 체념한 듯 두 눈을 감았다.

카아앙!

하지만 쇠가 부딪치며 울리는 요란한 소리가 났을 뿐, 그는 멀쩡했다.

"음?"

아직 자신이 살아있다는 점에 의아해져서 앞을 보니 그곳에는 방패를 든 한 인간이 있었다. 칼리엘도 익히 알고 있는 그 자는 메타트론의 화신 유제아였다.

"그대가 어찌 여기에? 방어선을 지휘한다고 하지 않았습니까?"

유제아는 그를 돌아보더니 가볍게 웃어 보인다.

"라파엘의 말처럼 전쟁이란 시작부터 꼬이는 법인가 봅니다. 물러나시길. 여기서 부터는 제가 상대하겠습니다."

주둔한 공터 북쪽 지대.

과거 용산전자상가가 있던 일대에 급조 방어선이 완성된 상태다. 우리는 용산전자상가 일대에서 밀고 내려오는 지원군을 막아낼 예정이었다. 무려 9,000이나 되는 병력이 이 급조 방어선에 자리를 잡고 있었다. 여기서 부딪쳐야 하는 적은 2만이 넘지만 지형을 이용해 충분히 해볼 만했다. 게다가 남하 중인 적의 부대를 칼리엘이 잘 지연시키고 있었다. 그는 계속 적군에게 출혈을 강요하며 효과적으로 게릴라전을 수행 중이었다. 그러다 적의 지원군이 거의 용산 코앞까지 왔을 때 문제가 터졌다.

"보고 드립니다! 적장인 분노의 군주 타르미룬이 직접 움직였습니다. 아군의 후퇴를 위해 칼리엘님이 홀로 교전 중입니다!"

그것만 듣고도 무슨 상황인지 바로 알 수 있었다. 칼리엘이 동료들의 안전한 후퇴를 위해 홀로 타르미룬과 대적 중인 거겠지. 나는 곧장 자리에서 일어났다. 칼리엘은 매우 뛰어난 인재다. 언제고 대천사가 되도 이상하지 않을 정도. 여기서 잃을 순 없었다.

"유제아! 어딜 가느냐!"

메타트론이 뛰쳐나가려는 날 붙잡는다.

"가서 칼리엘을 구해올게."

"위험하지 않겠느냐! 게다가 그대는 지휘관이다. 차라리 본녀가 다녀오마."

그 말에 나는 고개를 가로저었다.

"너는 중요한 일이 있잖아. 그러니 힘을 아껴줘."

"하지만! 상대는 그 분노의 군주잖느냐."

메타트론은 영 걱정스러운 모양이었다.

"걱정할 거 없어. 가서 싸워 이기려는 게 아니니까. 재빨리 칼리엘만 빼올게."

결국 메타트론은 어쩔 수 없이 고개를 끄덕였다.

"다치면 안 된다. 조심하거라."

알겠어."

나는 방패를 든 채 칼리엘에게 향했다. 가보니 그의 창이 막 날아가서는 위기일발이었다. 볼 것도 없이 바로 끼어들었다.

카아아아앙!

거대한 할버드가 태양신격의 방패를 때리는 소리가 요란하다. 강력한 위력에 방패를 든 팔이 부러질 것처럼 충격이 들어왔다. 과연 이게 적의 대장인가? 무시무시한 위력이구나.

-흐음? 이건 또 대체 무엇이냐? 평범한 인간 놈 같은데, 인간이 내 공격을 막아냈다고?

그는 내 난입에 놀라기보다 황당해 하는 듯했다. 아마 이 자가 분노의 군주인 타르미룬겠지. 우리엘에게 들은 것과 외형이 일치했다.

"칼리엘님. 물러나십시오."

"이대로 유 위원만 두고 갈 수는!"

"저는 걱정 마시고, 서두르십시오! 대책이 있습니다!"

칼리엘은 어쩔 수 없다는 듯 뒤로 물러났다.

"크… 뒷일을 부탁하겠습니다."

이미 그는 상처가 심했다. 이대로는 자기가 발목만 잡는 걸 아는 까닭이겠지.

-그대로 도망치게 둘 것 같느냐!

물러나는 칼리엘을 노리고 타르미룬이 일격을 가한다.

카앙!

하지만 이번에도 태양신격의 방패에 그의 공격이 튕겨나갔다. 내 방해로 연달아 공격이 실패하자 그는 발을 크게 구르며 으르렁댔다.

-크윽! 이 작은 인간 놈이 진정 겁을 상실했구나! 뭐라? 대책이 있다? 네깟 놈이 감히 날 상대로 대책이 있다고 하는 것이냐!

"네놈, 흥분해서 꽥꽥거리는 게 꼭 도축되기 전의 돼지 같구나."

-감히! 너 같이 하찮은 것이 명예로운 이 몸을 모욕하느냐!

"명예? 그런 근사한 걸 너 같은 돼지가 갖고 있다고?"

-작은 인간 주제에 겁 대가리를 상실했구나. 호? 이제 보니까 네 놈은 메타트론의 화신이라고 설치고 다니는 그놈이로군. 검은 의복에 방패를 든 인간이라고 했지. 그렇다면 더 용서할 수 없다! 크아아아아!

타르미룬은 날 찢어발길 기세로 달려들어 왔다.

카아앙! 캉!

엄청난 충격에 태양신격의 방패가 깨져나갈 것만 같았다.

"으윽!"

상대가 안 된다. 이놈은 군주급 몬스터 중에서도 군계일학이라고 한다. 반격은커녕 막아내며 버티는 것만도 급급했다. 현현하지 않는다면 대적하긴 불가능하다. 이렇게 계속 공격을 받아내는 것도 내 실력이라기보다 순전히 태양신격의 방패 때문이었다.

"크아악!"

그러다 결국 할버드의 창두 부분에 배가 관통당해 뒤로 수십 미터 이상 날아갔다.

-쿠하하하하! 버러지 같은 놈! 역시 네놈 같은 버러지는 땅바닥을 굼벵이처럼 뒹구는 게 어울리지!

크게 웃는 타르미룬. 방금의 일격으로 승리를 확신한 것 같다. 하지만 내겐 사기라고 할 수 아이템이 하나 더 있었다. 바로 미카엘라가 선물한 태양의 펜던트다.

"태양이여, 죽어가는 자에게 따뜻한 온기를 불어넣어다오."

시동어를 외치자 태양의 펜던트가 빛나며 특수 능력인 태양의 치유가 발동했다. 그러자 치명상을 입은 내 몸이 순식간에 수복된다.

-크음? 그건 설마 미카엘라의 힘이 아니더냐! 네놈! 설마 미카엘라의 종이었냐! 그렇다면 더더욱 용서할 수 없다!

몬스터 녀석들, 미카엘라를 어지간히 싫어하는구나. 하긴 아군에게 명성이 높다면 그만큼 적군의 원한을 샀다는 얘기기도 하다. 미카엘라의 방어 작전은 지난 10여 년 동안 몬스터의 남하를 저지했다. 얼마나 얄밉게 생각할지 헤아리기 어렵지 않다.

"타르미룬! 방금의 일격이 네 활약의 마지막이다!"

-뭐라?

"기세를 올리는 것도 이제 끝이라는 거다! 보라! 이 뒤를!"

어느새 타르미룬과 치고받고 이동했더니 용산전자상가의 방어선까지 도착했다. 일대에 천사와 헌터 연합 세력이 단단하게 버티고 있었다.

"이곳을 네놈들이 뚫을 수 있을 것 같나!"

-겨우 그 소리였나! 그래, 확실히 단단해 보이는군! 하지만 우리의 분노가 네놈들의 부질없는 희망을 해일처럼 쓸어버릴 것이다! 모두 들으라!

타르미룬의 일갈에 몬스터 무리가 길게 포효한다. 저마다 다른 울음이라 웅장함을 느끼게 하기보다 시끄러운 소음만 가득했지만, 듣는 이의 두려움을 일으키기엔 충분했다.

-저 앞을 보라! 우리의 적이 두려움에 빠져 건물과 쓰레기 속에 숨어 눈동자를 떨고 있다!

사방에서 흥분 섞인 사나운 웃음이 터져 나온다. 그르렁거리는 몬스터들의 웃음이 무척이나 거슬렸다.

-저들은 우리의 밥이다! 저들은 우리의 사냥감이다! 고로 이것은 전쟁이 아니다! 우리의 만찬이다! 모두 돌격하라! 눈앞의 닭 날개를 가진 겁쟁이들을 쓸어버려라!

타르미룬의 명에 천지가 진동하는 것 같은 응답이 터져 나왔다. 그리고 수많은 몬스터들이 서로 대치 중인 나와 타르미룬을 지나서 돌진해 나간다. 나와 타르미룬은 마치 해일 한 가운데 외롭게 게 있는 섬과 같이 고립됐다.

쿵! 쿵! 쿵! 쿵!

공룡처럼 거대한 몬스터가 지날 때는 주변의 폐건물까지 진동한다. 과연 이 모습만 보자면 아군은 순식간에 쓸려나갈 것 같다.

-두렵나? 네놈의 눈동자에서 공포가 느껴진다. 인간!

"제법이긴 하다만 아군의 방어선에 저지될 거다. 방어선에는 대천사가 여럿 버티고 있다."

-어리석은 인간! 크크크큿!

타르미룬은 정말 즐겁다는 듯 웃어댔다. 그러면서 한껏 거들먹거린다.

-알량한 대천사들의 분신만 믿고 뭘 어쩌겠다는 것이냐? 이 몸은 설령 대천사들의 본체가 나와도 두렵지 않다! 게다가 네놈들이 깜짝 놀랄 선물도 준비해 놨지!

아마 숨겨놓은 땅굴을 말하는 거겠지. 이미 용산역에 박혀있던 몬스터들도 호응을 시작했을 거다. 이대라면 삽시간에 포위가 완성되고 아군은 몰살될 거다. 그래, 이대로라면 말이야. 나는 나도 모르게 일그러진 미소를 지었다.

"타르미룬, 뭘 그리 신을 내고 있나?"

-뭐라?

내 말투가 변한 것에 의아함을 느끼는지 미간을 좁힌다.

"네놈의 작은 머리에서 나온 수작을 맞춰볼까? 왜 오늘 승리를 확신하고 있는지?"

-허튼 소리를 지껄이려 하는군!

나는 이런 순간이 좋았다. 저렇게 건방진 놈들의 자신만만함이 깨지는 그런 순간을 말이다. 심상호나 라미엘이 부서질 때 솔직히 마음속에서 피어오르는 즐거움을 감추기 어려웠다. 그런데 이 순간은 더했다. 나는 비틀린 미소를 지으며 타르미룬에게 다가갔다. 그러자 뭔가 불길함을 느꼈는지 타르미룬이 한 발짝 물러난다. 그는 자기도 모르게 겁먹었다는 사실을 깨닫고는 무척 열 받은 얼굴이 됐다.

―이놈….

"타르미룬 네놈은 별 것도 아니다. 그깟 땅굴 두 개에 의지해서 큰소리치고 있으니 말이다!

―뭐라! 어엇……

그는 놀란 기색이 다분했다. 설마 내가 땅굴 얘기를 꺼낼 줄도 몰랐다는 듯 얼굴이 경악으로 물들어간다.

―어찌… 어찌 네놈이? 이는 극비이거늘.

믿고 있던 수단이 지적당하자 이 지체 높은 몬스터도 표정을 제대로 수습하지 못한다. 아니, 수습은 커녕 얼굴을 파르르 떨고 있었다. 나는 비웃음을 터뜨렸다. 그리고 품에서 폰을 꺼내 앱을 하나 가동했다. 그러자 액정에는 큼직한 숫자 10이 나타난다.

"이게 뭔지 아나?"

나는 액정의 숫자를 터치한 뒤 타르미룬에게 들이밀었다. 이 숫자는 지금 계속 줄어들고 있다.

"아까 내 눈동자에서 두려움이 느껴진다고 했었지. 하지만 그건 잘못 본거라고. 두려움이 아니라, 흥분이다!"

그 말과 함께 나는 두 팔을 들어 크게 벌렸다.

"오, 사, 삼…."

―이놈! 감히 네…

콰아아아아아앙!

대폭발이 일어났다. 좌측으론 2Km 정도 떨어진 곳, 우측으로는

1Km 정도 떨어진 곳, 이렇게 두 곳에서 말이다. 하지만 폭발의 충격은 지금 내가 있는 곳까지 닿았다.

와장창!

주변의 폐건물의 유리창들이 모조리 깨져 나가고 내 고막이 지잉-! 하고 울린다. 좌우를 살펴보니 검은 구름이 하늘 높이 치솟아 오르고 있었다.

쿠아아아앙-.

실로 근사한 광경이었다. 들리진 않지만 저 일대는 지금 아비규환이겠지.

"타르미룬, 나는 이미 땅굴에 각각 TNT를 5톤씩 설치해놨지. 아마 지금쯤 포위망을 만들기 위해 땅 속에서 이동하던 몬스터들이 모조리 매몰됐을 거다. 애도를 표하는 바다!"

입에서 나온 말과 다르게 내 얼굴은 웃음을 참지 못하고 있었다. 이것으로 그의 포위 작전은 박살났다. 비단 포위 작전만이 문제가 아니었다. 대폭발 때문에 몬스터들이 눈에 띄게 당황하고 있었다. 반면 아군은 더욱 사기가 드높아졌다.

-이! 비열하고 조잡한 인간 놈이! 으아아아! 반드시 네놈만은 찢어죽이겠다!

타르미룬은 이전의 공격과는 차원이 다른 위력을 퍼부어왔다. 지금까지가 날 괴롭히기 위한 것이었다면 이제는 진짜로 조각조각 낼 듯한 공격이었다. 나도 더는 여유를 부릴 수 없었다.

"현현하라!"

콰아앙!

마력의 폭발이 일어나며 전보다 더욱 크고 아름다워진 검은 날개 두 쌍이 등 뒤로 늘어진다. 나는 충만해진 힘을 느끼며 타르미룬의 공격을 막아냈다. 어렵지 않았다. 현현에 태양신격의 방패까지 있다면 두려울 것이 없었다.

"나를 끝장내고 싶다면 좀 더 힘을 내는 게 좋을 거다!"

-역시 믿는 구석이 있었군! 그게 네놈의 진정한 힘이더냐! 좋다! 그렇다면 이 몸도….

하지만 타르미룬의 더 외치지 못했다. 그의 곁으로 피투성이가 된 군주급 몬스터 하나가 달려왔기 때문이었다. 타르미룬은 자신의 동료인 군주급 몬스터가 이리 엉망이 된 걸 보고 놀란 모습이었다.

-대체 무슨 일이냐! 누구에게 그리 당한 것이야! 쿠른트, 네놈은 분명히 후방을 맡고 있을 텐데!

-타르미룬! 큰일 났다! 큰일이 났어!

달려온 피투성이의 군주급 몬스터는 큰일이 났다는 말만 반복하고 헉헉거리기만 했다. 급기야 참다못한 타르미룬이 따귀를 때리자 그제야 비명에 가까운 소리로 외쳤다.

-적이다! 적이 나타났어! 천사와 헌터들이 지금 우리 후방을 때리고 있다!

-뭐라! 대체 얼마나 나타났기에 그런 것이야!

-많다! 너무 많아!

-헛소리! 아마 별동대인 것 같은데 2만이 넘는 우리보다 많을 리가….

-타르미룬! 우리보다 더 많다! 적어도 3만이다!

-뭐라! 아니, 3만 대군이 갑자기 어디서 나타난다는 거야!

갑자기 자신들의 배후를 기습한 대군에 타르미룬은 정신이 쏙 빠진 모양이었다. 그러면서도 동료의 말을 쉽게 믿으려고 하지 않는다. 그 꼴을 보고 있자니 안타까운 맘이 들어서 친히 설명을 해주기로 했다.

"아직도 모르겠나?"

-말하라! 우리의 배후에 나타났다는 적에 대해!

"간단하다. 백익군이다. 대천사 바라카엘이 이끄는 백익군."

-말도 안 돼는! 그놈들은 강남에서 뭉개고 있을 텐데! 게다가 가브리엘이 이렇게 나설 리가 절대 없다! 그 흰수염 난 천사 놈은 결코 이리 과감한 작전을….

그리 말하면서도 확신이 없는지 타르미룬의 말소리가 작아진다.

"크하하하하!"

나는 참지 못하고 웃음을 터뜨렸다. 그러자 타르미룬의 얼굴이 노기로 부들부들 떨린다. 하지만 아무런 말도 못하고 있었다.

"타르미룬, 이 어리석은 친구야. 말하지 않았어? 대천사 바라카엘의 백익군이라고."

-뭐라?

"꼭 백익군을 가브리엘이 이끌 필요는 없는 일이지.

-크으윽!

그제야 모든 상황을 파악한 타르미룬은 나직한 탄식을 내뱉는다.

"타르미룬. 보인다. 네놈 눈에서 공포가 엿보인다!"

그날, 3만의 백익군은 몬스터 무리의 후방을 완전히 박살냈다. 당당히 출병했던 그들은 사방으로 울부짖으며 흩어졌고, 살아 돌아간 놈들은 불과 3천도 안 됐다. 전멸이나 다름없는 피해였다.

싸움의 막바지에선 분노의 군주 타르미룬의 발악이 볼만했다. 그는 자신의 잠재력을 폭발시켜 최후의 항전에 나섰다. 대군주급의 위력을 발휘하자 그야말로 질풍과 같이 주변을 초토화 시켰고 대천사들의 분신 여럿이 그를 상대하기 위해 나서야 했다.

메타트론, 미카엘라, 라파엘, 스이엘, 세라피엘, 이후디엘이 한꺼번에 타르미룬과 맞섰다. 하지만 절륜하게도 타르미룬은 그 많은 분신을 모두 상대했다. 과연 대군주급에 다다른 힘이었다.

하지만 아무리 강력한 용사도 결국 힘이 빠지는 법.

그가 지쳐 집중력이 흩뜨려진 짧은 순간, 메타트론 화신 유제아가 나섰고, 결국 그의 방패가 타르미룬의 머리통을 부숴버렸다. 그렇게 카르페 삼건장의 필두인 타르미룬은, 그가 평소에 무시하던 인간의 손에 의해 살해당하고 말았다.

6. 적이란 늘 상대적인 개념이다

패전의 소식이 경복궁을 덮쳤다.

자신만만하게 출정시켰던 지원군이 거의 섬멸됐으며, 전략적 요충지인 용산역을 빼앗겼다. 당연히 이번 일을 주도한 카르페의 체면은 엉망으로 구겨졌다. 그는 분을 참지 못해 날뛰었고 수하들은 놀라 사방으로 산산이 흩어졌다. 아마 며칠은 돌아오지 않을 것 같았다. 카르페는 홀로 폐허가 된 경복궁에 남아 실패를 곱씹고 있었다.

-이 자가 메타트론의 화신인가….

카르페의 앞에는 마법 영상이 떠올라 있었다. 영상은 피칠갑을 한 남자가 거대한 몬스터의 머리를 잘라서 양손으로 자랑스레 들어 올린 모습이었다. 카르페는 그 사내를 씹어 먹을 듯 노려보았지만 그래봐야 영상일 뿐이었다.

-이번 실패는 이 몸의 탓이 아니야.

-다 타르미룬 녀석의 잘못이지. 큰일을 하려고 해도 주위의 멍청이들이 도와주지 않는군. 어째서 위대한 내 곁에 그런 쓸모없는 놈들만 가득하단 말인가.

그런데 카르페는 누군가와 끊임없이 대화를 나누고 있었다. 주변에는 아무도 없었다. 그럼에도 카르페가 거대한 덩치를 웅크리고 중얼중얼 거리는 소리는 끊이지 않았다.

─버러지 같은 놈들! 버러지 같은 놈들!

─이 몸은 실수하지 않았는데 너희가 다 그르친 게 아니더냐!

놀랍게도 그는 자신의 앞에 놓은 영롱한 빛깔의 오브에게 말을 걸고 있었다. 이 오브가 대체 무엇인지는 알 수 없었지만 카르페가 꽤나 집착하는 물건이란 건 확실했다. 그리고 지금 카르페의 모습은 평소 부하들 앞에서 보여주는 위대한 대군주와는 거리가 멀었다.

옹졸하고 소심해 보이는 아주 고약한 성품의 늙은이 같았다. 그는 자신의 잘못은 인정하지 않고 줄곧 부하들만 탓하고 있었다. 심지어 목숨을 바쳐 충성한 타르미룬조차 버러지라 매도한다. 이걸 보고 있으면 대외적으로 보여주는 강력한 영도자의 모습은 완전히 거짓말 같았다. 실제로 그는 대군주급이란 위치에 어울리지 않게 꼼바르고, 그 그릇이 작아보였다.

─이런 상황에서도 강북이 유지되는 건 순전히 본인의 기량 덕분이다.

─쯧! 이 몸이 아니었으면 강북은 진작 끝났을 터.

─평양의 왕도 본인이 차지해야만 한다. 오로지 이 몸만이 자질이 있다.

심지어 자화자찬에 빠져서는 자신에게는 한없이 관대했다. 그러다 그는 다시 부하들을 혼잣말로 까 내렸다. 그 내용이 가관인 게 부하들이 스쳐지나가면서 했던 말도 모조리 기억하고는 원한을 품고 있었다는 사실이었다.

-그 훔바 놈은 참으로 잘 죽었다. 6년 2개월 전에 이 몸에게 감히 욕을 한 번 했었지. 당시 크게 웃으며 넘겼지만 언젠가 이런 날이 올 줄 알았다. 크크크.

-타르미룬 놈도 결국 죽을 줄 알았다. 2년 5개월 전에 했던 내 조언을 무시했지. 감히 무지렁이 주제에 본인을 무시하다니 꼴이 좋구나.

카르페는 놀랄 정도로 도량이 좁았다.

사소한 것조차 절대 잊지 않는 성격이었다.

하지만 그런 그는 부하들 앞에서는 대범하고 현명한 지도자를 계속 연기할 것이다. 마침내 그가 왕의 자리에 앉기까지.

-위대한 존재는 오로지 이 몸뿐이… 음?

혼자 중얼거리던 그의 감각에 누군가가 잡혔다. 휘하의 몬스터 중 하나가 다가오고 있었다. 그 순간 카르페는 본 모습을 빠르게 버리고 몸을 일으켰다. 삽시간에 그는 근엄한 대군주급 몬스터로 되돌아왔다. 그렇게 잠시 기다리고 있자니 군주급 몬스터 다르쿠다가 나타났다.

-위대하신 분. 찾으셨다고 들었습니다.

-어서 오라. 다르쿠다. 물어볼 게 있어서 불렀느니라.

-하문하십시오.

카르페는 고개를 끄덕이더니 영상으로 한 인물을 띄워 보였다.

-이 자에 대해 아는 걸 말해보라.

-그의 이름은 유제아입니다. 원래는 하이에나라고 불리는 비천한 직업을 갖고 있었습니다.

-그게 무엇이냐?

-우리 동족의 시체를 주우러 다니는 일입니다.

-하!

카르페는 기가 막힌다는 듯 비웃음을 터뜨렸다.

-이런 천한 것이 이번 일을 방해했단 말인가?

-네. 원래 그런 비루하고 별 볼일 없는 사내였던 것 같습니다만, 메타트론의 화신이 되고 180도 처지가 바뀝니다. 둘이 어떻게 만난 건지는 모르겠으나 노량진에서 우리 동족을 밀어내고 파란을 일으킵니다.

카르페는 다시 생각해도 그 일이 뼈아프다는 얼굴이었다.

-그래, 그게 불행의 시작이었어. 따지고 보면 유제아, 이 자는 오늘의 패배뿐 아니라 모든 문제의 원흉이었구나. 크으으… 살을 다 발라내고 뼈마디를 핥아도 부족한 놈이로다!

-그 뒤로도 뛰어난 행보를 보였습니다. 아군이 노량진을 공격했을 때 르카님을 참살한 것도 이 유제아라는 소문이 있습니다.

-뭐라? 미카엘라에게 당한 게 아니더냐!

-워낙 소문이 다양해 확인을 못했습니다만, 인간 진영에서는 유제아가 죽인 걸로 되어 있습니다.

-허허!

카르페는 절로 허탈한 웃음이 나왔다. 적 중 이런 골치 아픈 자가 있었는데 여태 제대로 파악을 못하고 있었다니. 그는 오늘의 패배가 당연하다는 생각이 들었다.

-너무 안일하게 여겼구나. 대천사들을 견제하는 것만 생각해서

화신을 놓쳐버렸어. 다르쿠다여, 대천사 중에 이렇게 화신을 만들 수 있는 이가 또 있느냐?

−없습니다. 메타트론이 유일합니다.

−그것은 참으로 다행이로다! 내 오늘 일을 겪으니 메타트론이 왜 화신을 만든 건지 알겠도다. 본체가 노량진 방어를 하느라 행동에 제약이 오니 화신으로 뜻을 이루고자 함이겠지.

−저도 그리 생각합니다.

−만약 대천사들이 모두 화신을 가질 수 있었다면 앞으로의 싸움은 우울함만 남을 것이다. 우리가 애써 힘과 머리를 다해 놈들의 본체를 묶어둔 의미가 없어질 터이니.

현재 카르페가 동원한 강원도 독립군주들의 대병은 강남 일대에 주둔하고 있다. 그 때문에 대천사들은 감히 본체를 동원할 생각을 못하고 있다.

−그는 정치적 수완도 뛰어난 듯합니다. 지속적인 보고로 파악하건데, 그들이 출병을 결의하기 전에 상당한 진통이 있었던 듯합니다. 한데 그걸 정리한 게 유제아라고 하더군요. 출병 반대파도 있었지만 유제아가 숙청했다고 합니다.

−대천사 라미엘을 말하는군. 저 자는 대천사조차 숙청해 버린 건가? 그 무슨 터무니없는 인간이…!

−메타트론의 위세만 믿고 사방팔방으로 날뛰는 거겠죠.

−실제로는 단순히 허수아비란 말이더냐? 메타트론의 의지대로 움직이는?

−그렇지 않겠습니까?

-허! 그렇거나 말거나 상관없다. 어차피 결과야 같으니. 화신이 본체의 의도대로 움직이는 건 당연한 법이다. 그들은 마치 머리와 몸 같은 관계일 터이니.

　카르페의 예상은 당연했으나 실제로 메타트론은 침대에서 과자만 소비하고 있었다. 심지어 금요일 밤은 '게임의 밤'이라 명하고 유제아와 함께 밤을 새곤 했다. 유제아의 입장에서 메타트론은 어두운 흑막이라기보다 손이 많이 가는 여동생 느낌이었다. 아마 카르페는 이런 점을 영원히 알지 못할 것이다. 아니, 모르는 게 그의 정신적 건강을 위해서 더 낫겠지만.

　-실체를 파악하고 보니 실로 두려운 이름이로다. 유제아! 본인의 실패에 그 비천한 인간이 깊게 관여하고 있었구나! 놈은 이 가슴을 찌르고 있는 비수로다. 빼기 전에는 결코 살아남을 수 없으리! 다르쿠다여, 그대에게 명을 내리겠다.

　-네, 기꺼이 받잡겠나이다.

　-가서 유제아를 암살하라. 암습은 그대의 특기이니.

　-쉽지 않은 일이 될 것입니다. 현재 유제아는 적의 중심입니다. 엄중한 보호를 받고 있을 게 틀림없습니다.

　-홀로 보내지는 않겠다. 네르카를 붙여주겠다. 그러니 이 일을 반드시 성공시키라.

　네르카는 다르쿠다와 비슷한 포지션의 고위 몬스터이다. 암살보다는 정찰이나 첩보 활동에 더 특화된 몬스터지만 같이 가면 분명히 도움이 될 것이다.

　-배려에 감사드립니다. 위대하신 분.

-가 보거라. 반드시 성공해야 한다.

-전력을 다하겠습니다.

다르쿠다가 떠나자 카르페는 그제야 좀 마음이 풀어졌다. 최고의 암살자를 보냈으니 이제 골칫덩어리가 사라질 것 같았다.

'정말 이 짓거리도 못해먹겠구나.'

깊은 피로감이 카르페의 가슴을 내리눌렀다. 위로는 왕이 압박하고 아래로는 인간과 천사들이 쳐들어온다. 가운데 낀 그는 단 한 번의 실수조차 용납될 수 없었다. 그에겐 적도 적이고 아군도 적이었다. 이미 몬스터와 천사라는 명확한 구분은 잃어버린 지 오래다.

'적이란 늘 상대적인 개념이지.'

혼자 그런 생각에 잠겨있는데 탐욕의 군주 구르굴과 오만의 군주 즈굴이 그를 찾아왔다. 그들에겐 특별한 임무를 줬었기에 카르페는 곧장 물었다.

-어떻게 됐나?

간단한 물음이지만 목소리에는 깊은 노기가 담겨 있었다.

-저희가 들이쳤을 때는 이미 도망가고 없더군요. 아무래도 놈이 배신자인 게 확실한 것 같습니다.

-역시 배신자 놈은 어쩔 수 없단 말인가!

카르페가 구르굴과 즈굴을 보낸 건, 타락한 우리엘을 잡아오기 위해서였다. 카르페는 이번 싸움에서 미리 땅굴이 발각된 것에 대해 우리엘을 유력한 용의자로 생각하고 있었다. 최근 우리엘이 용산역 일대를 뒤지고 다녔다는 제보가 그의 의심을 부채질했다. 그래서 구르굴과 즈굴을 보냈건만 이미 도망가고 없다고 한다.

-휘하의 몬스터들도 모조리 두고 갔습니다.

-놈이 배신자인 건 확실하군. 흐음… 그나저나 이 비열한 놈이 어찌 알았을꼬. 엄중한 비밀이었는데.

-어디선가 정보가 흐른 모양입니다. 혹시 총애하시는 그 비천한 것이….

구르굴은 다르쿠다를 의심하는 발언을 했다. 그러자 카르페는 단번에 그 가능성을 부정한다.

-본인의 지배력은 완벽하다. 다르쿠다에 대한 의심은 이 몸의 실력에 대한 의심이다.

-송구합니다.

구르굴과 즈굴은 다르쿠다가 의심스러웠지만 워낙 카르페가 확실히 말하는 탓에 더 얘기를 꺼내지 않았다. 군주가 확신하고 있을 때 토를 달아봐야 화를 당할 뿐이다.

-본인의 생각에는 강동을 통솔하는 다리그가 수상하다. 그놈은 언제나 이 자리를 탐냈었지. 르카가 살아있을 때에는 엄두도 못 내더니 이 몸이 홀로 남으니 야욕을 드러낸 건지도 모른다. 한 번 알아보거라.

-알겠습니다.

구르굴과 즈굴이 떠나자 카르페는 경복궁에 홀로남아 깊은 생각에 잠겼다. 그의 머릿속에는 전황을 뒤집을 다양한 계략들이 떠오르기 시작했다.

'적 중 욕심이 많은 자가 있을 것이다. 그런 자를 이용할 수 있다면 다음에는 승리할 수 있을 터….'

용산 전투 소식에 가브리엘은 대노했다.

백당의 총수인 자신을 무시하고 바라카엘, 자르키엘, 카마엘이 군을 움직여 흑당을 도왔기 때문이다.

게다가 전투가 대승리란 점이 문제였다.

대한민국은 이 소식에 열광했고 반전 여론은 쏙 들어가버렸다. 다들 당장이라도 수도 서울을 탈환할 수 있을 것처럼 들떠있었다. 가브리엘은 TV 속에 들뜬 아나운서들을 보며 리모콘을 집어던졌다.

"이런 어리석은!"

몬스터가 얼마나 끈질기고 무서운지 가브리엘은 누구보다 잘 알았다. 그렇기에 그는 이런 한 번의 승리에 흥분하기보다 앞으로의 일이 더 걱정스러웠다.

'벌집을 들쑤셔 놨으니 이제 몬스터도 가만있지 않을 터! 그렇게 전쟁을 최소화하려고 했는데 흑당 놈들이 기어코 사고를 치는구나!'

더이상 반전 시위를 유지하기란 불가능했다. 아니, 반전 시위가 문제가 아니라 여론은 가브리엘을 향한 비난이 터져 나오고 있었다. 마치 누군가 계획이라도 한 것처럼, 일제히 백당의 총수가 대의를 저버렸다는 비난의 기사가 쇄도하고 있었다.

가브리엘은 그런 짓을 벌인 음험한 이가 누군지 모르지 않았다. 늘 자신의 속내처럼 검은 양복을 입고 다니는 그 남자를 떠올리며 가브리엘은 자기 가슴팍을 때린다.

"유제아! 그자와 얽혀서 잘 되는 일이 하나 없구나!"

가브리엘은 억울하고 분한 마음에 속이 터져 죽을 것 같았다. 그는 그 자신만의 방법으로 인간과 천사 진영을 지키기 위해 오늘 날까지 헌신해 왔다. 지금까지 지긋지긋하게 싸워온 그는 힘의 균형을 이뤄 대치국면을 만들어내는 게 최선이라 판단하고 있었다. 그래서 현 상황을 유지하기 위해 안간힘을 써왔건만 그것도 이제 다 틀린 듯했다.

"허허!"

허탈한 웃음이 절로 흘러나왔다.

백당의 구성원인 대천사 바라카엘, 자르키엘, 카마엘이 흑당편을 들었다는 건 뭔가 커다란 이득을 제시받았기 때문이겠지. 게다가 원래 그 셋은 한 패니까 같이 움직이는 게 이상할 것도 없었다.

'이대로 묵과할 수는 없다. 녀석들을 처벌해야겠지.'

서열 3위의 가브리엘은 대천사 셋의 반항을 제압할 힘과 능력이 있었다. 백당의 총수는 허울뿐인 자리가 아니다. 처음 백당으로 대천사들을 규합했을 때 마법적인 계약을 맺었다. 그 신성한 계약 조건에 의해 가브리엘은 처벌의 권한을 갖게 된다.

'문제는 어느 정도 선이냐는 건데….'

가브리엘의 고심은 깊어졌다. 그 셋이 처벌이 따를 것임을 알면서도 그런 행동을 했다는 건 상당한 이익을 약속받았다는 얘기다. 그렇다고 고강도의 처분을 해야 하는데, 너무 심하면 당 자체가 해체될 수도 있었다. 게다가 아무리 총수라도 그들의 서열을 강등시키거나 하는 짓까지는 할 수 없다.

'힘을 일시적으로 빼앗는 게 적당해 보이는군.'

총수의 권한으로 셋이 가진 힘의 일부를 한동안 빼앗는다. 그렇게 되면 가브리엘은 더욱 강해질 테고, 그 힘을 바탕으로 다시 한 번 백당의 기강을 잡을 수 있게 된다.

'그 외에 자잘한 제약을 더 가하면 될 터.'

속이 썩는 와중에도 가브리엘은 최대한 냉정히 판단하려고 애를 썼다. 하지만 상황은 그가 생각하는 것보다 훨씬 심각했다.

곧 그의 보좌관을 통해서 연락을 받았는데, 대천사회의와 11인 위원회를 합친 통합 회의가 열린다는 것이었다. 그리고 그 회의의 안건은 하나였다.

바로 대천사의 서열을 재조정하겠다는 것이었다.

"이런……."

가브리엘은 깨달았다. 지금 다들 작정하고 자신을 실각시키려 하고 있음을.

"대체 어느 틈에 일이 이렇게 진행됐단 말인가."

전시가 되자 대천사회의에 11인 위원회가 합쳐져 회의가 열리는 일이 많아졌다. 그래서인지, 대천사 서열 재조정이라는 천사들만의 일에도 각 클랜의 위원들이 초대받았다.

나 역시 메타트론 클랜의 위원이자 11인 위원회의 의장으로 회의에 참가했다. 회의장에 분위기는 나쁘지 않았다. 오히려 상당히 좋다고 할까?

그건 파벌이 나뉘어 대립해 왔는데 이번에는 모처럼 흑당과 백당이 함께 커다란 성과를 이루었다. 그러다보니 여기저기서 칭찬과 덕담이 오고갔다.

하나 그런 분위기도 대천사 가브리엘과 대천사 나나엘이 도착하자 거짓말처럼 사라졌다. 가브리엘은 회의장에 들어오자마자 서슬 퍼런 안광을 뿌렸다. 이번 일에 가담한 자르키엘과 카마엘은 헛기침을 하더니 시선을 피한다. 그러나 바라카엘은 안대로 눈을 가리고 있어서 그런지 몰라도 여유로운 기색이다.

아니, 여유가 넘치다 못해 가브리엘을 향해 썩은 미소를 짓고 있었다. 그 외에 나머지 클랜들은 이번 서열 조정에 직접적인 이해당사자는 아닌지라 흥미진진한 눈으로 구경할 뿐이었다.

"모두 도착하셨으니 오늘 회의를 시작하겠습니다."

이 통합회의의 사회는 11인 위원회의 의장인 내가 맡게 되었다.

"금일 안건은 대천사 서열 조정입니다. 발안하시는 분은 메타트론님으로, 현재 서열을 이번 용산 전투의 공훈에 맞게 재조정하자는 골자입니다. 하여 서열 5위의 바라카엘님을 서열 3위로 올리…"

"이놈들!"

한참 말하고 있는데 갑자기 가브리엘이 탁자를 때리며 일어났다.

"감히 작당모의해서 이 가브리엘을 능멸하려 드느냐! 오늘 이 회의도 그저 네놈들의 더러운 협의를 관철하기 위한 눈속임이 아닌가! 그리고 바라카엘, 자르키엘, 카마엘! 너희는 백당 총수의 이름으로 처벌이 있을 것이다!"

"거 말씀이 심하시군요. 가브리엘님. 눈속임이라니요. 적법한 절차에 의해 적법하게 진행되고 있는 회의입니다. 부디 폭언을 삼가하시길 바랍니다."

"유제아 의장! 잘도 그 입을 뻔뻔스럽게 놀리는구나! 네놈이 이 일의 원흉인 걸 모를 줄 알았느냐!"

누가 들으면 자기는 뒷공작을 하나도 안 한 줄 알겠네. 지긋지긋한 반전 시위나, 얼마 전에 있었던 몬스터의 반란 등이 다 그의 작품이 아닌가.

"대체 이 보잘 것 없는 저를 모든 일의 원흉이라 하심을 모르겠습니다. 여기 계시는 여러 위대한 대천사님들에 비하면 저는 하찮은 사람일 뿐입니다."

"저! 저런 뻔뻔한!"

급기야 가브리엘은 삿대질을 하며 흥분했다. 이미 회의 같은 건 아무래도 상관없었다. 다들 가브리엘과 내 말싸움을 흥미롭게 지켜본다.

"유제아 의장! 비슷한 세력 간의 총력전은 공멸을 부를 뿐이다. 지금도 늦지 않았다. 이 미친 짓거리를 멈추라!"

저 정도로 직접 말해오는 이상 나도 이제 돌려 말하며 점잖 뺄 필요를 느끼지 못했다.

"가브리엘님. 진지한 얘기가 있습니다."

"말하라. 듣겠다."

"시대가 변했습니다. 이제 물러나 있으시죠."

내가 딱 잘라 말하자 가브리엘은 노기를 감추지 못한다. 그의 풍성한 수염이 부르르 떨린다.

"이 천둥벌거숭이 같은 애송이 놈이! 네놈이 메타트론의 힘을 등에 업고 날뛸 때 이 몸은 무엇을 하고 있었는지 아느냐!"

"알지요. 암요. 잘 알고 말고요."

"뭐라?"

설마 내가 그리 답할 줄은 몰랐는지 가브리엘은 반문한다.

"최근에 강북에서 꽤나 화려하게 해주셨더군요. 죽은 르카의 잔당들과 온건파를 부추겨 난을 일으킨 걸 모르지 않습니다."

내 말에 회의에 참석한 자들은 놀라서 눈이 휘둥그래진다. 하지만 제일 놀란 건 가브리엘이다.

"아, 아니! 그걸 어떻게!"

"뭐, 저도 나름대로 정보망이 있어서 말입니다. 가브리엘님께서 하신 일은 뭐랄까… 아주 그냥 성대한 실패였죠. 오히려 온건파를 몰살시켜서 몬스터 진영의 강경파만 득세하게 만들어줬습니다. 결과적으로 가브리엘님께서 하신 일은 전쟁을 막는 일과는 한참 거리가 멀지요."

"크윽…."

그럴 의도야 아니었겠지만 가브리엘의 실패는 전쟁을 더욱 부추긴 꼴이다.

"반면 바라카엘님의 도움으로 우리 흑당이 이룬 결과는 어떻습니까? 적의 주력을 괴멸시키고 카르페의 총신인 분노의 대군주 타르미룬의 목을 베었습니다. 온건파를 죽인 가브리엘님과 다르게 강경파 거두를 죽였으니, 이쪽이 좀 더 낫지 않겠습니까?"

"하지만 그건!"

가브리엘이 반론하려 하자 나는 손을 들어 그의 말을 막았다. 그리고 그에게 확인시켜주듯 말했다.

"가브리엘님의 방법으로는 아무 것도 못 바꿉니다."

"크으윽……."

그의 얼굴이 치욕으로 물들었다. 보다 못한 나나엘이 나서 날 비난했지만, 그냥 무시해 버렸다.

"이봐! 이쪽이 말하고 있잖…."

"자, 모두. 이번 안건에 대한 결정을 하셨을 겁니다. 투표하겠습니다. 대천사 바라카엘님께서 새로운 서열 3위의 대천사가 되어야 한다고 생각하시는 분은 찬동 해주십시오."

합동회의지만 천사들의 일인지라 투표권은 천사들에게만 있었다. 규정에 의하면 9표 이상이 나와야 한다. 결과는 곧 나왔다.

〈안건에 대한 찬성〉

대천사 메타트론.
대천사 미카엘라.
대천사 라파엘.
대천사 바라카엘.
대천사 이후디엘.
대천사 자르키엘.
대천사 카마엘.

대천사 스이엘.

〈안건에 대한 반대〉

대천사 가브리엘.
대천사 나나엘.

투표는 순식간에 끝났다.

잠깐 사이에 바라카엘이 새로운 서열 3위의 대천사가 됐다. 그리고 가브리엘은 서열 5위로 강등됐다.

"자, 새롭게 서열 3위가 대신 바라카엘님께 축하의 박수를 부탁드립니다."

내 말에 사방에서 박수가 터졌다. 바라카엘은 진심으로 기뻐하며 환하게 썩은 미소를 지었다.

"크하하하! 모두 본인의 승급을 축하해 준 것에 감사한다."

"바라카엘님."

"무엇인가? 유제아 의장."

"다름이 아니라 '전前' 백당의 총수 가브리엘님께서 바라카엘님을 처벌하겠다고 하셨는데 어찌하시겠습니까? 현 백당의 총수로서 말입니다."

내 말에 바라카엘은 크게 웃음을 터뜨리더니 자리에서 일어난다. 그리고 자신감 넘치는 말투로 선언한다.

"본인에겐 아무런 잘못이 없노라. 군공을 세웠으니 처벌은커녕

상을 받아 마땅하다. 하여 이번 전투로 백당이 얻은 마정석 5조 원 중 1조 원을 본인에게 포상하겠다! 크하하하!"

실로 바라카엘다운 처신이었다.

총수가 되더니 제일 먼저 하는 일이 스스로에게 상을 줘, 이득을 챙기는 것이라니. 가브리엘이 내게 뻔뻔하다 했지만 저 녀석에 비하면 부끄러움 많은 새색시 수준이다. 이어서 그는 자신을 따라준 자르키엘, 카마엘에게도 포상을 했다. 큰 이득을 얻은 두 대천사는 기뻐하면서도 가브리엘은 비웃는 얼굴로 쳐다본다.

"안건은 이것뿐이었으므로 금일의 합동회의를 끝내겠습니다. 참석해 주신 모두에게 감사의 말씀을 드립니다."

내가 회의가 끝났음을 알리자 다들 우르르 자리에서 일어난다. 여기저기서 재밌는 꼴을 봤다는 듯 시끌벅적한 분위기였다. 오직 가브리엘만이 말을 잃고 침통하게 앉아 있었다.

나나엘을 그를 위로하려 했으나 대답이 없자 안타까운 얼굴을 하고는 나가버렸다.

회의장에는 나와 가브리엘만이 남았다.

나는 이 패배자가 내게 무슨 말을 할까 궁금했다.

원망일까? 증오일까? 탄식일까?

침묵이 길게 이어졌다. 그리고 내가 의자에서 일어나자 가브리엘이 입을 열었다.

"그대는 실수했다. 지옥문을 열어버린 것이야."

나는 그의 말에 쓴웃음을 지었다.

가브리엘은 변하지 않는 완고한 노인네 같은 존재였다.

"네놈은 몬스터보다 더 몬스터 같은 존재다. 인간과 천사 모두를 전쟁의 소용돌이로 던져 넣은 몬스터다."

"뭐… 틀린 말 같지는 않습니다만, 좀 더 완곡한 표현이 있지 않을까요?"

"흥! 이 몸의 눈에는 바라카엘이나 그대나 똑같다."

"그게 무슨 말입니까?"

"이 몸이 모를 줄 알았는가? 그대가 바라카엘을 경멸의 시선으로 보고 있음을."

정확한 지적이었다.

"아마. 욕심에 사로잡힌 추잡한 천사라고 생각했겠지. 하지만 이 몸이 보기에 그대 역시 똑같다. 전쟁의 욕망을 관철하기 위해 무슨 짓이든 하고 있지 않은가."

"그건 당신도 마찬가지가 아닙니까."

"부정하지 않겠다."

"하지만 당신과 저와는 결정적인 차이가 있습니다."

"…그게 무엇인가?"

"그건 바로 끝이 있다는 것이죠. 제 욕망과 욕심에는 끝이 있습니다. 종국에 다다르고 싶은 평화의 순간이 있습니다."

"……."

"하지만 당신은 어떻습니까? 이 대치를 언제나 유지하고 싶다는 끝없는 욕망, 그리고 이 대치를 주도하는 존재로 남고 싶다는 끝없는 욕망. 대체 당신의 욕심은 언제 끝이 납니까?"

"그건…."

나는 싱긋 웃으면서 그의 어깨를 살짝 짚었다.

"그렇기에 제가 끝내드린 겁니다."

이야기는 끝이 있기에 아름답다.

언제까지고 엔딩에서 도망치려 하는, 고집 센 늙은 작가처럼 추한 것도 없는 법이다.

"그간 고생 많으셨습니다. 편히 쉬시길."

현재 전세계의 시선은 이 강북 전투에 쏠리고 있었다. 용산 점령에 가브리엘의 서열 강등 등 온갖 일이 터지고 있었기에 화제만발이었다. 하여 최근의 사태들에 대한 특별담화문을 발표하게 되었다. 종군기자들을 초대한 뒤 카메라를 통해 방송할 예정이었다.

"그 정도만 하면 될 거 같은데?"

"가만히 있으렴."

황송하게도 지금, 미카엘라가 내 얼굴에 옅은 화장을 해주고 있었다. 그녀는 움직이지 말라며 엄한 태도였다. 그리고는 내 옷 매무새를 꼼꼼하게 체크한다.

"대강 마무리된 거 같네."

"이거 대강이 아닌데?"

임시로 마련된 분장실에서 나는 거울을 들여다보며 어깨를 으쓱였다. 거기에는 뭔가 낯선 느낌의 자신이 있었다.

"바라카엘과 특별담화를 발표해야 하잖아. 이 정도는 해야지 않겠니."

그리 말하면서 미카엘라는 내 목에 태양의 펜던트를 걸어줬다.

"자, 완벽하네. 소녀의 주인님."

그리 말하며 만족스럽게 웃는 미카엘라. 그러자 옆에서 물끄러미 지켜보던 메타트론이 성을 내며 끼어든다.

"주인님이라니! 그런 변태 같은 호칭은 그만두라고 하지 않았느냐! 유제아가 좋아하잖느냐!"

"어머? 좋아하라고 그런 건데? 문제라도 있는 거니?"

"우이이잇!"

메타트론과 미카엘라가 아웅다웅하는 사이 작은 스이엘이 내게 특별담화문 원고를 내민다.

"꼼꼼히 체크했어. 이대로라면 충분해."

작아졌으면서도 야무진 건 여전하다. 스이엘은 만날 자기는 잘 모른다, 자기는 바보다, 라고 돌아다니면서도 예전부터 일처리는 철저했다.

"고마워, 스이엘."

나는 그리 말하며 스이엘의 머리를 쓰다듬어줬다. 겉모습이 어려져 손이 저절로 나간다고 할까? 솔직히 요즘 스이엘만 보면 쓰다듬고 껴안고 싶은 마음뿐이다.

"유, 유제아. 나도 대천사인데 그리 머리를 쓰다듬는 건."

"뭐야, 역시 곤란했던 거야?"

"아, 아니. 딱히 그런 건 아니지만…."

나는 스이엘이 귀여워 무릎 위에 올려놓고 원고를 검토하기 시작했다. 이미 바깥에는 기자들이 구름 같이 몰려와 있었다. 체크할 시간이 많지 않아 곧 일어났다.

"갔다 올게."

"유제아, 잘하고 오거라."

메타트론이 다가오더니 내 손을 꽉 잡아준다. 이런 때만큼은 의지가 되는 대천사님이다. 나는 고개를 끄덕여주고는 회담장으로 향했다. 이동하면서 중간에 바라카엘을 만났다.

"오, 유 위원."

빛나는 승리 뒤라 그런지 그는 넉넉한 표정을 짓는다. 이번에 그는 가브리엘은 밀어낸 대다가 인류를 구원한 영웅 중 하나로 떠올랐다. 왜 기분이 좋지 않겠는가. 일단 나는 그에게 예의 바르게 고개를 숙여보였다.

"조력에 깊은 감사드립니다."

나는 이 욕심 덩어리인 천사를 그다지 좋아하지 않지만, 세상일이란 어째 싫어하는 것일수록 중요한 경우일 때가 많다.

"모두의 승리를 위해 힘쓴 것뿐일세."

이 녀석, 아무렇지도 않게 터무니없는 거짓말을 내뱉는군.

어이가 없어서 나란히 걷던 중 하마터면 멈춰 설 뻔했다.

"하하하핫! 물론 이런 얘기는 지금부터 나가서 할 말일 뿐일세. 나는 유 위원 자네와의 약속을 지킨 것뿐이야. 두 번의 전투에 참가해 달라고 했지? 이제 한 번이 남았네."

거래의 대가로 숭고한 기치를 내걸고 모인 군대를 한 번 더 용병처럼 써주겠다고 그는 말하고 있었다.

"이후에도 그대의 싸움에 합류할지는 오직 한 가지에 달려있어."

그건 바로 바라카엘의 이익이다.

그는 역시 한 파벌의 총수가 될 그릇이 아니었다. 가브리엘은 식견이 좁고 고집불통이긴 했으나 자신만의 신념을 위해 우리와 대적했다. 평화주의자라고 욕을 먹을지언정 가브리엘은 인간과 천사를 보호하는 일에 열심이었던 거다.

반면 여기 이 대천사를 보라.

그는 마치 옛 유럽의 용병대장처럼 굴고 있었다. 부대를 굴리며 고용주에게 금을 요구했던 용병대장과 다른 게 무언가. 참 저렴하고 알기 쉬운 사내란 생각이 들었다.

"잘 알고 있습니다. 저는 앞으로도 바라카엘님과 바람직한 관계를 이어가고자 합니다."

"자네가 그리 생각해 주니 고맙군."

나는 그에게 한 말과 다르게 바라카엘과 바람직한 관계를 이어갈 생각이 없었다. 내 입장에서 그는 라미엘처럼 처리해 버려야 할 종자였다. 이번에 강북에서의 싸움이 끝나면 토사구팽 할 생각이었다. 거물이라 쉽지 않겠지만 생각하는 바가 있다.

"자, 가시지요."

우리는 나란히 기자 회견장을 나갔다. 입장하자마자 카메라 플래시가 터진다. 오늘의 특별담화는 사실 가브리엘을 밀어낸 일을 정당화하기 위한 정치쇼일 뿐이다. 이미 가브리엘은 정리된 상황이지만 대중을 상대로 설명이 필요했다.

"바라카엘님."

나는 다분히 가식적으로 그에게 악수를 청했다.

"유 위원님."

바라카엘도 평소와는 전혀 다른 태도로 나와 악수한다. 우리 둘의 모습을 찍기 위해 다시 많은 플래시가 터진다. 어떤 학자가 말하길 정치란 결국 사회적 가치의 권위적인 분배라고 했다. 그 말이 정말 딱 맞다. 바라카엘과 나는 가브리엘을 밀어내고 정국의 주도권을 사이좋게 나눠먹는 것뿐이다.

"우리는 이 자리에 사명과 함께 서 있다고 생각합니다."

먼저 바라카엘이 입을 열었다.

뻔하디 뻔한 얘기였다. 나는 진지한 표정을 짓고 있었지만 실상 하나도 듣지 않았다. 바라카엘의 담화 중 절반이 가브리엘에 대한 비난이었다. 이어서 내가 바라카엘의 말을 받았다.

"존경하는 바라카엘님."

일단 그에게 한 번 고개를 끄덕여 보이고.

"존경하는 시민 여러분."

취재 중인 기자들을 향해 고개를 끄덕여 보였다.

번쩍, 번쩍, 번쩍.

다시 플래시가 터진다. 대한민국의 관심이 온통 내게 집중되고 있었다. 지금 특별담화는 생방송으로 진행 중이었다.

"오늘 이 자리에서 선언하고자 합니다. 인간과 천사가 이룬 위대한 승리를…."

채 연설을 제대로 시작하기도 전에 환호와 박수가 터져 나왔다.

냉정해야할 기자들조차 지금은 흥분상태였다.

"우리는 효과적이고 강력한 반격에 나섰음을 국민 여러분께 알려드립니다."

"와아아아아─!"

다시 터지는 환호와 축하의 폭죽처럼 터지는 플래시. 특별회담장은 유례가 없을 열기와 흥분으로 가득했다. 나를 보는 모두의 눈에는 호의와 존경이 반짝였다.

"강북은 올해 안에 평정될 것입니다. 저 메타트론의 화신이 그 점을 국민 여러분께 약속드립니다."

다시 환호가 터졌다. 이래서야 취재를 하겠다는 건지 말겠다는 건지 모르겠다. 나는 그들에게 화답하고는 특별담화의 마지막 부분을 읽어 내려갔다.

"앞으로 흑익군은 백익군과 함께…."

그런데 그때 지잉─ 하는 소리와 함께 마이크가 먹통이 됐다.

"아. 아. 마이크 테스트, 마이크 테스트."

어째서인지 마이크가 맛이 갔다. 손가락으로 톡톡 건드려 봐도 아무 소리가 나지 않는다. 이상한 걸, 이런 일을 대비해 마이크를 여러 개 설치했는데? 그래도 크게 신경 쓰지 않았다. 나는 어깨를 으쓱하고는 몬스터가 고장 냈나 보다란 말을 던졌다. 그러자 앞쪽에 있던 기자들이 내 말을 듣고 웃음을 터뜨렸다. 옆에서 이 모습을 보던 바라카엘이 웃는 낯으로 모두에게 말한다.

"잠시만 기다려 주십시오. 유 위원님의 마이크에 이상이 있는 모양입니다. 금방 다시 담화를 이어가겠습니다."

뜻밖의 일이긴 했지만 심각하게 생각하는 사람은 별로 없었다. 오히려 이 틈에 저마다 필요한 이야기를 교환하고 있었다. 아마 작성할 기사의 제목 같은 걸 말하고 있지 않을까?

"죄송합니다."

스텝으로 보이는 여자가 뛰어왔다. 나는 마이크들을 가리키며 단상에서 한 발자국 물러났다. 아마 지금 가브리엘이 이 방송을 보면서 이를 갈고 있겠지. 그가 이번에는 물러나긴 했지만 이대로 끝난 인물은 아닌….

"저기…."

"아, 됐나요?"

마이크를 고친 것 같아서 스텝을 돌아보는 순간, 나는 심장이 멎을 뻔했다. 나와 눈이 마주친 여자의 눈동자가 회색이었다. 그 순간 떠올랐다. 우리가 늘 경계하고 있었던 회색 눈동자의 위험이.

나는 즉각 손을 뻗었다.

하지만 여자가 더 빨랐다.

푸욱!

복부에 시리도록 차가운 감촉이 느껴진다. 그리고 그 순간 온몸에 힘이 풀리는 것 같았다.

"크하압!"

나는 마이크를 하나 쥐고 힘껏 휘둘렀지만 여자는 여유롭게 피해 버린다.

"으아아아!"

"꺄아!"

사방에서 비명이 터진다. 그리고 다시 플래시가 점멸했다. 그 탓에 나를 습격한 존재가 은빛으로 점멸하며 뜨문뜨문 움직이는 것처럼 보였다. 마치 프레임이 부족한 게임처럼 말이다. 하지만 2차 공격은 없었다. 바라카엘이 끼어들었기 때문이었다.

"이놈!"

콰아아아앙!

폭음이 터지고 무기가 부딪치는 소리가 났다.

그리고 귀를 계속 울리는 사람들의 소음.

그 속에서 나의 의식은 점점 희미해져갔다.

설마, 이게 죽음인가?

이대로 모든 게 끝나버리는 건가?

분명히 이제 시작이어야 할 텐데….

"타르힌 잎이랑 카란 열매를 가져와! 어서!"

미카엘라가 드물게 앙칼진 목소리로 명령을 내린다. 주변에선 그녀의 클랜원들이 허둥지둥 뛰어다니고 있었다.

"여기 있습니다!"

"바로 쓸 거니까 준비해줘!"

"알겠습니다!"

미카엘라는 커다란 관통상을 입은 유제아의 복부를 필사적으로 회복시키고 있었다. 의식을 잃고 축 늘어진 유제아의 환부는 독으로 새카맣게 변한 상태다.

'어쩜 이렇게 극악한 독을!'

미카엘라는 태양의 대천사답게 정화 능력이라면 타의 추종을 불허한다. 그런데 그런 그녀조차 지금 이 독은 더 퍼지는 걸 막는 게 고작이었다.

눈물이 핑 돌 것 같았다.

태어나서 처음 좋아하게 된 남자다.

하루 종일 그를 생각하는 시간이 많아졌다.

그의 일거수일투족을 눈으로 쫓는다.

그의 태도에 일희일비한다.

그런데 그런 남자가 다 죽어가는 시체 꼴이 되서는 눈앞에 쓰러져 있었다.

호흡은 끊어질 듯 가늘기만 하다.

지켜보는 미카엘라의 가슴 속에 고통과 절망이란 시커먼 어둠이 무시무시하게 꿈틀거렸다.

하지만 감상에 사로잡혀 있을 틈이 없었다. 어떻게든 이 독을 해독할 방법을 찾아야했다. 미카엘라는 수많은 해독법을 알고 있다. 자신이 아는 건 모조리 시도해 볼 작정이었다.

"인어의 눈물이랑 아르의 정수도 필요하다!"

"재고가 없습니다! 고향 차원에서 소환하는데 다섯 시간이 걸립니다!"

미카엘라는 입술을 잘근 깨물었다. 그런데 그때 천군만마와 같은 존재가 등장했다.

"언니! 제가 왔사와요!"

서열 12위의 대천사 세라피엘이었다. 치유계열의 힘을 가진 이 대천사는 지금 같은 순간에 누구보다 뛰어난 이였다.

"세라피엘!"

"후홋. 언니. 저를 보고 이렇게 반가워하는 건 처음이군요?"

"미안하구나. 세라피엘. 지금은⋯."

"맡겨주세요! 반드시 구해보일 것이와요!"

미카엘라는 적극적으로 나서주는 세라피엘에게 큰 감동을 느꼈다.

"정말 고맙구나."

"그런 말은 이 남자를 구한 뒤에 듣겠사와요. 대신 제 입장에선 연적을 구해주는 만큼 치료가 끝나면 언니의 뽀뽀라도 받아야겠네요."

그 말에 미카엘라는 세라피엘을 갑자기 끌어당기더니 볼에 뽀뽀를 해줬다. 세라피엘은 생각지도 못한 뽀뽀에 얼굴이 붉어져 버렸다.

"어, 언니?"

"선물이란다. 부디 그를 구해줄 수 있겠니?"

"물론이랍니다!"

그대로 미카엘라와 세라피엘은 쓰러진 유제아의 집중하기 시작했다.

그리고 같은 시간.

밖에서 아무도 말도 없이 대기하고 있던 메타트론이 자리에서 벌떡 일어났다. 그녀의 얼굴은 무시무시할 정도로 냉정하고 차가워보였다.

"메타트론님. 어딜 가시게요!"

심상치 않음을 느낀 스이엘이 옆에 따라붙었다.

"……."

"메타트론님!"

"…가서 박살을 내야할 것이다. 도저히 용서할 수 없지 않느냐."

스이엘은 메타트론이 무슨 말을 하는지 알아챘다. 이대로 곧장 강북으로 가서 카르페고 뭐고 걸리는 건 다 박살내겠다는 것이었다.

"안 돼! 안 된다고요! 메타트론님!"

"에이! 귀찮구나! 말리지 말아라!"

메타트론은 매몰차게 스이엘을 밀어냈지만 스이엘은 전력으로 매달렸다. 당연한 지금 메타트론 혼자 분노해서 쳐들어가 봐야 좋을 거 하나 없다.

"놓으라고 하지 않느냐!"

지금 메타트론은 이성을 잃고 있었다. 스이엘은 그나마 지금 자신이 본체인 것을 다행으로 여겼다. 안 그랬으면 메타트론을 이렇게 말리지도 못했을 거다. 하지만 메타트론은 분신으로도 스이엘의 본체보다 강했기에 지금처럼 매달리는 게 고작이었다.

"분신으로 갔다가 죽으면 앞으로의 작전이 틀어진다고요!"

"그렇다면 본체로 가면 되지 않느냐! 차라리 잘 됐다. 본녀가 이기회에 놈들을 다 쓸어버려야겠다."

"큰일 날 소리를 하시네! 지금 노량진을 3만 대군이 포위하고 있는 걸 모르세요? 본체가 튀어나갔다가는 노량진이 초토화 된다고요!"

"하? 그러면 본체로 3만을 다 쓸어버린 뒤에 오면 되겠구나."

"아무리 메타트론님이라도 3만을 순식간에 쓸어버릴 수 없잖아요. 전투 중에 노량진에 몬스터 떼가 난입할 게 뻔해요!"

스이엘의 말은 정론이었다. 게다가 노량진을 포위한 독립군주들의 목표는 메타트론의 본체를 견제하는 거지 노량진 점령이 아니다. 메타트론의 본체가 나온다고 해도 싸워주지도 않을 것이다. 그리고 본체가 북상하면 기다렸다는 듯 노량진을 초토화시킬 터. 스이엘은 조목조목 그 점을 지적했다.

"민간인을 철수시키면 된다."

"에? 그러면 어렵게 얻은 노량진 신성지를 포기할 건가요? 그 많은 건물들은요? 성소도 새로 지었잖아요!"

스이엘은 분노한 메타트론을 말리며 서둘러 노량진에 있는 쿠니엘에게도 연락을 넣었다. 메타트론의 본체가 나서지 못하도록 붙들고 있으라는 것이었다.

"놔라. 본녀의 화신이 찔린 건 본녀가 찔린 것과 마찬가지다."

"제발! 메타트론님!"

"유제아가 독에 당해서 사경을 헤맨다지 않느냐! 독에는 해독제가 있는 법이다. 반드시 그 범인이 해독제를 갖고 있을 터! 본녀가 가져오겠다!"

들어보니 메타트론도 마냥 무대뽀로 나가겠다는 건 아니었다. 당장 유제아가 죽네 사네 하고 있으니 해독제를 찾으러 가지 않고는 못 배기겠는 거다. 하지만 스이엘의 판단으로는 미카엘라와 세라피엘을 믿는 게 현명하다 싶었다.

"메타트론님. 메타트론님의 뜻은 알겠어요! 그래도 제발!"

"놔라! 만약 유제아가 죽으면 다 무슨 소용이란 말이더냐!"

둘은 그렇게 계속 끝나지 않는 실랑이에 빠져들었다.

유제아의 부재는 흑당에 커다란 타격을 미쳤다.

놀랍게도 유제아가 의식을 잃자 흑당이란 거대 조직 자체가 식물인간이나 마찬가지가 됐다. 조직의 기능이 갑자기 정지된 것이다.

미카엘라와 세라피엘은 유제아의 치료에 매달렸고.

스이엘과 쿠니엘은 메타트론의 분신과 본체를 달래느라 정신이 없었다.

이후디엘은 사태를 방관하며 유제아가 죽기만을 남몰래 빌었다. 심상호의 건 때문에 유제아의 하수인으로 전락한 그는 속으로 불만이 엄청났던 터라 이번 일에 웃음을 참느라 혼이 났다.

마지막으로 라파엘.

그는 기능 정지 상태인 흑당에서 유일하게 열성적으로 움직이고 있는 인물이었다. 다들 정신이 없거나 수수방관하는 와중에도 그만은 자기 이득을 위해 동분서주했다.

"이거, 이거. 너 같이 온 몸을 꿰맨 걸레짝이랑 거래할 날이 올 줄 몰랐는데?"

"그건 나도 마찬가지다. 그 여장은 늘 재수가 없었는데 이제 본인보다 서열이 낮아서 그런지 좀 관대하게 바라볼 수 있군."

현재 라파엘은 새로운 백당의 총수로 오른 바라카엘과 밀담 중이었다. 건설적인 대화라기 보단 상호 비방에 열중하고 있었지만. 그도 그럴 게 이 둘은 오랜 앙숙이었다.

"뭐? 이 걸레짝 변태 새끼가 서열 3위로 올라가더니 쳐 돌았구만? 거래고 뭐고 그 팔다리를 하나씩 뜯어줘야 좀 없던 예절이 생기려나?"

"크크큭. 어디 맘대로 해보라고. 우리 애들에게 네놈 뒷구멍을 원없이 범하게 할 테니까."

하나 앙숙이라고 해도 이해관계가 합치하면 일시적으로 손을 잡을 수 있는 법이다.

"이런 시불장 새끼들이! 남의 똥꼬를 만날 범한다느니 헐어버린다느니 아주 개지랄을 하네! 염병할 새끼야. 아직 이 똥꼬 한 번도 그렇게 안 써봤거든요?"

"호호… 아직 개통을 안 했다 그건가. 꽤나 문란한 성생활을 즐길 것 같은 얼굴인데 의외로군."

바라카엘은 의외라는 듯 턱을 매만진다. 라파엘은 그 꼴에 인상을 팍 구기더니 바닥에 침을 퉤 뱉는다.

"아 됐고, 일 얘기나 하지? 응? 프랑켄슈타인 같이 살에 바늘 자국 있는 놈이랑은 스트레스 받아서 더 대화 못하겠으니까."

"뭐, 좋다. 본인도 계집애처럼 꽥꽥대는 '놈'이랑은 즐거운 대화가 불가능하니까."

라파엘은 짜증을 겨우 참는다는 듯 손끝이 뾰족한 자신의 건틀렛으로 탁자를 긁어댔다.

"원하는 게 뭐야? 왜 부른 거냐고. 흥미로운 얘기가 아니라면 오늘 만남을 후회하게 해줄 테니까 그 짧은 혀를 잘 놀려보라고."

"흥미가 있을 거다."

그리 말하면서 바라카엘은 뭔가를 꺼내 탁자 위에 올려놓는다. 그건 멜론만큼 커다란 마정석 두 개였다.

"이건!"

놀란 라파엘은 눈동자가 커졌다.

"그렇다. 이번에 죽인 군주급 몬스터의 마정석이지."

용산 전투에서 활약한 대가로 바라카엘은 많은 전리품을 얻을 수 있었다. 이 마정석은 분노의 군주 타르미룬의 마정석을 가져간 흑당이 대신 양보해 준 것들 중 하나였다.

"둘 다 용산 전투에서 전사한 녀석들이지."

"오우, 시발."

라파엘은 두 마정석에서 눈을 떼지 못하더니 손을 뻗는다. 그러자 바라카엘이 마정석을 자기 품으로 끌어당긴다. 라파엘은 손이 허공을 가르자 아쉬운 듯 입맛을 쩝쩝 다신다.

"에이, 시발. 그래서 원하는 게 뭔데? 이 음흉한 새끼야."

"간단하다. 이번에 본인이 집단군의 최고사령관이 되는데 네가 동의해 주면 된다."

흑익군과 백익군을 합쳐 집단군을 이룬다. 이게 특별담화 때 같이 발표됐어야 할 내용이었다. 유제아가 다르쿠다의 칼에 맞아 쓰러지지만 않았다면 말이다.

최고사령관의 자리 역시 합의를 못했는데 바라카엘은 유제아가 쓰러진 틈에 날치기로 처리하려는 속셈이었다.

"하아? 그걸 말이라고 해? 나 혼자 동의한다고 될 리가 없잖아.

띨빡 새끼야."

"크크큭. 하지만 최고사령관을 정하는데 무슨 규칙이 있는 것도 아니다. 그저 양 진영이 합의하여 내정하기로 했을 뿐이다."

"하지만 난 흑당을 대표하는 위치가 아니라고. 오히려 덤이에요. 덤. 니미럴, 그 메타트론의 개새끼가 보통 개새끼여야지. 서열 4위 대천사를 아주 개똥 취급한다니까?"

"네가 흑당을 대표하든 말든 본인의 입장에선 상관없다. 지금은 그저 합의가 가능한 유일한 대천사란 사실이 중요할 뿐이지."

"하? 그러니까 일단 최고사령관에 오른 뒤에 나중에 가서 빡빡 우기겠다 그거?"

라파엘이 황당하다는 얼굴을 하자 바라카엘은 안 될 거 뭐냐는 태도였다.

"어차피 백당이 참가하지 않으면 강북 원정은 불가하다. 백당은 흑당보다 그 군세가 압도적이다. 가브리엘 군단과 나나엘 군단을 빼고도 두 배가 넘지. 놈들은 울며 겨자먹기로 받아들일 수밖에 없어."

"이거 순 나쁜 새끼네, 이거."

"라파엘, 네게 그딴 소리를 들으니 참신하단 생각마저 드는군."

"어쩔씨구리? 입이 뚫렸으면 말은 똑바로 해야지 새끼야. 그게 그냥 바람 구멍이 아니라면. 시장 바닥에 나가서 씨발, 소리를 지르며 물어보세요. 라파엘이랑 바라카엘이랑 누가 더 나쁜 새끼인가. 열이면 아홉이, 바라카엘이 더 나쁜 새끼입니다, 라고 대답할 걸?"

"별 쓸데없는 소리를 다 하는군. 어쨌던 이 건은 네게도 나쁜 얘기는 아니다. 네놈이 군주급 몬스터의 마정석만 수집하고 있는 걸 알고 있다."

"……."

정곡을 찌르는 말에 라파엘은 입을 다물었다. 그리고 가벼운 태도는 사라지고, 두 금안이 사이하게 빛난다. 마치 뱀과도 같은 눈빛이었다. 먹잇감을 두고 저울질하는 뱀을 연상시켰다. 바라카엘의 무슨 말을 하는지에 따라 당장이라도 싸움이 날 듯한 모습이었다.

하지만 바라카엘 역시 흉악스러운 성품이라면 어디 가서 뒤지지 않는다. 그의 입이 귀까지 길게 찢어지며 뾰족한 이빨이 한꺼번에 드러난다.

긴장감이 믿을 수 없을 정도로 고조된다.

둘은 당장이라도 충돌할 것 같았다.

일대의 공기가 멈추며, 끓는 물처럼 피어오르는 마력의 아지랑이에 풍경이 꿈틀거린다.

서열 3위의 대천사와 서열 4위의 대천사가 부딪치면 얼마나 엄청난 일이 벌어질까? 바라카엘과 라파엘은 대천사들 중에서도 둘째가라면 서러울 무투파였다.

"너 그러다 죽어."

라파엘이 탁자를 건틀렛으로 긁으며 조용히 경고한다. 그때 바라카엘이 살기를 풀면서 군주급 몬스터의 마정석을 탁자 위로 밀었다.

"선불로 하지."

그 말만 하고는 바라카엘은 자리에서 일어났다.

"본인은 네놈이 이걸로 뭘 하려는지 관심은 없다."

그리고는 그대로 떠나버렸다. 라파엘은 그 모습을 털을 잔뜩 세운 고양이처럼 보고 있다가 바라카엘이 완전히 사라지자 긴장을 풀었다.

"니미럴, 양파껍질에 눈알을 비벼버릴 새끼 같으니라고."

그리 말하면서도 건틀렛을 낀 손으로 군주급 몬스터의 마정석을 소중하게 쓰다듬는다.

라파엘이 눈은 탐욕으로 빛나고 있었다.

그리고 그날 오후.

종군기자들을 통해서 한 가지 사실이 전격 발표됐다.

흑당과 백당이 힘을 합쳐 집단군을 형성하기로 했단 내용이었다. 그리고 신임 집단군 최고사령관에는 서열 3위의 대천사 바라카엘이, 부사령관에는 서열 4위 라파엘이 임명되었다.

그동안 반목하던 양 진영이 용산 전투 이후 단합된 모습을 보이자 전 세계는 열광했다. 특히 최고사령관이 된 바라카엘은 엄청난 인기를 누렸다. 그간 기괴한 외형과 잔인한 행동 탓에 꺼려지던 대천사였으나 이번만큼은 달랐다.

수많은 인류의 희망이 그에게로 향했다.

참 아이러니하게도, 천사 중 가장 인류를 싫어하는 그에게 인류의 희망이 몰리고 있었다.

매스컴은 그를 조명했고 사람들이 듣고 싶어 하는 희망을 전해주었다. 쓰러진 유제아 의장에 대해 이야기는 어느새 줄어들었다. 일부는 이런 상황에 대해 우려를 나타냈지만 빠르게 묻혀버렸다.

바라카엘은 삽시간에 대세가 돼버렸다.

희미한 의식 속에서 단편적인 정보만이 들어온다.

내가 칼을 맞은 이후에 무슨 일이 있었는지 알겠다. 사람들의 비명과 마법의 폭발, 고성이 터졌다. 이후에 나는 어디론가로 이송되어 왔다. 아마 치료 중이겠지. 그런데 나 살 수 있는 건가?

반쯤 꿈을 꾸는 듯한 상태가 지루하게 계속됐다.

현실과 꿈이 섞여서 뭐가 꿈이고 뭐가 현실인지 모를 지경이었다. 중간에 지아 누나의 목소리를 들었는데 실제로 병문안을 온 건지, 내가 지아 누나를 그리워해서 꿈에 나온 건지 알 수 없었다.

그러다 어느 순간 정신이 맑아졌다.

아, 살았구나 싶었다.

근처에서 인기척이 느껴졌다.

셋 정도 같다. 익숙한 느낌이었다. 그리고 훌쩍훌쩍 우는 소리가 들려왔다.

"흐아앙! 흐으윽! 끄윽! 유제아, 어서 일어나거라."

아, 메타트론이구나.

이 귀여운 녀석. 설마 내가 쓰러진 것 때문에 이렇게 울어주는 건가. 갑자기 마음 한 구석이 따뜻해진다. 생각보다 의리 있는 녀석이었다. 돌아가면 과자 배급량을 늘려주는 게 좋겠다. 하지만 나는 이어진 목소리에 이 결심을 빠르게 취소했다.

"본녀가, 본녀가, 잘못했다. 훌쩍! 깨어난다면 앞으로 편의점에서 외상으로 과자를 가져다 먹지 않겠다. 유제아, 네 이름을 달아놓았는데 앞으로 아르바이트를 해서라도 본녀가 외상을 다 갚겠다. 그러니까 어서 일어나거라. 흐윽….”

갑자기 감동이 짜게 식어버린다.

“으아아앙! 앞으로 본녀가 과자를 조금만 먹겠다!”

메타트론 녀석, 내가 모르는 사이 편의점 알바랑 작당해서 외상을 달고 있었던 건가! 아니, 편의점에선 그런 게 안 될 텐데. 동네 가게도 아니고.

깨어나면 과자를 많이 먹으면 건강에 좋지 않다는 설교를 한바탕 퍼부어주겠다는 다짐을 했다. 아니다. 그걸론 부족해. 이번에야 말로 치과에 데리고 가자. 후훗, 전쟁보다 더한 공포를 느끼게 해주지.

그런데 그때 또 다른 목소리가 들려왔다.

“훌쩍, 훌쩍. 주인님. 소녀가 이리 간절히 회복을 기원하고 있잖느냐. 어째서 사흘이나 눈을 뜨지 못하는 것이냐?”

미카엘라의 목소리였다.

아, 사흘간 누워있었구나. 엄청 지루해서 보름은 지난 줄 알았는데 생각보다 얼마 안 흘렀네.

“소녀는 요즘 주인님의 쾌차를 위해 매일 기도 중이란다. 부디 어서 일어나렴.”

역시 미카엘라야. 날 위해 매일 기도해 주다니. 어른스러운 게 메타트론과 차원이 달랐다. 하지만 이어진 말에 나는 이 평가를 수정할 수밖에 없었다.

“소녀가 잘못했다. 주인님이 일어만 난다면 앞으로 몰래 주인님의 셔츠를 훔치지 않겠다. 소녀, 그간 주인님의 셔츠를 이런저런 용도로 활용했지만 깨어나면 절대 그러지 않겠다. 소녀가 잘못했구나. 어서 일어나거라."

흠… 남이 입던 셔츠로 무엇을 했던 걸까.

최근에 셔츠가 자꾸 없어져서 신경 쓰였는데 범인은 너였냐? 아무래도 돌아가면 혼을 내주기 위해 훔쳐간 셔츠만큼 자신의 옷으로 변상하라고 해야겠다. 다른 의도가 있는 게 절대 아니다. 자기 옷이 없어지는 난처함을 느껴봐야 한다. 그리고 공정함을 위해 빨래한 게 아니라 세탁기에 넣기 전의 옷을 달라고 해야지. 착용자의 온기가 느껴지는 걸로 말이다. 다시 한 번 말하지만 이건 다른 뜻이 있어서가 아니다.

"유제아, 유제아."

옆에서 또 다른 목소리가 들려왔다. 이 목소리는 스이엘이었다.

"어서 일어나. 널 생각하니까 밥도 입에 안 들어가. 내가 미안해."

사람에겐 학습 능력이란 게 있다. 걱정 가득한 목소리였지만 이번에는 뇌가 알아서 감동을 느끼지 않게 배제해 버린다. 너는 또 무슨 사고를 쳤냐?

"훌쩍, 훌쩍. 앞으로 네 재산을 멋대로 써서 땅 투기를 하지 않을게. 비록 수익을 많이 얻어서 안산의 복부인으로 불리고 있긴 하지만… 멋대로 네 재산을 쓴 건 잘못된 거 같아. 흑흑. 예전에 내가 준 게 있으니 약간은 써도 된다고 생각했어. 한 1조 원 정도?"

1조가 약간이냐….

터무니없는 녀석이었다. 깨어나면 내 전용 찹쌀떡인 스이엘 볼따

구가 얼마나 늘어날 수 있는지 실험해 봐야겠군. 아니, 아니지. 이제 말랑말랑한 걸 만지고 싶은 내 욕구는 더는 볼 살만으로는 안 된다. 다른 말랑말랑한 게 필요하다.

예를 들면 아기처럼 통통하고 귀여운 스이엘의 엉덩이가 적당하겠다. 1조 원이나 빼돌려서 썼다니 볼 대신 엉덩이를 꼬집꼬집해주지. 그래도 돈을 날려먹은 거 같지는 않다. 안산의 복부인이라고 불린다니, 터무니없는 별명이 붙어버렸잖아.

그나저나 셋이서 저런 소리나 하고 있으니 좀 더 쉬고 싶어도 정신이 말똥말똥해진다.

"으윽……."

나도 모르게 입에서 신음이 흘러나왔다. 그러자 셋이 동시에 놀란 목소리를 낸다.

"흐앗?!"

"주인님!"

"깨어난 건가!"

우르르 내 얼굴 근처로 다가오는 기척이 느껴진다. 그래도 환자라서 그러나 붙잡고 흔들거나 하지 않는다. 무척 조심하는 기색이 느껴졌다. 그나저나 볼이 화끈거리는데? 대천사 셋이서 내 얼굴만 내려다보는 기척이 느껴져서.

"끄응……."

나도 모르게 신음을 흘리자 셋이서 호들갑을 떨기 시작한다.

"의사! 의사! 이리 오거라! 유제아가 죽어간다!"

"주인님! 소녀가 여기 있다!"

"두 분 다 조용히 하세요! 환자잖아요!"

정말 시끄러운 삼인조였다. 살짝 이맛살을 찌푸리며 눈을 떠보니 흐릿하게 세 개의 얼굴이 보인다. 잠시 뒤 시야가 또렷해지자 한 가지 사실을 알 수 있었다.

셋 다 눈물이 글썽글썽하다는 점을 말이다.

저리 호들갑을 떠는 건 울지 않으려고 그런 거였다.

메타트론은 입술을 깨물고 있었고 미카엘라는 손가락이 바르르 떨리고 있었다. 그러다 스이엘이 참지 못하고 내 품에 달려든다.

"으아앙! 유제아! 다행이야!"

그걸 신호로 메타트론과 미카엘라도 대성통곡하며 내 품에 뛰어들었다.

"으윽! 윽! 얘들아! 나 죽…."

"유제아!"

듣지도 않는다. 대천사 셋은 그대로 가련한 환자인 나를 무지막지하게 짓눌러댔다. 결국 나는 포기하고 뻗어 있을 수밖에 없었다. 그나저나 셋이서 몸을 비벼대니까 좋은 향기 때문에 정신이 아찔한 느낌이었다.

"괜찮아. 나 이제 괜찮으니까."

나는 누워서 셋의 머리를 쓰다듬어줬다.

차례로 상냥하게 매만지자 그제야 모두 차분해졌다.

"훌쩍, 훌쩍. 유제아, 다음부터 그렇게 쓰러지면 본녀가 용서하지 않겠다."

"알았어. 조심할게. 그런데 얼마나 쓰러져 있었던 거야 나?"

"나흘이니라. 이 멍청이."

"미안해. 그런데 독에 당했던 건가? 칼 좀 맞았다고 그 정도나 의식을 잃을 것 같지는 않은데."

내 말에 미카엘라가 곤혹스럽다는 표정이었다. 듣자니 그녀와 세라피엘이 내 치료를 맡았다고 한다.

"평생 그런 맹독은 처음이었다. 주인님은 메타트론의 화신이라 설령 청산가리를 씹어 삼켜도 이겨낼 수 있다. 한데 그런 주인님을 사경에 헤매게 했으니 더 말할 것도 없겠지."

처음 이틀 동안은 독이 더 퍼지지 않게 막는 게 고작이었다고 한다. 사흘째 되어서야 겨우 치료법을 찾아냈다고. 그런데 그 치료법대로라면 독을 중화하는데 보름이나 걸렸을 것이라고 했다.

"뭐? 지금 나흘이 지났다며. 그런데 내가 어떻게 깨어난 거야?"

"그게 희한하게도 말이잖니…."

"뭔데 그렇게 뜸을 들여?"

"다르쿠다가 해독제를 보내왔단다."

"뭐?"

놀란 나는 벌떡 몸을 일으켰다.

다르쿠다라니? 다르쿠다가 해독제를 보냈다고.

"그게 무슨 소리야? 그 자식이 날 찔렀는데 왜 해독제를 보내?"

미카엘라도 난처하단 얼굴이었다.

"일단 진정하렴. 하지만 사실이란다. 심지어 우리에게 독의 정체와 해독제 제조 방법까지 알려줬지. 안 그랬으면 주인님은 여전히 혼수상태였을 거란다."

"…하. 어이가 없네. 병 주고 약주고도 아니고 뭐야? 것보다 그놈, 그날 도망간 건가? 아군의 한 가운데로 난입한 거잖아."

"그때 바라카엘의 공격에 죽었단다. 하지만 부활을 한 건지, 그날 그건 분신에 불과했는지 멀쩡히 살아있더구나."

결국 지금 누구도 다르쿠다를 죽이는 방법을 모른다는 얘기다. 실로 두려운 적이 아닌가. 그 가공할 변신 능력하며, 게다가 전부터 하는 짓도 이상하다. 그 동굴의 정체를 알려줬던 것도 다르쿠다. 그런데 이번엔 날 찌른 뒤에 해독제를 주다니 대체 행동을 종잡을 수가 없다. 그런데 산적한 문제는 그것만이 아니었다.

"저기… 유제아…."

스이엘이 무척 어렵게 입을 열더니 내가 혼절한 나흘 동안 무슨 일이 있었는지 얘기해줬다. 바라카엘이 집단군의 최고사령관직을 포함에 온갖 술수를 다 부렸다는 내용이었다.

"이런 빌어먹을…."

"미안…."

스이엘은 면목 없다는 듯 고개를 숙인다. 나는 대체 왜 그리 넋놓고 당했냐고 물었는데 다 사정이 있었다. 일단 여기서 정치의 달인인 미카엘라가 날 나흘이나 붙어 있느라 아무 것도 못한 게 컸다. 스이엘은 분노해서 날뛰는 메타트론을 말리느라 혼을 빼야했고. 이후 디엘 그 자식은 아마 내가 쓰러지자 웃음을 참느라 혼났겠지. 이번에도 수수방관했다고 하니 조만간 손 좀 봐줘야겠다. 내가 다시 깨어났다는 소식을 들으면 대경실색하겠지.

"유제아, 이런 결과는 인정할 수 없다. 재협의를 요구하자꾸나."

메타트론의 제안에 나는 고개를 저었다.

"이미 대세가 됐다며. 여론의 지지도 절대적이고. 이런 상황에서 결정을 뒤집자고 하면 우리 쪽이 쓰레기가 돼버려."

"하지만 라파엘 놈이 멋대로 한 짓이 아니더냐."

"그 라파엘이 이번에 교활한 짓거리를 해줬는걸…."

백당과 전격적으로 합의를 하면서 부사령관 자리를 차지한 게 신의 한 수였다.

"역시 라파엘은 징치하기 어렵다는 말이니?"

미카엘라의 물음에 나는 고개를 끄덕였다.

"녀석은 얼마든지 할 말이 있어. 패닉에 빠진 흑당을 대신해 자신이 최선의 결과로 협상해 냈다고 우길 게 뻔하지. 허울뿐인 부사령관 자리를 받아낸 것도 그런 변명을 위해서겠지. 실제로 우리는 지금 적지에 와 있어. 우리 후방에는 독립군주들이 포진해서 있어서, 지난 승전에도 불구하고 고립된 것처럼 위험한 상황이야. 신속한 군사적 판단이 필요한 시점임에도 흑당의 서열 1위, 2위가 아무런 결정도 내리지 못했지. 그러니 라파엘은 흑당 내에서 서열 3위인 자신이 나서 모두를 위해 백당과 합의했다고 주장하겠지."

침묵이 우리 사이에 내려앉았다.

잠시 뒤, 나는 다짐하듯 말했다.

"라파엘이 이번에 한 짓을 그냥 넘어가진 않을 거야. 반드시 대가를 치르게 하겠다고 약속할게. 하지만 지금은 아니야. 강북 전투는 백당이 없이는 치를 수 없는 상황이지. 그런 상황에서 양 당의 통합을 이끌어낸 라파엘의 합의는 상당한 명분을 갖고 있어. 라파엘 녀석도 내가 이를 갈 줄 알면서도 멋대로 벌인 건 이런 점을 알기 때문이야."

내 말에 메타트론은 면목 없다는 표정을 짓는다.

"미안하구나… 본녀는 그런 일이 벌어지는 줄도 모르고 강북으로 쳐들어가겠다고 난동을 부렸으니. 본녀가 모자라서 일어난 일이다."

그때 스이엘이 갑자기 끼어든다.

"유제아. 혹시라도 메타트론님을 혼내면 안 돼! 메타트론님은 다네 해독제를 구하고자 그런 거니까!"

메타트론은 주눅 든 얼굴이었다. 판세가 이렇게 된 것에 죄책감마저 느끼는 것 같았다. 나는 그녀를 끌어당겨 부드럽게 안았다.

"힘들었을 텐데 잘 참았네? 고마워."

"……유제아."

"어쩌다 좀 뒤쳐지긴 했지만 다시 역전할 거야. 걱정하지 마."

나는 미카엘라와 스이엘에게도 걱정 끼쳤다고 미안하다고 했다. 그러자 둘 다 손사래를 친다.

"그런 소리는 하지 마렴. 소녀는 주인님이 깨어난 것만 봐도 너무 행복하단다."

"유제아. 나도 그래. 헤헤헤."

둘 다 곁으로 오더니 날 껴안아 준다.

아… 사랑스러운 천사들에게 둘러싸여 있는 이런 행복한 시간이라니. 나는 눈을 감고 잠시 이 시간을 즐겼다.

이제 병상에서 나서면 적과 아군 모두를 상대로 치열한 투쟁을 벌여나가야 했으니까.

혼수상태에서 깨어나자마자 다시 전투 준비에 들어가야 했다. 강북을 놓고 벌이는 건곤일척의 승부가 우리를 기다리고 있었다. 강북의 여러 몬스터 군주들도 병력을 끌어 모으고 있다는 첩보가 속속 도착하고 있었다. 나는 다시 온갖 일에 시달리게 되었다.

라파엘이랑도 한판 붙었는데, 그는 예상하던 변명으로 일관했다. 적반하장도 유분수였다. 모든 게 흑당을 위해서라는 잘 준비된 변명에 치가 떨렸다. 아무래도 라파엘과는 이 싸움이 끝나면 2차전을 해야 할 것 같았다. 지금은 어쩔 수 없었다.

나는 이런 날을 보내고 있었기에 겨우 늦은 밤에야 휴식 시간을 가질 수 있었다. 며칠 전에 칼 맞은 사람에게 진짜 너무한 일정이었다. 그러고 보니 레벨 업도 안 한 상태였다. 전투가 코앞이니 시간 날 때 해놔야 했다.

스탯창을 키자 레벨 업 아이콘에 불이 들어와 있었다. 드디어 메타트론의 화신 레벨7인가. 지난 번 용산역 싸움에서 분노의 군주를 잡은 게 결정적이었던 것 같다.

어떤 새로운 스킬이 생길까?

나는 곧장 버튼을 눌렀다.

-축하드립니다! 당신은 이제 S등급 히든 클래스인 '메타트론의 화신' 레벨7이 되었습니다!

힘 +25

지능 +25

지혜 +25

민첩성 +25

건강 +25

카리스마 +20

의지 +20

행운 +7

마력 회복률이 200%로 상승됩니다!

원소 저항력이 50%로 상승됩니다!

A랭크의 새로운 스킬, 〈콘체르토〉가 사용 가능해집니다!

A랭크의 새로운 스킬, 〈방어집중〉이 사용 가능해집니다!

스탯 포인트 +15를 얻습니다.

"호…."

이번 레벨 업에선 기존 스킬들의 랭크가 올라가지는 않았지만, 대신 신 스킬이 두 개나 생겼다. 보통 안 생기고 넘어가거나 하나 정도인데 말이지.

그나저나 〈콘체르토〉과 〈방어집중〉이 뭐지?

일단 스킬창을 살펴보자.

> **콘체르토**
>
> 당신은 강력한 7회 연속공격을 사용 가능합니다. 동시에 협주곡이란 이름에 어울리게 당신의 우군 둘에게 5연격의 능력을 부여할 수 있습니다. 그 결과, 당신과 당신의 우군 둘은 총 17연격을 적에게 쏟아붓습니다.

아군과 함께하는 스킬이라니, 굉장히 특이하다. 하지만 대단히 강력한 스킬이었다. 17연격을 내리꽂으면 견뎌낼 적이 많지 않으리라.

> **방어집중**
>
> 공격을 포기한 채 일시적으로 방어에 모든 힘을 집중합니다. 평소와 비교할 수 없는 위력을 막아낼 수 있습니다. 하지만 방패로 적의 공격을 튕겨내는 등의 카운터 스킬은 사용이 불가능합니다.

이것 역시 훌륭한 스킬이었다. 카운터가 불가한 게 아쉽긴 하지만 다방면에서 쓰일 것 같았다. 방어집중으로 적의 강공을 버티다가, 방어집중을 해제하고 공세로 전환하면 되겠지.

그 다음은 +15의 스탯 포인트다.

이 포인트를 이용해 슬슬 몬스터 지배를 찍어보고도 싶었지만 아직은 아니다. 나는 이번에도 천사지배에 스탯 포인트를 모조리 때려 박았다.

> **천사 지배력**이 늘어납니다! 좀 더 많은 수의 천사나 좀 더 상위의 천사를 지배할 수 있게 됩니다! 다만, 이제 당신의 천사 지배력은 한계에 다다랐습니다.

특이점이라면 천사 지배력이 이제 한계에 다다른 것. 하긴, 그럴 법도 하지. 이미 현직 대천사와 전직 대천사를 지배하고 있을 정도로 지배력을 얻은 상태였으니까. 천사 지배력을 무한정 올릴 수만 있다면 사실 온갖 정쟁도 필요 없을 터. 지금 사고를 제대로 친 바라카엘과 라파엘도 레벨 업 후에 지배해 버리면 끝이니까.

하지만 생각대로만 되지 않는 게 인생이다. 다음 레벨 업에선 스탯 포인트를 천사 지배 말고 다른 곳에 투자해야겠군. 그래도 커다란 전투를 앞두고 레벨 업을 했더니 마음이 든든했다.

그렇게 레벨업을 끝낸 나는 서류를 좀만 더 살피다 잠들기로 했다. 부대 배치나 여타 신경 쓸 부분이 많았다.

"음?"

그런데 뜻밖의 손님이 찾아왔다.

잠깐 바람이 부는 것 같더니 방 안으로 아름다운 금발을 가진 천사가 미끄러짓 들어온다. 내가 머무는 건물에 누구에게도 들키지 않고 조용히 찾아온 그녀.

대천사 나나엘이었다.

뭐랄까, 이건 정말 뜻밖이로군.

그녀와 나는 접점이랄게 없다. 있다면 그녀가 대북방전쟁 결의안에 유독 심하게 반대했다는 점 정도랄까. 그것만 생각하면 좋은 사이도 아니다.

그런데 어찌 이런 야밤에 몰래 날 찾아온 걸까?

"안녕하세요. 유제아 의장님."

"이거, 귀한 분께서 오셨군요. 자, 이쪽으로 앉으시지요."

"감사합니다."

다소곳하게 고개를 끄덕인 나나엘은 내가 권한 의자에 앉는다. 차분하고 기품있는 모습이었다. 지금은 여러 가지로 영락한 존재지만 과거에는 대천사 서열 5위였다고 한다.

당당한 중위권의 강자였단 얘기.

하지만 지금의 그녀는 늘 미망인 같은 침울한 분위기만 풍길 뿐이었다.

"대체 제가 왜 온 건지 모르겠다는 표정이로군요."

"솔직히 어리둥절합니다. 혹시 맘에 안 드는 게 있어서 온 거라면 미뤄주시길. 얼마 전에 칼침 맞고 쓰러졌거든요."

"…농담하시는 거 보니 기운이 넘치나 보군요."

"기운이 넘치는 건 입뿐입니다."

내 말에 나나엘은 가볍게 한숨을 내쉰다.

"쾌활하고 여전히 자신감이 가득하시군요. 어떻게 그렇게 태연할 수 있죠? 거의 죽을 뻔했잖아요."

"음… 그게 중요한가요?"

나나엘은 내 말에 고개를 끄덕였다.

날 왜 찾아온 건지 모르겠지만 태도가 진지하니 응해주도록 할까.

몇 시간 전.

나나엘은 깊은 고민에 빠져있었다.

그녀는 지금까지 어떻게든 전투를 피해왔지만, 이제는 빠나갈 구석이 없어져버렸다.

가브리엘이 실각했다.

흑익군과 백익군이 합쳐져 집단군을 이뤘다.

모든 상황이 싸움을 기피하고 있는 그녀에게 안 좋은 소식의 연속이었다. 이제 나나엘은 전장에 서야만 했다.

'나도 싸우고 싶어… 하지만 검을 뽑을 수 없는 걸….'

쇠보르그.

그 이름 높은 마검은 나나엘의 용맹을 상징하던 물건과도 같았다. 그 마검에는 남들은 따라할 수 없는 매우 특별한 능력이 있었다. 바로 분신으로 마검을 꺼내면 순간 본체의 힘을 끌어올 수 있다는 점이었다.

이건 매우 획기적인 능력이었다.

대천사들은 방어 작전에 들어간 이래 본체는 신성지에 묶이게 됐다. 그래서 대외적 활동은 화신으로 하는데 아무래도 능력이 떨어지다 보니 제한이 많았다. 한데 오직 나나엘만 쇠보르그의 힘을 빌려 신성지를 그대로 두면서도 본체의 힘을 끌어올 수 있었다.

게다가 당시 그녀는 누구보다도 용감한 천사라는 말을 듣고 있었다. 힘과 용맹을 겸비했으니 그야말로 종횡무진, 수많은 몬스터를 도륙했다.

그러자 승리는 쉽게 오만을 불러오는 법.

나나엘도 점차 자신이 누리는 영광에 빠져들었다. 그리고 늘 그녀를 눈엣가시로 여기며 주의를 기울이던 몬스터들은 그걸 놓치지 않았다.

어느 날 몬스터들은 아주 교묘한 함정을 만들었다. 그건 아주 그럴 듯해서, 위험을 감수하면 엄청난 성과를 얻을 만한 것이었다. 몬스터들은 자신들의 적에 대해 잘 알고 있었다. 나나엘이라면 쉬운 일보다 그런 도전에 더욱 끌린다는 점을 말이다.

그리고 그 후의 결과는 참혹했다.

나나엘이 총애하던 천사와 헌터들이 몰살당했다.

전멸의 위기에서 오로지 나나엘 하나만을 살리기 위해서.

최악의 패배였다.

돌아왔을 때 그녀는 얼이 빠져있었다.

그 한 번의 전투로 나나엘은 모든 걸 잃어버렸다. 그리고 그 상실 중 가장 아픈 것은 바로 용기였다.

나나엘은 그날 이후 마검 쇠보르그를 더는 검집에서 뽑을 수 없었다. 서열 5위 자리 역시 바라카엘에게 빼앗겼다. 그녀는 싸우지 못하는 대천사가 됐다.

영락, 그 자체였다.

이런 상황이니 그녀의 고민은 깊어질 수밖에.

잃어버린 용기를 되찾고 칼을 다시 뽑기 위해 온갖 방법을 동원해 봤다. 하지만 백약무효한 불치병처럼 어떤 것도 소용이 없었다.

상황이 이런지라 나나엘은 개전의 원흉인 유제아가 미웠다. 그러다 보니 이것저것 조사하게 됐는데, 그 과정에서 유제아에게 흥미를 느끼게 됐다.

이유는 간단하다.

어떻게 그리 무모할 정도로 용기 있는 걸까?

그녀가 보기에 인간의 목숨은 파리 목숨이나 다름없었다. 힘을 받은 헌터라고 해도 마찬가지다. 거칠고 포악한 몬스터와 부딪치면 이름있는 헌터라고 해도 죽어 나자빠지기 일쑤였다.

그럼에도 그들은 꺾이지 않는다.

탐욕에 이끌려.

신념에 이끌려.

저마다의 이유에 이끌려서….

나나엘에겐 그 모든 모습이 신기하게만 보였다. 헌터와 비교할 수 없는 힘을 가진 자신도 한 번의 실패 끝에는 꺾여버렸다. 그런데 인간에겐 어디서 그런 용기가 나오는 걸까?

헌터들은 그녀가 아는 어떤 대천사들보다 용감했다.

그리고 그런 인간 중 가장 용감해 보이는 이가 바로 유제아였다.

노량진 수복에 강북에서의 전투까지.

안 들으려고 해도 안 들을 수가 없었다.

나나엘은 매번 이어지는 유제아의 그런 과감한 도전이 이해가 가지 않았다.

궁금해졌다.

그 용기의 근원이 무엇인지.

그리고 충고해주고 싶었다.

그런 용기란 단 한 번 꺾이면 꺼진 촛불처럼 사라져버린다는 것을. 나나엘은 유제아가 자신과도 같은 상실을 경험해 보지 못해서 그리 날뛸 수 있다고 생각했다. 잃어버리는 게 진정 어떤 건지 알면 그러지 못하리라. 나나엘은 그가 지금 자신이 가지고 있는 것이라도 지키라 말할 셈이었다.

일단 그리 결심을 하자 더 참을 수가 없었다.

밤이 늦었지만 그녀는 유제아를 찾아갔다.

"그래서 무슨 일로 찾아오신 겁니까? 나나엘님."

유제아의 물음에 나나엘은 쉽게 입이 떨어지지 않았다. 막상 일 대 일로 대면하니 생각보다 훨씬 비범함이 느껴지는 사내였다. 상냥한 얼굴을 하고 있었지만 그 눈은 어느 대천사보다도 깊어 보인다.

"당신은 지금 너무 위험한 길을 가려고 하고 있어요."

나나엘의 말이 떨어지자마자 유제아가 한숨을 내쉰다. 그럴 줄 알았다는 듯.

"나나엘님. 대북방전쟁은 모두회의에서 결정된 사안입니다. 게다가 집단군 구성까지 완료됐습니다. 아직도 반대하십니까? 아니, 대체 왜 그리 격렬히 전쟁을 반대하십니까?"

유제아는 전부터 유독 나나엘이 전쟁을 심하게 반대하는 것에 의아했다.

"모두회의의 결과를 부정하는 건 아니에요. 다만, 다음 전투로 모든 걸 결정하게 되는 무모한 작전을 삼가해 주세요. 이미 용산이란 거점을 얻었어요. 차근차근 해나가면….."

더 들을 것 없다는 듯 유제아는 고개를 흔든다.

"겨우 잡은 기회입니다. 나나엘님, 여기까지 오느라 얼마나 힘들었는지 아십니까? 그런데 드디어 강북에서 저 놈들을 몰아낼 때가 왔단 말입니다. 대체 언제 우리가 이렇게 단결하여 적을 깨부술 수 있겠습니까? 대체 언제 우리가 이렇게 적을 궁지에 몰아넣을 수 있겠습니까? 안타까운 얘기지만 우리는 몬스터만큼이나 분열되어 있습니다. 아니, 아니죠. 몬스터 이상으로 분열되어 있습니다. 적어도 그들은 대군주급의 힘 앞에 경의를 표하니까요. 하지만 우리를 보십시오. 사분오열되어 있습니다. 천사와 헌터들의 정치판은 이합집산을 반복하는 온갖 음모의 소용돌이입니다."

유제아는 피곤하다는 듯 깊은 한숨을 내쉰다.

"생각만 해도 머리가 아프지 않습니까? 그런 우리가 언제 또 강북 전체를 수복할 기회를 가질 수 있을까요. 저는 자신이 없습니다. 그러기 위해서는 또….."

뭐라 말하려던 유제아는 뒷말을 삼켰다. 하지만 나나엘은 그가 무슨 말을 하려는지 알 수 있었다. 라미엘의 죽음, 가브리엘과의 대립, 바라카엘과 합작 등 그는 지금까지 넘어온 온갖 정치적 파도를 말하는 것이리라.

"하지만 그 승리가 언제까지 이어질까요? 유제아 의장."

"물론 저도 언젠가는 패하겠죠. 하지만, 적어도 지금은 아닙니다."

"…당신은 상실의 고통을 몰라요. 그러니 그렇게 용감한 거겠죠."

나나엘은 유제아의 용기에 대해 그렇게 판단했다.

알지 못하니까, 어떤 대가가 따르는지 모르니까 그렇게 멈출 줄 모르는 거라고. 하지만 그건 잘못된 판단이었다. 유제아는 비록 헌터계에 들어온 기간은 짧지만, 이 업계의 가장 밑바닥에서 목숨을 건 험난한 경력을 쌓아왔다. 몬스터의 사체를 뒤지고 매일 동료가 죽어나가는 세상에서 말이다.

"김혁."

"네?"

"저랑 형 동생하던 사이였죠. 사냥터에서 도망치다 몬스터에게 물려죽었습니다. 그리고 오상윤 씨. 외눈박이에게 산채로 뜯겼죠. 이보람 양. 밤에 잠깐 용변을 보러 간다고 하고는 돌아오지 않았습니다. 다음날 그녀의 찢어진 옷가지 일부만 찾아냈죠."

"……."

"조성수, 최백, 윤성구, 지형태, 왕정철, 윤완, 이유리, 이윤나, 김태우, 이종희, 김석환, 오종환……."

"그만."

"임호경, 제이비, 홍윤성…."

"그만하세요."

"정재진, 전장은, 지유린…."

"알겠어요. 그만."

죽은 자의 이름 앞에서 나나엘은 눈에 띄게 괴로운 얼굴이 됐다. 마치 과거의 트라우마가 되살아나는 듯한 모습이었다.

"제가 얼마나 많은 상실을 얘기해 드려야 할까요?"

유제아의 담담한 물음에 나나엘은 입을 다물어버렸다.

"상실이라면 지긋지긋하게 겪어 왔습니다. 비단 하이에나뿐만이 아닙니다. 몬스터 사태의 시작과 함께 가족을 잃었습니다. 지금도 저와 누나를 피신시키고 돌아가신 아버지의 모습이 눈에 선합니다."

그의 얼굴에는 괴로움이 묻어나고 있었다.

"저는 제 곁에서 죽어간 이들의 이름을 모두 기억합니다."

"…그러면서도 어떻게 계속 싸울 수 있는 건가요?"

나나엘의 물음에 유제아는 어깨를 으쓱한다.

"글쎄요. 무슨 특별함이 있겠습니까. 험한 시대라 무언가를 잃은 자들이 길가에 넘쳐납니다. 하지만 아시지 않습니까? 그런 상실조차 우리 삶의 일부인 것을. 결국 받아들이는 수밖에 없었습니다."

"받아들인다라…."

어째서인지 나나엘의 그 말이 자신의 가슴을 후벼 파고 있음을 깨달았다. 그녀는 이어진 유제아의 질문에 몸을 흠칫 떨었다.

"나나엘님은 받아들이고 계십니까?"

나나엘이 과거에 커다란 실패를 겪었음은 잘 알려진 얘기다. 그렇다면 저건 많은 걸 담은 질문이었다. 그녀는 자존심 때문에 허세를 떨까 생각해 봤다. 하지만 이내 고개를 내저으며 솔직히 대답했다.

"…잘 모르겠어요."

"그렇다면 받아들이십시오."

유제아가 내뱉은 그 말이 나나엘의 가슴에 묵직하게 와 닿았다. 그녀는 뭐라도 입에서 내 뱉으려는 듯 입을 우물우물 거렸다. 하나 어째서인지 나나엘이 간절히 내뱉고 싶어한 고백은 목구멍에 걸려 맴돌기만 했다. 대신 전혀 다른 말이 튀어나왔다.

"달라질 건 없어요."

그 말에 유제아는 깨달았다. 나나엘이 자신의 과거를 결코 인정하지 못하고 있음을. 거기에는 사연과 이유가 있겠지만 그가 그것까진 알 수 없었다. 대신 어림짐작하고 있던 부분에 관해 물었다.

"싸울 수 없으니 그런 겁니까?"

그 말에 나나엘의 얼굴이 순간 붉게 달아오르며 구겨졌다. 그건 건드려서는 안 되는 역린이었다.

"그런! 모욕을! 저는 언제든 싸울 준비가 됐어요!"

엄밀히 따지면 그녀가 싸울 수 없는 건 아니다. 마법의 도끼가 있긴 하니까. 그렇지만 그것으로는 그녀가 본래 가진 힘에 한참이나 못 미쳤다.

"그렇다면 다행입니다만."

유제아는 더 추궁하지 않았다. 하지만 지금 그가 무슨 얘기를 하고 싶었는지는 나나엘도 모를 리가 없다. 그래서인지 입술을 잘근잘근 깨물고 있는 그녀는 표정이 창백하다. 그 꼴에 유제아는 잠시 고민하더니 입을 연다.

"쓸데없는 참견일지 모릅니다만… 아니, 그냥 혼잣말이라고 생각하고 흘려들으십시오."

"……."

"누구나 문젯거리를 가지고 있습니다. 다만 그걸 바라보는 태도는 다 다릅니다. 문제를 직시하는 사람이 있는가 하면, 문제의 원인을 다른 곳에서 찾는 사람도 있습니다."

"…그래서요?"

"좀 더 문제의 본질에 집중해 보란 말입니다. 검이란 건 결국 도구에 불과하니까요."

의미가 깊은 말이었다.

나나엘은 무언가 느꼈지만 그게 무엇인지 정확히 감이 잡히지 않았다.

"도구에 불과하다라. 중요한 건 검이 아니란 얘기인가요?"

무언가 닿을 듯 말 듯한 느낌을 받으며 물으니 유제아는 어깨를 으쓱거리고는 서류로 시선을 던질 뿐이었다.

"제가 뭘 알겠습니까?"

그저 혼잣말이었을 뿐입니다, 라고 한 그는 더 입을 열지 않았다.

대화는 그걸로 끝이 났다.

7. 빛을 돌이켜 스스로에게 비춘다

대전투가 시작될 준비가 끝났다.

아군은 흑익군, 백익군을 합치면 5만여 명이다. 원래는 5만 5,000이 넘어야 했으나. 5,000의 병력은 안산으로 급파한 상태다. 우리가 강북 일대에서 결전을 준비하던 사이 안산 일대 독립군주들의 군세가 더 늘어났기 때문이다.

"여명이 밝아오는구나."

"그러네."

메타트론과 나는 폐건물 옥상 위에 나란히 서서 동이 트는 걸 바라보고 있었다. 현재 흑익군, 백익군으로 이뤄진 연합군은 좌익, 본진, 우익 셋으로 나눠진 상태다. 우리 흑익군은 좌익을 맡아 서강대학교에 자리를 잡고 있었다.

본진은 숙명여대에 우익은 신라호텔에 자리를 잡았다. 본진과 우익은 모두 백익군으로 전력의 상당수는 본진에 뭉쳐 있었다. 예전에 신라호텔이 있던 곳에 자리를 잡은 백익군은 대천사 가브리엘의 세력이었다. 가브리엘은 여론을 의식해 전선에 합류했지만, 백익군 내부에서 퇴물 취급당하고 있다고 한다. 아마 속이 쓰릴 테지.

"예전에는 너와 나 단 둘이었는데. 어느새 이렇게 사람이 늘어버렸군."

나는 감개무량해져서는 흑익군을 내려다보았다. 그들은 폭격을 맞은 것 같은 시가지 일대에서 장비를 점검 중이었다.

"그러게 말이다. 본녀도 어느새 이리 변했지 싶구나."

모든 게 만족스럽지는 않았지만 그래도 지난 성과는 메타트론과 내가 긍지를 가질 만한 것이었다.

"적은 어디에 있다고 하느냐?"

"아, 그게 말이지."

적도 우리처럼 좌익, 본진, 우익으로 부대를 나눴다. 적의 좌익은 동대문역에 있다고 한다. 본진은 광화문 광장에 있었고, 우익은 연세대에 자리 잡았다. 즉, 적의 우익은 우리 코앞에 있는 셈이었다.

"현재 적의 우익을 통솔하는 군주급 몬스터가 최고 일곱으로 추정된다고. 몬스터는 3만 가까이 되고. 반가운 상대는 아니지."

명백히 아군을 앞서는 전력에 내가 징징거릴 때도 메타트론은 태평한 표정이었다. 평소 아이 같은 그녀지만, 싸움터에서만큼은 노련한 전사의 풍모가 완연하다.

"적도 총공세로군. 서울에 영토를 갖고 있는 군주급 몬스터들이 이번 회전에 전부 동원된 모양이구나. 유제아, 대책은 세워뒀느냐?"

"일단 여러 가지 상황을 생각해 봤지만 어떻게 흘러갈지 알 수 없으니까 장담은 못하겠네."

걱정이 가득한 내 말투에 메타트론은 다가오더니 손을 잡아준다.

"너무 염려하지 말거라. 그때 그때 맞게 해나가면 그만인 것이다.

본녀가 끝까지 함께하겠다. 그리고 설령 무슨 일이 있더라도 그대의 목숨만은 살려주마."

"됐어, 그런 건. 이미 세 번이나 네가 살려준 목숨이야. 더 빚지는 건 사양이라고."

몬스터 사태 때 한 번, 어릴 때 몬스터 사체를 찾아다니다가 한 번, 시한부 인생에서 또 한 번. 이 작은 소녀는 나를 세 번이나 어둠에서 끌어올려줬다. 이제는 무언가 돌려줄 차례였다.

"이번엔 내가 너를 위해 싸우겠어. 설령 목숨을 잃는다고 해도."

내 말에 메타트론은 빙그레 미소 짓는다.

"고마운 말이구나. 하지만 본녀를 진정 위한다면 죽지는 말거라. 본녀는 이제 그대가 없으면 안 된다."

음? 갑자기 의미심장한 말이 튀어나왔다.

"그, 그래?"

괜히 가슴이 쿵쿵 뛴다.

뭔가 지금 분위기가 좋은 건가?

하지만 역시 현실의 메타트론은 연애와는 한없이 거리가 멀었다.

"유제아, 네가 없으면 대체 누가 과자를 사준단 말이냐? 본녀는 많은 과자와 초코우유가 필요하지만 편의점에 가는 건 귀찮다. 얼마전에 갔더니 할인카드가 있냐? 적립카드가 있냐? 귀찮게 물어봐서 혼이 난 거다. 에잉! 쪼꼬우유 하나 사는데 뭐가 그리 복잡한 건지. 도무지 맘에 안 드는구나. 그러니 유제아 네가 항상 있어야 한다."

"그래."

내가 뭘 기대했던 걸까.

뺨에 뭔가 흐를 것 같은 기분이야.

"그렇지만…."

"응?"

"꼭 쪼꼬우유 때문에 유제아 널 좋아하는 건 아니다."

그리 말한 메타트론은 살포시 날아올라서 내 얼굴 높이까지 떠오른다.

"메론아?"

애가 갑자기 왜?

어째서인지 메타트론의 얼굴에 홍조가 확 올라 있었다.

"자, 잠깐만 눈감아 보거라."

심지어 말까지 더듬는다.

"눈 감으라고?"

"그, 그렇다. 어허! 본녀가 시키지 않느냐. 뭐하느냐. 어서 안 감고!"

감으라니까 일단 감아야겠지. 메타트론은 자기 말을 안 들어주면 금방 떼를 쓰기 시작하니까.

"자, 감는다?"

눈을 감자 아침 햇살이 눈틈을 비집고 들어온다.

그리고 차가운 공기와 새가 지저귀는 소리만 들려왔다. 세상이 망해도 저놈의 새들은 여전하구나.

"……."

그나저나 대체 뭘 하려는 거지?

한참이나 아무 일도 없었다. 갑자기 장난기가 도저서 설마 날 두고 가버린 건가 싶었다. 메타트론이 자주 장난을 치곤 하니까. 이번에도 그런 건가 싶어 눈을 살짝 떠보니 메타트론의 얼굴이 바로 내 눈앞에 있었다.

웃!

하마터면 입을 열 뻔했다. 그도 그럴 것이 내 앞에 있는 메타트론 의 모습이 참으로 볼만했기 때문이었다.

살짝 두 주먹을 쥔 그녀는 입술을 붕어처럼 내밀고 눈가를 파르르 떨고 있었다. 저 잔뜩 붉어진 얼굴은 아침 햇살 때문만은 아닌 것 같 았다. 메타트론은 그 상태도 달팽이가 기어오는 것 같은 속도로 다 가오고 있었다.

"유, 유제아? 눈을 잘 감고 있느냐? 뜨면 안 된다?"

그러면서도 자기도 불안한지 한 번 물어서 상태를 확인하려 한다.

"유제아? 거기 있느냐? 왜 대답이 없느냐?"

아이고… 내가 이 녀석을 어떻게 해야 할까. 나는 그대로 메타트 론을 끌어안고 입을 맞췄다.

"흡!"

깜짝 놀란 메타트론이 벗어나려는 듯 바둥바둥 거린다.

"흡! 흐의! 으의!"

앙탈이 이어진다. 하지만 강하게 붙잡고 놔주지 않자 포기하고는 얌전해진다. 나는 그런 그녀를 끌어 앉고 키스를 이어갔다.

처음에 굳어 있던 메타트론은 호응하듯 입술을 움직이기 시작했 다. 그녀의 입술은 무척 뜨거웠다. 그러다 결국 메타트론이 날 밀어 낸다.

"이, 이놈! 언제까지 입을 맞추고 있을 셈이더냐. 본녀가 숨이 차

지 않느냐. 고얀 놈 같으니라고……."

그리 말하면서도 목소리는 기어들어가고 몸을 배배꼬고 있다. 귀여워서 웃자 메타트론인 땅에 내려서더니 내 발등을 꾸욱 밟는다.

"이놈 유제아. 그렇게 여유만만한 어른의 미소를 짓지 말거라."

"미안."

"그, 그것보다 어땠느냐? 어른스러운 숙녀인 본녀가 해준 키스는. 이건 다, 다, 다른 뜻이 있는 게 아니라 전투를 앞두고 승전을 기원해 주는 뭐 그런 거다. 본녀는 승리의 여신이나 다름없으니까."

당황했구나. 메타트론은 평소에는 여유만만에 애늙은이 같은 말투지만 당황하면 말이 많아지고 빨라진다. 게다가 묘하게 어른스러움에 콤플렉스가 있다. 그러니 이런 때 적당한 대답은 하나다.

"숙녀다운 키스였어."

"그, 그러느냐? 후후. 그렇다면 됐다. 유제아, 운 좋은 줄 알거라. 전투를 앞두고 본녀의 키스를 받았으니 반드시 이길 것이다. 흥! 하여간 제멋대로 덮치질 않나 무례한 놈이로다."

메타트론은 손부채로 붉어진 볼을 식히더니 날아오른다.

"먼저 가보겠다."

그리고는 그 말만 남기고는 순식간에 사라져버렸다.

이거 참. 갑작스러운 이벤트라 뭐라 표현하기 어려운 느낌이네. 설레설레 고개를 흔들며 스마트폰을 꺼냈는데, 불이 들어오지 않은 액정의 검은 화면에 내 얼굴이 비췄다. 무슨 좋은 일이 있는지, 화면에 비춘 나는 싱글벙글 웃고 있었다.

이거 원….

누가 볼까 무서운 얼굴이구나.

메타트론은 조용히 폐건물 사이의 골목길에 내려앉았다.

태연자약하게 날아온 그녀지만, 아무도 없는 곳에 오자 표정이 제멋대로 풀리기 시작했다.

"하아아!"

볼이 홍시처럼 변한 그녀는 벽에 기대서 숨을 몰아쉬었다.

"세상에, 세상에. 유제아와 키스해버렸다…."

방금 전까지 아무렇지도 않은 척했던 것과 다르게 완전히 동요하고 있었다.

'그야말로 저질러 버렸다는 느낌이지 않느냐.'

최근에 여러 가지가 있어서 이런 일을 벌이게 됐다. 미카엘라와 유제아가 점점 가까워지는 것에 마음속에서 시커먼 무언가 올라오는 느낌이었다. 게다가 최근에 유제아가 칼을 맞아 쓰러졌을 때는 가슴 속이 철렁했다.

이런 일들을 겪고 나니 메타트론은 뭐라도 해야겠단 생각이 들었다. 그때 이런 그녀를 부추긴 게 스이엘이었다. 스이엘은 이대로 있으면 미카엘라의 낙승이 예상됐기에 전방위로 메타트론을 지원하고 있었다. 스이엘은 내버려뒀으면 절대 이런 일을 하지 않을 메타트론을 꾀어냈던 것이다.

'그래도 키스라니…. 원래 살짝 뽀뽀만 하려고 했거늘. 유제아 그

놈이 기회가 보이니 승냥이처럼 달려드는구나.'

어설프게 뽀뽀를 하려다가 반대로 덮쳐져서 진한 키스를 당한 메타트론은, 상기된 얼굴을 감추지 못했다. 어쩐지 멍한 얼굴로 자신의 입술을 매만지기만 한다.

'좀 멋있었지.'

그런 생각을 하던 메타트론은 퍼뜩 정신을 차리고는 머리를 세차게 흔들었다.

'아니지. 아니야. 본녀가 왜 이런담.'

역시 분위기에 빠져 저지른 일은 이후에 부끄러움이 마구 밀려드는 법이다. 메타트론은 그제야 자신이 무슨 일을 했는지, 그리고 유제아와 나눈 키스가 얼마나 농밀했는지 실감했다.

"으아아…."

메타트론은 이마에서 수증기가 올랐다. 몬스터에게 맞아도 튼튼한 그녀가 현기증으로 휘청일 것 같은 기분이었다. 그녀는 벽에 머리를 기댄 채 벽면을 주먹을 때리기 시작했다.

픽! 픽! 픽!

나름대로 부끄러워하는 행동 같았는데, 보통의 소녀와 다른 점은 실시간으로 벽에 금이 쩍쩍 가고 있단 점이었다.

'으아아. 첫 키스였는데. 아니, 괜찮았나? 유제아도 나름 멋있었고. 본녀도 기분이 좋았고. 아, 아니. 그래도 처음부터 이렇게 진한 키스는 파렴치하지 않나. 으아아아!'

메타트론은 더욱 벽을 주먹으로 때리기 시작했다. 그런데 마침 지나가다 이 모습을 발견한 무리가 있었으니….

바로 티르리온 백인대였다.

"대장님. 지금 메타트론님께서 뭘 하시는 거죠?"

몰려가던 그들은 메타트론이 혼자 벽치기를 하는 걸 보고 수군거리기 시작했다. 대체 뭐하는 건지 대장인 티르리온도 알 수 없긴 마찬가지였는데 그는 조심스레 상황을 유추할 뿐이었다.

"아무래도 전투 준비를 하시는 것 같다. 기합을 넣는 행위인 거지. 보아라, 참으로 대단한 용력이 아니시더냐. 저 두꺼운 건물에 쩍쩍 거미줄 같은 금이 가고 있다."

그제야 다들 고개를 끄덕이면서 연신 감탄한다.

"오! 듣고 보니 그렇습니다."

"역시 메타트론님이시군요!"

백인대는 하나 같이 존경심이 피어오르는 걸 주체할 수 없었다.

"서열 1위라 해도 전투를 앞두고 저리 의지를 다지시는구나."

"칼날이 늘 날카롭기 위해서는 계속 벼려줘야하는 거겠지."

"자, 우리도 어서들 가서 전투 준비를 마치세. 저 분께서도 솔선수범하고 계시는데 수하된 입장에서 지체해서 되겠는가!"

티르리온 백인대는 사기충천해서는 우르르 몰려갔다.

"음?"

그제야 메타트론은 소란스러운 기색을 느끼고 고개를 들어봤지만, 그곳에는 아무 것도 없었다.

"뭐야? 누가 본 것은 아니겠지?"

오전 8시 10분.

흑익군이 담당하고 있는 좌익으로 본진에서 명령이 내려왔다. 전진하여 연세대에 주둔한 적의 우익을 격파하라는 내용이었다.

"꽤나 노골적인 명령이지 않느냐. 삼군 중 우리만 먼저 움직이라는 저의가 너무 뻔하구나."

메타트론이 대놓고 불만을 드러냈다. 그도 그럴 수밖에 없는 게, 이대로 가서 병력 소모를 하란 소리였다. 바라카엘은 우리 흑익군을 써서 적을 찔러보면서 상황을 판단하려고 하고 있었다.

"마음 같아서 이대로 역으로 바라카엘에게 엿을 먹여줄 방법을 찾고 싶지만, 오늘 전투에서 승리가 가장 중요해. 아군끼리 다투다가 적에게 좋은 일만하면 말이 안 되니까."

일단 우리는 논의 끝에 적극적으로 연세대 공격에 나서지 않기로 했다. 조심스레 전진하며 방침을 정하기는 게 좋을 것 같았다.

"자자, 우리 모두를 위한 싸움이잖아! 힘내자고! 키키킥!"

라파엘이 즐거워 죽겠다는 듯한 표정으로 웃어댔다. 지난 번 내기에서 진 이후 더러웠던 기분이 다 날아간 듯한 모습이었다. 그는 우리가 곤경에 빠진 상황이 더 없이 즐거운 듯했다.

"덕분에 재밌게 돌아가는군."

내가 이를 갈자 라파엘은 히죽히죽 웃어댄다.

"별 말씀을 다 하네. 흑당과 백당이 함께 싸울 수 있게 내가 크게 공헌해서 기쁘네. 다들 너무 고마워할 건 없어."

듣던 미카엘라가 결국 참지 못하고 폭발했다.

"주둥이를 길게 찢어줘야 정신을 차리겠니?"

"어이쿠. 무슨 소리를 하는 건지 모르겠네. 나는 흑당의 충실한 일원이라고?"

"이게 정말!"

나는 팔을 뻗어 미카엘라를 말렸다.

"열 내봐야 소용없어. 일단 승리부터 생각하자고."

"……"

미카엘라가 물러서자 나는 메타트론을 바라보았다. 행동 방침이 수립된 데다가 준비가 다 끝났다.

출진할 시간이었다.

메타트론은 날 보며 살짝 고개를 끄덕이더니 명을 내렸다.

"흑익군은 북진하여 적을 섬멸하겠다!"

그녀의 말에 거대한 유기체 같은 흑익군이 일제히 움직이기 시작했다. 1만 5천여 명의 대병이었다. 우리는 서강대를 빠져나와서는 백범로를 타고 북진했다. 적이 주둔하고 있는 연세대까지는 금방이었다.

"정찰병을 계속 보낸다. 적의 상황을 실시간으로 보고하도록."

곧 속속들이 보고가 올라왔는데, 적은 아직 연세대 안에 자리 잡고 있다고 했다.

"우리가 움직이고 있으니 반응을 보이겠지."

"유제아, 저쪽이 오면 받아칠 것이냐?"

메타트론의 목소리에는 감출 수 없는 흥분이 묻어나고 있었다. 드디어 자신의 주특기를 발휘할 생각에 몸이 들썩이는 것 같다.

"맘 같아서는 그러고 싶지만, 그랬다가는 바라카엘에게 좋은 일만 해주는 거겠지."

"그러면?"

"적이 기어 나오면 우리는 후퇴한다."

"에이. 후퇴라니?"

실망감이 묻어나는 메타트론의 목소리에 나는 빙그레 웃었다.

"우리는 도로 서강대로 들어갈 거야."

"그렇다면?"

"맞아. 서강대에서 방어전을 펼친다. 그래서 우리보다 수가 많은 놈들을 상대해 볼만 하지."

"오오! 맞다! 맞다!"

메타트론은 동의한다는 듯 고개를 열심히 끄덕여준다.

"서강대에는 아군이 머물면서 방벽이나 방어를 위한 구조물이 설치돼 있어. 서강대에서 싸우면 분명히 좋은 싸움을 할 수 있을 거야. 다만 문제는 놈들을 제대로 꾀어낼 수 있냐는 거지."

"몬스터도 바보는 아니다. 쉽게 낚이지 않을 것이다."

"맞아. 우리가 무너져 내리는 것 같이 보여야겠지."

내 말에 메타트론은 심각한 표정이 된다.

"유제아. 네 이런 작전을 아는 이가 누구더냐?"

"지금은 너 하나 뿐이야. 몇몇에게도 더 말해줄 셈이지만."

"끄응… 그 점은 좋지 않구나."

메타트론은 전술에는 밝지 않지만 그간의 경험이 많았다. 그녀의 조언을 들을 가치가 충분했다.

"후퇴 작전이란 무척이나 위험하다. 역사를 봐도 알 수 있지 않느냐. 후퇴한 후 반전하려는 작전을 세웠지만, 후퇴 도중에 그대로 무너져 버리는 상황 말이다. 이런 경우는 아군끼리의 오해에서 비롯된다. 작전인데 진짜 후퇴인지 착각하고 부대가 흩어지는 경우지."

"음, 그렇겠지. 역시."

"한데 유제아 그대도 작전을 극히 일부에게만 알리겠다고 하지 않느냐. 몬스터에게 쫓기는 상황이 된다면 다들 아군의 패퇴로 착각할 거다."

맞는 얘기였다.

실패하기 딱 좋은 조건이었다.

하지만 어쩔 수 없었다.

"사실 말이야. 아군 중에는 적의 스파이가 많아. 천사의 날개를 달고도 몬스터에게 매수된 녀석이 얼마나 있을지 모른다고."

"그런 괘씸한!"

"노량진 웨이브 때도 미카엘라가 그런 점 때문에 고생을 했지. 게다가 얼마 전 나는 잠입한 다르쿠다에게 암살당할 뻔했고. 만약 이 후퇴 작전을 이곳저곳에 다 알린다면 적의 귀에 들어갈 공산이 커. 만약 그렇게 된다면 적은 우리 작전을 되려 이용하려 할 거야."

"듣기만 해도 화가 치미는구나. 하지만 그렇다고 감추기만 해서는 후퇴가 제대로 될 리가 없다."

"그래서 지금 너에게 이 작전을 말하는 거야."

"음? 뭔가 꿍꿍이가 있는 게로구나."

나는 고개를 끄덕였다.

"위험한 일이야. 엄청. 나는 그런 일을 네게 맡기려고 해."

메타트론은 코웃음을 치더니 주먹으로 자신의 가슴을 친다.

"그대는 대체 본녀를 누구라고 생각하는 것이냐? 그리고 서열 1 위 대천사에게 가장 위험한 자리가 아니면 어디가 어울린다고 생각 하는 것이야! 맡겨다오."

"좋아, 그러면 네게 부탁할게. 아군이 후퇴할 때까지 시간을 벌어 줘. 모두가 안전하게 후퇴하도록."

적보다 수가 부족해서 후퇴 작전을 위해 따로 부대를 편성하기 어 렵다. 소수의 인원으로 다수를 막아내야 전술적 목표를 달성할 수 있는 상황이다. 그렇다면 무력이 강한 메타트론이 제격일 거다.

"본녀에게 맡겨두거라. 몬스터들이야 얼마든지 쫓아낼 수 있다."

"무리는 하지 말고. 분신인 상황이니까."

현재 메타트론의 전투력은 분신인 탓에 군주급 몬스터 정도다. 분 신이 그 정도란 게 대단하긴 했지만 이번 작전을 혼자 수행할 순 없 다. 나를 포함에 여럿이 달라붙어야 하겠지.

"알겠다. 걱정 말거라. 놈들을 잘 끌어들일 수 있으면 좋겠구나."

메타트론과 그런 협의를 하는 사이에 금방 신촌역에 도착했다. 이 일대는 로터리가 있는 오거리다. 주변에 있던 건물들이 박살나 있어 원래보다 훨씬 넓어져 있었다. 그래서 아군이 머무르기 적당했다. 나는 여기서 일단 흑익군을 정지시켰다. 서강대로 줄행랑칠 걸 생각 하면 더 올라가는 건 아무래도 내키지 않았다. 이쯤에서 적과 부딪 치는 게 좋을 것 같은데.

이미 적이 저 멀리에 보이고 있는 상황이었다.

그러나 떼지어 몰려 있는 그들은 연세대 앞에서 여전히 밍기적거리고 있었다.

"우리가 좀 더 올라가야 움직이려나."

나는 좀처럼 입질을 안 하는 물고기를 보는 심경이었다. 얼른 미끼를 물고 우르르 몰려 내려오면 좋을 텐데.

"어째 오늘의 적은 평소의 몬스터들 같지 않구나."

미카엘라도 미간을 좁힌 채 앞을 보고 있었다.

"아무래도 적의 군주급 몬스터가 신중한 성격인 거 같군."

몬스터는 강력하긴 하지만 군사적인 훈련은 전혀 되어있지 않다. 다들 중구난방이며 전혀 체계가 잡혀있지 않은 터라, 군주급 몬스터의 영향을 크게 받는다. 군주급 몬스터가 급한 성격이면 그 무리도 그렇게 되고, 신중한 성격이면 그 무리도 그렇게 된다.

"그렇다고 이대로 우리가 들이받을 수도 없고."

고민만 깊어지던 그때 정찰병 하나가 다급한 보고를 해온다.

"큰일 났습니다!"

"왜? 무슨 일인데 그래?"

목소리에서 느껴지는 심상치 않음에 수뇌부 모두의 시선이 그를 향했다.

"아군의 후방에서 적의 대병을 발견했습니다!"

"뭐?"

"적어도 1만은 넘어 보입니다! 현재 대흥역 일대에서 아군을 향해 빠르게 북상 중입니다!"

"아니, 그게 대체 무슨 소리야! 1만이 넘는 적병이 어디서 갑자기 나타난 거야!"

황당하고 열이 받아 소리치자 정찰병은 어쩔 바를 몰라했다.

"죄, 죄송합니다!"

이럴 수가, 그 많은 적병을 놓치고 이제야 알아채다니. 너무 앞만 신경 쓴 건가? 어쩌면 어제 부터 우리를 치기 위해 멀리 우회했던 건지도 모른다. 그것도 아니라면, 용산역에서 쓴 것처럼 땅굴을 이용했을 확률도 높다. 그렇다면 아군이 사전에 발견하지 못한 것도 이해가 된다.

"큰일이 아니냐. 이대로라면 후퇴 작전도 쓰지 못한다."

"그 정도면 다행이게. 앞뒤로 샌드위치가 되게 생겼어."

메타트론과 나는 인상이 구겨졌다,

"적의 선봉이 달리고 있습니다! 벌써 서강대를 지나고 있습니다!"

맙소사. 맙소사.

갑자기 튀어나온 적이 엄청난 속도로 북상하고 있었다. 이대로라면 교전이 일어나는데 몇 분 걸리지도 않는다. 회의할 시간도 없다. 직감에 의해 빠르게 결정해야만 한다. 그리고 지금 모두의 생사가 걸린 명령을 내려야 하는 건 실질적인 지휘관인 바로 나다.

"전군⋯."

그런데 뭐라 명령하기도 전에 급보가 다시 도착했다.

"전방의 적 우익이 본격적으로 움직이고 있습니다!"

"고성과 함께 아군 방향으로 전력질주 해 옵니다!"

"아군의 위에 비행 몬스터 출현! 교전이 시작되기 직전입니다!"

머리가 핑핑 돌았다. 아찔하다는 게 이런 느낌일까. 식은땀이 흐른다. 일이 시작도 하기 전에 틀어져버렸다.

"유제아."

적은 나보다 한 수 위였던 거다.

"유제아."

후퇴 작전으로 적을 낚으려고 했는데 이런 함정이….

"유제아. 진정하거라."

그때 차가운 목소리와 함께 내 손을 잡는 이가 있었다. 작지만 따뜻하고도 강한 손의 주인공은 바로 메타트론이었다.

내 눈앞에 있는 이는 더는 과자와 만화책을 좋아하는 어린 소녀가 아니었다. 절대 무너지지 않을 것 같은 강인함을 가진 존재가 진심을 담은 맑은 눈동자로 나를 바라보고 있었다.

"본녀가 끝까지 함께할 것이다."

그리고 그때 누군가가 반대편 손을 잡았다.

눈부신 금발이 눈앞에 살랑인다. 미카엘라였다.

"태양이 그대와 함께할 거란다."

전혀 동요하지 않고 있는 둘을 보자 마음이 차분해져갔다. 그래. 내가 뭘 두려워한 걸까?

여기 내 눈앞에 대천사 서열 1위와 서열 2위가 함께하고 있다. 걱정할 건 아무 것도 없었다. 갑자기 눈의 초점이 또렷해지는 기분이다. 나도 모르게 흐리멍덩해져 버렸던 것 같다. 그때 발치에 작은 아이가 매달려왔다.

"유제아, 유제아. 다치는 건 걱정 마. 스이엘이 치료해 줄 테니까."

나는 스이엘을 바라보며 고개를 끄덕여 보였다. 두려움이 사라지자 얼어붙어 있던 입술이 움직인다.

"메타트론. 비행 몬스터를 상대하기 위해 대공 주특기가 있는 헌터들의 일제 공격을 개시하게 해. 그 뒤에 능천사 부대가 날아올라 상대한다."

"알겠다!"

고개를 끄덕인 메타트론이 나서더니 힘찬 목소리로 명을 내린다. 그러자 함성이 터져 나왔다.

서열 1위가 나서자 모두의 사기가 오른 것이다.

진짜 저런 카리스마는 못 당하겠단 생각이 들었다.

콰가가가강! 콰아아아! 퍼어! 퍼엉!

요란한 소음과 함께 개틀링 건을 난사하는 것 같은 무수한 빛 무리가 하늘로 쏘아져 오른다. 대공 능력을 가진 헌터들이 일제 공격을 개시한 거다. 그러자 강습해 오던 비행 몬스터들이 허공에 피를 뿌리며 추락하기 시작한다.

끼에에에엑!

끼에엑!

하늘에서 익룡 같은 비명이 울리고 있었다. 일대를 가득 채운 탄막에 기세 좋게 달려들던 그들은 휘청거렸다. 그리고 강력한 전투력을 가진 능천사 수백이 한꺼번에 하늘로 날아오른다.

장관이었다.

완전 무장한 천사들이 한꺼번에 비상하는 건 어떤 영화에서도 본적 없는 것이었다. 하늘에서는 2차 대전에서 본 것 같은 도그파이트가 연출되었다. 도저히 시선을 뗄 수 없는 광경이었는데, 안타깝게도 쳐다보고 있을 틈이 없었다.

지금 앞뒤로 적군이 몰아쳐 오는 상황이다.

"미카엘라, 우리가 할 수 있는 방법이 뭐가 있지?"

"제자리를 지키는 것. 그리고 좌나 우로 이탈하는 것. 이렇게 두 가지란다."

양자는 장단점이 있었다.

제자리 지키기는 일단 방어를 하기 유리하다. 하지만 이대로 아군보다 훨씬 많은 적에게 포위되어서 전멸할 수 있다는 커다란 문제가 있었다.

반면 아직 비어있는 좌나 우로 이탈하는 건 도주의 가능성이 있다. 하지만 도로를 타고 후퇴할 아군은 길게 늘어질 텐데, 이는 양방향에서 덮쳐올 적군의 너무나 맛있는 먹잇감이 된다.

요컨대 다 잃어버릴 각오를 하고 버티느냐, 아니면 반파를 각오하고 아군을 탈출시킬 것이냐. 둘 중의 하나였다. 전자는 위험하지만 승전의 가능성이 있다. 후자는 살아 돌아갈 가능성이 있지만 싸움도 하기 전에 패한 셈이 된다.

"유제아, 빠른 결정을."

미카엘라는 날 재촉한다. 그 정도로 고민할 시간조차 없었다. 나는 결국 결정했다.

"이대로 이 신촌 로터리에 방어진을 펼치고 적을 맞이하겠어."

미카엘라와 스이엘은 내 결정에 고개를 끄덕였다.

반면 다른 이들은 곧장 반대 의견을 표했다.

"재고하시길 요청합니다. 아군은 전멸할 겁니다. 패배를 인정하는 게 어려운 걸 알고 있습니다. 하지만 반이라도 살려야 합니다!"

이후디엘이 후퇴해야 한다고 주장하고 나섰다.

라파엘도 동조한다.

"그래, 이번엔 저 겁쟁이 새끼 말이 맞아. 후방에 나타난 적을 미리 찾지 못한 시점에서 이미 이 싸움은 진 거야. 염병할 놈아. 우린 아주 좆된 거라고. 여기 버티고 있어봐야 놈들을 못 이기는 거 계산이 안 되냐? 그 멍청한 뇌로 산수가 안 되는 거 같아서 내가 친절히 설명해 줄게."

라파엘은 코가 닿을 정도로 얼굴을 들이밀더니 설명해댄다.

"원래 파악하고 있던 적만 아군의 두 배였지. 그런데 뒤에서 1만이 또 나타났네? 이제 적은 4만이 넘는다. 그런데 이런 상황에서 이길 생각이야? 너무 무서워서 오줌을 지린 탓에 정신이 해까닥 한 거지, 너? 괜찮아. 살다보면 그런 날고 있고 그런 거지. 나도 여태껏 지린 팬티가 꽤 많아. 돌아가면 팬티는 새로 사줄 테니까 여기선 후퇴하자."

라파엘 이 새끼는 또라이 주제에 군사 작전에 대해선 늘 정론에 맞는 말만 한다. 나는 그의 얼굴을 손바닥으로 밀어냈다.

"거절한다. 싸우기도 전에 도망갈 생각을 하는 놈은 너처럼 거기를 떼야지. 안 그래?"

내 말에 라파엘이 울컥하는 얼굴이 된다.

"뭐? 뭐라고 했어? 지금! 이런 사포에 고추를 갈아버릴 새끼가! 용산에선 믿는 구석이 있었다지만 여긴선 뭐라도 있나? 엉? 이 허세

뿐인 애송이 새끼가 똥오줌 못 가리고!"

"시끄럽고. 너는 신성한 내기의 법칙에 의해서 강북 전투에선 얌전히 종군할 처지란 걸 자각해."

용산 전투의 결과를 두고 한 내기로 라파엘은 멋대로 흑익군을 이탈할 수 없게 됐다.

"지난번에 아주 짱구를 제대로 굴려서 날 물 먹였는데, 전투 중엔 아무리 머리를 써 봐도 빠져나갈 구석이 안 보일 거다."

"이런 니미럴…."

"싸우기로 결정했으니까 혓바닥 굴리지 말고 전투 준비나 해."

"아놔! 이 새끼들아! 너흰 다 죽을 거라고!"

라파엘이 악을 썼지만 나는 들어줄 생각이 없었다.

"후방에 적이 몰려오고 있는데 몸소 나가서 막아달라고. 집단군의 부사령관 나리."

나는 라파엘의 군단에게 후방에서 오는 1만 대군을 정면으로 받아내라고 명하고 있었다. 당연한 얘기지만 지난번에 이 녀석에 물먹은 걸 잊을 내가 아니다. 이 기회에 라파엘 군단의 전력을 갈아버려야겠다 싶었다.

"이런 사포가 아니라 강판에 고추를 갈아버릴 새끼가!"

하지만 그에겐 선택의 여지가 없었다. 게다가 후퇴가 아니라 버티기로 결정한 이상 자기 목숨을 위해서라도 전력을 다해야만 한다.

"부사령관 나리의 활약을 기대하겠습니다."

내가 비아냥거리며 군례를 올리자 라파엘은 씩씩거리며 자신의 군단을 이끌고 로터리 남쪽으로 향했다.

"이후디엘. 너도 군단을 이끌고 남쪽을 막는다."

"알겠습니다."

이후디엘은 이 전쟁에는 아무런 의욕도 없었지만 자기 목숨을 귀하게 여기는지라 열심히 싸울 거다. 이미 후방에선 충돌이 일어나고 있었다. 들소 떼처럼 달려온 몬스터들이 부딪치자 아군의 헌터들이 비명과 함께 날아오른다.

콰아아앙! 콰아앙!

마법의 폭음 역시 요란하다.

"전방! 교전하기 직전입니다!"

내 부관인 원윤아가 소리를 질렀다. 앞을 쳐다보니 이미 전열에 메타트론이 버틴 채 불타는 검을 꼬나들고 있었다. 나도 합류해야 했다.

"미카엘라! 나와 전방으로 간다!"

"알겠다."

"세라피엘님. 중군에 남아서 아군을 지원해 주십시오! 스이엘, 너도 마찬가지고."

특히 스이엘은 조심해야 했다. 대천사지만 아직 레벨이 낮다. 게다가 이번 전역에 본체로 참가하고 있었다. 여기서 죽으면 그녀는 끝장이란 얘기다. 그런 스이엘을 보니 마음이 쓰여서 쉽사리 발길이 안 떨어진다. 하지만 스이엘은 도리어 날 응원하며 밝게 웃었다.

"오늘은 스이엘이 수비학으로 점을 쳐보니 운이 좋은 날이야! 그러니까 다 잘 될 거야!"

나는 대답대신 스이엘을 한 번 꽉 안아주고는 몸을 돌렸다. 이미 메타트론과 미카엘라는 앞에서 피 튀기는 싸움을 벌이고 있었다.

번쩍!

미카엘라가 지팡이를 들어 올리자 태양광이 사방으로 비추며 몬스터가 타올라 잿더미로 변한다. 반면 아군은 그 힘으로 상처가 치유되고 있었다.

공격과 치료를 한 번에 하다니. 이 무슨 대단한!

과연 서열 2위인가.

메타트론 역시 엄청났는데, 한 번 검을 휘두를 때마다 화염의 파도가 일어나며 일대의 몬스터가 몸이 갈라진다. 그리고 검에서 뿜어진 불길이 화염방사기처럼 몬스터를 구워버리고 있었다.

크아아아아!

산 채로 타오르는 몬스터들이 지옥도를 만들어냈다.

"와아아아아!"

헌터들이 그 광경을 보며 함성을 터뜨리고 있었다. 게다가 비행 몬스터를 몰아낸 능천사들이 제공권을 확보해 공중에서 아래로 폭격을 퍼부어댔다. 아군은 단단히 버티고 있고, 몬스터는 처음 기세를 잃은 채 허둥거린다.

이대로라면 이길 수 있지 않을까?

하지만 섣부른 전망은 무리였다. 초전에서 유리한 상황을 이어가고 있었지만 몬스터의 숫자가 너무 많았다. 나는 주변에 악을 쓰며 소리질렀다.

"폐자재를 쌓아서 바리케이드를 만든다! 어서! 서둘러!"

헌터들은 절대 좋은 병사가 아니다.

이들은 소규모 사냥에 특화되어 있지 집단전의 전술에 대해선 완전히 무지하다. 헌터를 데리고 전쟁을 하면 그냥 개싸움 밖에 안 됐다. 그러니 체계적인 방어진영 같은 걸 할 줄도 모른다.

그러니 의지할 건 지형뿐이다.

방어진영을 짤 줄 모르지만 방어진지는 만들 수 있다. 나는 부서진 건물 자재와 주변에 널브러진 시체를 쌓아 적이 로터리로 진입하기 어렵게 도로를 막으라고 지시했다.

"좋아! 이대로만 하면 더….'"

그런데 그때 갑자기 땅이 쿵쿵 울렸다. 그리고 몬스터 무리 뒤에서 집채만 한 거대 몬스터가 동료들을 짓밟으며 앞으로 나선다. 키는 10층 빌딩만 했고, 등에는 뼈가 가시처럼 길게 튀어나온 생김새였다. 아둔하게 생긴 얼굴에 전신이 근육질이었다. 나는 놈이 누군지 몰랐는데 헌터 하나가 알아봤다.

"맙소사! 칼레다! 칼레가 왔다!"

칼레? 군주급 몬스터 같은데 누구지? 내가 갸우뚱하는 표정을 봤는지 옆에 있던 홍담이 빠르게 설명해줬다.

"연신내 일대에 세력권을 가진 군주급 몬스터예요. 서오릉에 둥지를 갖고 있다고 해요. 보통 산을 무너뜨리는 칼레라고 불려요!"

"…별명 한 번 잘 지었네."

아닌 게 아니라 진짜 낮은 야산 같은 건 순식간에 정리해 버리게 생겼다. 군주급 몬스터를 여럿 봤지만 저런 덩치는 또 처음이었다.

"군주급 몬스터 중에서도 손에 꼽는 강자예요!"

이거 원, 거물이 납셨구먼.

적의 선봉장인가.

-하찮은 벌레들이 꾸물거리고 있구나!

칼레의 목소리가 어찌나 큰지 머리가 아플 정도였다. 놈은 마치 건물 철거에 쓰는 추 같은 주먹을 휘두른다.

부우우웅!

바람 소리가 나더니 헌터들이 애써 만든 콘크리트 바리케이드를 단번에 터져나간다.

"으아아악!"

사지가 조각난 헌터들이 콘크리트와 함께 날아올랐다.

우르르.

바리케이드의 대부분이 일격에 자욱한 먼지를 일으키며 무너져 내렸다.

"막아! 저 미친놈을 막아!"

고위 헌터들의 외침에 헌터들이 일제히 칼레를 공격한다. 하지만 놈은 꿈쩍도 하지 않았다.

-크릉!

도리어 가소롭다는 듯 콧김을 성대하게 내뿜는다. 그러자 코에서 증기기관 같은 수증기가 10미터 이상 길게 이어진다.

"저런 무식한 놈이 있나."

나는 입술을 잘근잘근 깨물었다. 저런 괴수는 메타트론과 미카엘라가 해결해 줘야 하는데. 뭘 하고 있는지 살펴보니 그 둘에게 군주급 몬스터가 하나씩 붙어 있었다. 미카엘라는 커다란 괴조를 탄 군주급 몬스터와 공중전을 벌이고 있었고, 메타트론은 전신이 강철로 된 것 같은 군주급 몬스터와 건물의 옥상에서 난타전을 벌이는 중이었다. 메타트론의 검이 놈의 강철로 된 몸을 때리자 사방에 용접을 하는 것 같은 불꽃이 튀고 있었다.

메타트론과 미카엘라는 본체가 아니라 분신이다. 이기긴 할 것 같지만, 군주급 몬스터를 상대로 압도는 어렵다. 시간이 꽤 걸릴 터. 아무래도 둘의 도움을 기대하긴 어렵겠다. 결국 내가 처리해야겠는데.

"좋아."

결심이 선 나는 일직선으로 달려 나갔다. 그러자 칼레가 날 발견하고는 포효해온다.

-찾고 있었다! 네놈!

"날 아느냐!"

-왜 모르겠냐! 메타트론의 화신! 네놈의 목을 분지르고 이번 전투의 영광을 차지하겠다! 쿠어어어!

내리찍어 오는 칼레의 손바닥이 하늘을 가릴 듯 넓어 보였다.

"이런! 무식한 놈!"

콰아아아앙!

지면이 폭탄을 맞은 것처럼 터져나간다. 나는 간발의 차로 그 공격을 피했다. 이거, 한 방 제대로 맞으면 골로 가겠다. 역시 현현을 해야 하나?

하지만 상대할 군주급 몬스터는 아직 많이 남았다. 게다가 적의 대장인 오만의 군주 즈굴도 출현하지 않은 상황. 섣불리 현현할 수도 없었다. 난처해하고 있던 그때 내 옆에 푸른 날개를 가진 한 천사가 끼어든다.

"합류하겠소!"

"칼리엘!"

그야말로 천군만마였다. 물어보니 비행 몬스터가 나타났을 때 능천사들과 함께 싸웠다고 한다. 공중이 정리되자 도우러 온 것이다.

"본인이 거대 몬스터를 여럿 사냥해 보니 노하우가 하나 생겼소이다!"

"듣겠습니다!"

우리는 칼레의 살벌한 공격을 피하면서 대화했다. 녀석이 어찌나 날뛰어대는지, 도로 일대에서 다른 몬스터들이 일시적으로 다 물러났을 정도다.

"거대 몬스터는 그 아름드리나무보다도 훨씬 두꺼운 다리로 굳건히 서 있을 때는 잡기 무척 힘들다오. 하지만 어떻게든 쓰러뜨리고 나면 훨씬 상대하기 쉬워지지!"

"그렇군요!"

"그리고 거대 몬스터는 눈이 약점이오. 민감하고 약한 부위인데 덩치에 비례해져 눈도 커지지! 자, 이걸 받으시오!"

칼리엘이 내민 것은 기다란 사슬이 달린 낫이었다. 사슬은 밧줄처럼 잘 말려 있었다. 칼리엘은 그걸 내 허리에 매달아줬다.

"어찌 쓰는 물건입니까?"

"낫을 저 괴물의 두 눈에 하나씩 박으시오. 그리고 연결된 사슬을 말의 고삐처럼 사용하면 되는 것이오!"

세상에 그런 참신한 방법이.

칼리엘은 거대 괴수 뒤에 있는 몬스터들을 가리켰다.

"놈을 조종해 몬스터들을 쓸어버리는 거요! 할 수 있겠소이까?"

"물론입니다!"

"하면 내가 전면에서 놈의 시선을 끌겠소이다! 틈을 봐서 일을 도모하시오!"

그때 다시 한 번 거대 몬스터의 공격이 우리를 덮쳤다.

콰아아아앙!

이번에도 헛손질로 근처의 건물을 강타한다. 5층 건물이 우르르 무너져 내렸다. 마침 그 건물의 옥상에서 싸우던 메타트론과 군주급 몬스터가 가라앉는 건물의 먼지더미로 사라져 버렸다.

"메타트론!"

깜짝 놀랐지만 더 신경 쓰고 있을 틈이 없었다. 당장 칼레를 처리해야 한다. 칼리엘은 용감하게도 거대 몬스터의 정면에서 창질을 시작했다. 잘못하면 산 채로 잡아먹힐 수 있기 때문에 무척 위험한 일이었다. 당연한 얘기지만 저렇게 큰 몬스터에 물어뜯기면 즉사한다. 치료할 틈이고 뭐고 없다. 그래서 거대 몬스터를 상대하는 기본은 꼬리 물기처럼 빙빙 돌며 뒤를 치는 것이다. 칼리엘은 내게 틈을 만들어주기 위해서 위험을 감수하고 있었다.

"지금이오!"

칼리엘이 물어뜯기는 걸 간발의 차로 피하며 외쳤다. 거대 몬스터의 머리가 아래로 내려온 순간이었다. 나는 곧장 뛰어올라 칼레의 몸을 타고 올라 머리로 향했다. 놈은 그걸 눈치챘는지 자기 팔을 옆에 있는 건물에 비벼댔다.

"으아아! 시발!"

까딱하다가는 건물과 거대 몬스터의 팔 사이에 껴서 뭉개질 형편이었다. 자욱이 일어나는 먼지를 뒤로하고 나는 칼레의 어깨까지 뛰어올랐다.

　그때 녀석의 손바닥이 나를 파리처럼 잡으려고 내려쳐진다.

　철썩!

　간발의 차이로 피했지만, 충격으로 놈의 살결이 출렁이는 탓에 등 쪽으로 굴러 떨어지고 말았다.

　"으아아! 제길!"

　떨어지던 나는 사슬이 달린 낫을 놈의 피부에 내리찍어 버렸다.

　부우욱!

　내 무게 때문에 낫이 칼레의 살결을 길게 잘라낸다.

　마치 고랑처럼 파인 그곳에선 피가 흘러나왔다.

　"후우! 후우! 후아!"

　내 입에선 거친 숨결이 계속 흘러나왔다.

　이를 악문 나는 낫을 피켈* 삼아 등 뒤로 기어 올라갔다. 그러나 상처에서 흘러나온 피가 미끌거려서 보통 힘든 게 아니었다. 칼레는 그런 날 붙잡기 위해 손으로 등 뒤를 때려대기 시작했다.

　"으윽! 이 미친놈이!"

　사람을 무슨 오징어포로 아나. 완전히 짓눌러 버리려고 인정사정이 없었다. 설상가상으로 나를 떼 내는 일을 도와주기 위해서인지 비행 몬스터 몇이 근처에서 알짱거리며 주둥으로 물어뜯으려 한다.

---

* 등반용 얼음 도끼. 겨울 산행에서 사용한다.

그러다 결국 의복을 물리고 말았다.

부우욱!

몬스터가 우악스럽게 물어뜯는 바람에 함의 야행복이 길게 찢어져버린다. 이런 빌어먹을! 눈 깜짝할 사이에 마법 물품이 파괴돼 버렸다. 역시 B급이라 그런지 내구도가 형편없었다. 안 그래도 위쪽에 올라가면 쓰려고 했는데 타이밍도 참 안 좋다.

"안 꺼져!"

나는 알짱거리는 비행 몬스터에게 방패를 집어던졌다.

키엑!

하나가 맞고 피를 뿌리며 추락했지만 아직 숫자가 많다. 게다가 칼레까지 아직 날뛰고 있었다. 양쪽에서 날 노려오니 정말 정신이 하나도 없다. 그러다 결국 위기에 몰렸다.

"으앗!"

도저히 피할 각이 안 나왔다. 찰나의 순간 고민하던 나는 결정을 내렸다. 낫을 뽑은 채 공중으로 뛰어오른 것이다.

"타핫!"

허공에 몸을 던지자 심장이 길게 늘어져 땅으로 주욱 꺼지는 느낌이었다. 하지만 내 몸까지 같이 꺼지진 않았다.

키에에에엑!

한 비행 몬스터가 고통에 찬 울부짖음을 터뜨렸다. 내가 근처에서 알짱거리던 놈의 몸에 낫을 박아 넣고 매달린 탓이다.

케에에!

비행 몬스터의 입에서 끝없이 괴성이 터져 나오며 놈의 깃털이 공중에 흩날렸다. 나는 그걸로 그치지 않고 반대편 낫을 놈의 꽁지에 박아 넣었다.

키에에에엑!

화들짝 놀란 녀석이 있는 힘껏 날아오른다.

"좋아! 이 새끼야! 바짝 붙으라고!"

나는 박아 넣은 낫 한 개를 왼쪽으로 잡아당겼다. 그러자 놈의 몸이 기울면서 거대 몬스터에게 달라붙는다. 그리고 그 모습을 본 칼레가 나를 움켜쥐기 위해 커다란 손을 뻗어온다.

"핫!"

그 위기일발의 순간, 나는 놈의 어깨 위로 뛰어내렸다. 그리고 내가 탔던 비행 몬스터는 칼레의 손바닥에 잡혀 찍! 하는 소리와 함께 터져버렸다. 칼레는 손을 펴 확인하더니 내가 없는 걸 알고는 비행 몬스터를 땅바닥에 던져버렸다. 그리고 다시 날 잡기 위해 손을 뻗던 그 순간.

-쿠어어엉!

칼레가 고통스러운 비명을 지르며 주춤한다. 보니까 왠 커다란 석재 장승이 칼레의 가슴에 작렬했던 것이다.

"유 단장! 그대로 올라가게!"

장홍억이었다. 과거 산달폰 클랜이었던 이 선대의 괴물 헌터가 나를 도와주기 위해 합류했던 것이다.

칼리엘에 이어 장홍억까지 합류하자, 아무리 칼레가 군주급 몬스터 중에서도 힘깨나 쓴다고 해도 여유가 없어졌다. 칼리엘과 장홍억은 보통의 군주급 몬스터를 상대가 가능한 강자다. 나는 이 기회를 놓치지 않았다. 바로 칼레의 머리 위까지 올라섰다.

─이 비루한 놈이 감히! 크아아아!

그게 놈의 자존심을 엄청 상하게 하는 듯했다. 아닌 게 아니라 지켜보던 아군의 헌터들이 이 거대한 군주급 몬스터의 머리 꼭대기에 선 나를 보고 환호성을 터뜨리고 있었다.

"와아아아아아!"

나는 그들을 보며 낫을 들어올렸다. 그런데 의도치 않게 그게 마치 모두에게 화답하는 것처럼 보였다.

"유제아! 유제아!"

일대에 내 이름을 부르는 소리가 가득하다. 공중전을 벌이는 미카엘라 역시 곡예 비행을 하면서도 나를 힐끔 쳐다보고 있었다. 그 와중에 그녀는 나를 향해 손으로 키스를 날려 보낸다.

"으이그."

어이가 없어 웃고 말았는데 그때 칼레의 손이 나를 향해 올라왔다. 하지만 이미 늦었다. 머리 위에서 카우보이가 밧줄을 돌리는 것처럼 낫을 돌리고 있던 나는, 낫을 아래로 내리찍었다.

푸아아악!

사슬에 연결된 낫이 정확히 칼레의 커다란 안구에 박힌다.

─쿠아아아아아!

격통이 전신을 가로지는 듯 칼레는 발버둥을 친다. 그러더니 근처의 건물에 기대 쓰러진다.

와르르릉! 쾅아앙!

마치 화산재처럼 일어난 먼지가 그대로 나를 덮친다. 무너진 자재들 역시 쏟아지고 있었기에 방패를 들어 버렸다.

카앙! 캉! 캉!

방패에 각종 자재가 부딪치며 요란한 소리를 낸다. 나는 그걸 막아낸 뒤에 곧장 움직였다. 칼레가 아직 정신이 없는 와중에 처리해야 한다. 두 번째 낫을 아직 멀쩡한 놈의 오른쪽 눈에 박아 넣었다.

-쿠아아아아!

남은 눈마저 낫이 들어가자 칼레는 벌떡 일어나서 발버둥을 쳐댄다. 허우적거리는 꼴이 앞이 안 보이는 것 같았다.

-메타트론의 화시이이인!

분노한 놈의 목소리에 귀가 아플 정도였다.

-찢어죽이겠다! 죽이겠다아아!

엄청난 분노가 느껴졌다. 하지만 놈은 아직 자기 처지를 모르고 있었다. 칼레의 손이 머리 위로 향하는 순간 나는 오른손으로 잡고 있던 사슬을 잡아당겼다.

-크아아아아!

비명이 다시 터지며 칼레가 고통 때문에 오른쪽으로 몸을 회전하기 시작했다.

쿵! 쿵! 쿵! 쿵!

요란한 발자국 소리와 함께 이제 칼레가 우리가 아니라 몬스터를 향해 방향을 바꿔 섰다. 갑작스레 거대한 군주급 몬스터가 자신들을 향해 서자 놀란 몬스터들이 혼비백산한다. 반면 아군의 사기는 충천했다.

나는 양손에 쇠사슬을 든 채 칼레의 머리를 밟고 당당히 섰다. 그리고는 발바닥으로 놈의 머리를 쿵쿵 밟으며 명령했다.

"전진해."

당연히 칼레는 그 말을 들으려고 하지 않았다.

-지금 뭐라고 하였느냐! 감히 내게 그런… 크아아악!

내가 사슬을 잡아당기기 전까지는.

-아아악! 알겠다! 알았으니! 그만! 쿠아아아!

칼레는 비명을 지르며 앞으로 걷기 시작했다. 몰려있던 몬스터들이 개미떼처럼 짓밟힌다. 사방으로 도망쳐보지만 이미 난리가 벌어진 뒤였다. 몬스터 역시 이쪽으로 빽빽하게 몰려든 상황이었다. 후퇴하는 놈들이 생기니 서로 엉켜서 혼돈의 도가니가 펼쳐졌다.

급기야 몬스터 무리가 이대로는 안 되겠다고 생각했는지 칼레를 공격해 왔다.

-쿠아아아아!

눈이 먼 상태에서 갑작스러운 공격을 받자 칼레가 놀라서는 어쩔 바를 몰라 했다. 나는 그 상황을 이용해 명령했다.

"땅을 내리찍어!"

당연히 놈은 다시 거절했지만, 이번에는 사슬 두 개를 한꺼번에 당기자 격통에 몸을 떨더니 결국 굴복하고 만다.

-알았다! 알았으니 당기지 말! 으아아아!

"닥치고 움직여!"

내가 조금의 여지도 주지 않자 칼레는 이제 자기편을 뭉개버리기 시작한다.

콰아앙! 쾅! 캉!

거대한 칼레의 손이 일대를 짓이기자 몬스터들이 피떡이 되어 터져나갔다. 그러자 몬스터들의 공격도 거세졌고 결국 열이 받은 칼레는 흥분해서 날뛰기 시작했다. 지들끼리 싸우며 난리가 난 것이다. 나는 칼레를 조종하며 녀석의 눈이 되어줬다.

"왼쪽 때려!"

콰아앙!

"오른쪽 발밑을 밟아!"

쿠우웅!

거대한 군주급 몬스터 칼레를 이용해 몬스터를 찍어누르는 일은 세상 어떤 게임보다도 재밌었다. 사납고 흉포한 몬스터들이 마치 개미처럼 하잘 것 없어 보였다.

"발밑에 콘크리트가 있어. 집어 던져라!"

부우우웅!

크기가 5미터는 되는 콘크리트가 날아오르더니 곧 떨어져서는 지면을 긁고 지나간다. 그러자 붓으로 그은 것처럼 길게 핏자국이 만들어졌다.

"대단해!"

나는 칼레가 한 일을 보고 절로 감탄을 터뜨렸다.

삽시간에 몬스터의 선봉은 지리멸렬해 버렸다.

"훌륭하오! 정말 훌륭하오! 유 단장!"

칼리엘이 내 근처까지 날아오더니 절찬을 한다.

칼리엘 뿐만이 아니었다. 아군이 함성을 질러대고 있었다. 나는 뒤를 돌아보지 않고 한쪽 손을 올려 화답했다. 그러자 더욱 환호성이 커진다.

"와아아아아!"

콘서트장에라도 온 것 같다. 모두의 주목을 받는 슈퍼스타가 된 기분이다.

"유제아! 유제아!"

아니, 진짜 이 순간만큼은 슈퍼스타일지도 몰랐다.

"대단하네!"

갑작스러운 미성에 옆을 보니까 아름다운 금발 미녀가 날 보며 미소짓고 있었다.

"미카엘라!"

"호호. 차라도 한 잔 하고 싶지만 바빠서."

그리 말한 미카엘라는 앞쪽으로 레이저 광선 같은 태양광을 쏘아 내더니 쏜살 같이 위로 날아오른다. 보니까 또 다른 상대랑 공중전 중이었다. 미카엘라뿐 아니었다. 전방은 내 덕분에 잠깐 여유가 생겼지만 다른 뒤쪽은 그야말로 난리였다. 멀리서 날뛰는 라파엘의 모습은 그야말로 쉴 새 없이 움직이고 있다. 마치 여기까지 시발, 시발 소리가 들리는 것 같다. 그런데 그때 땅이 다시 울린다.

쿠우우우웅!

무슨 일인가 앞을 보니 연세대 입구 쪽에서 거대한 무언가가 움직이고 있었다. 나는 처음에 그게 폐건물인 줄 알았다. 그런데 이제 보니까 거대 몬스터였던 거다. 게임에 나오는 스톤 골렘처럼 전신이 돌로 된 녀석이었다.

쿵! 쿵! 쿵!

녀석이 움직이자 앞에 있던 몬스터들이 홍해처럼 갈라진다. 놈들은 허둥지둥 건물의 골목길로 아우성을 치며 들어가고 있었다.

－이 소리는 무루쿠인가. 야단났군.

"왜? 강해?"

－크으윽. 인정하기 싫지만 이 몸과 호각이다. 메타트론의 화신, 이제 날 해방하라. 그렇게만 하면 지금까지의 무례는 용서하마! 감히 날 더 모욕할 생각을 하지 마라!

칼레는 사납게 으르렁거렸지만 내겐 자기 처지도 모르는 바보일 뿐이다. 대답 대신 사슬을 잡아당겼다.

－크아아아! 알았다! 알았어! 으으으! 이런 개망신이!

칼레는 굴욕감에 전신을 바르르 떨었다. 지금 몬스터 쪽에선 칼레를 비난하는 소리가 요란했다. 군주급 몬스터고 뭐고 없었다. 하급 몬스터까지 칼레에게 돌을 던지고 침을 뱉는다. 그런 모욕을 정면으로 받고 있으니 속이 뒤집어질 수밖에. 하지만 놈은 겁쟁이였다. 눈알이 내게 저당 잡혀 있다고 하나, 두 눈을 뽑으면 이 상태를 벗어날 수 있다. 하지만 그게 무서워 계속 당하고 있었다.

－카아알레에에에!

천지를 진동시킬 기세로 무루쿠가 쇄도해 온다. 칼레는 이제 선택의 수가 없었다. 그는 이미 몬스터에게 배신자 취급 당하고 있었다. 이대로 있다가는 모두가 보는 가운데 무루쿠에게 맞아죽게 생겼다.

"칼레! 살고 싶으면 싸워라!"

－빌어먹을!

괴수 대전이 벌어졌다. 칼레와 무루쿠가 피와 돌을 튀기며 치고

받기 시작한다.

"칼레! 왼쪽이다! 왼쪽을 막아!"

나는 로봇에 올라탄 조종사처럼 열과 성을 다했다. 하지만 내 로봇은 성능이 시원치 않았다. 곧 무루쿠의 철권이 작렬했다.

"크악!"

충격에 뒤로 굴러 떨어질 뻔한 내가 쇠사슬을 잡고 늘어지자 칼레는 격통에 비명을 지르며 뒤로 쿵! 하고 주저앉아 버렸다. 그러자 무루쿠는 자신의 돌주먹을 쾅쾅 쳐대며 한껏 위세를 올린다.

위기였다.

이대로 결정타가 날아올 것 같다.

망설일 것 없이 구원을 청했다.

"칼리엘!"

내 목소리를 듣자마자 칼리엘은 쏘아진 푸른 창처럼 날아가 무루쿠와 부딪쳤다.

카앙!

충돌음과 함께 푸른빛을 내는 칼리엘의 깃털이 사방에 흩날린다.

"이 칼리엘! 전투의 최전선을 감당하겠다! 크아아압!"

놀랍게도 칼리엘은 자신보다 수십 배 더 큰 군주급 몬스터와 정면으로 난타전을 펼치고 있었다. 모든 면에서 그에게 불리했으나 그의 전사적 풍모와 수그러들 줄 모르는 용맹은 그 모든 걸 뛰어넘고 있었다.

"일어나! 굼벵이 같은 놈! 칼리엘이 버텨주고 있지만 시간이 많지는 않다!"

나는 발로 걷어차며 칼레를 재촉했다.

-크르르릉! 크아아!

웅대한 소리가 놈의 입에서 터지더니 다시 한 번 몸을 일으킨다. 갑자기 건물이 쑥 솟아오르는 것 같은 모습이었다.

"이번 기회에 모든 걸 건다!"

나는 칼리엘과 칼레에게 소리치고는 새로 얻은 능력을 발동했다.

바로 콘체르토.

동료 둘과 힘을 합쳐 적에게 17연격을 먹이는 막강한 기술이다. 시전자인 나는 12연격. 동료 둘은 각각 5연격씩을 담당하게 된다.

"모든 걸 퍼부어!"

곧 찬란한 빛이 작렬하더니 우리 셋은 쾌속의 힘을 부여받았다. 먼저 칼레가 지금까지와는 비교도 안 될 속도로 주먹 5연격을 무루쿠에게 박아 넣는다.

콰가가가강!

돌이 튀어 오르며 가슴팍이 파이자 무루쿠가 뒤로 휘청한다. 하지만 놈은 결국 견뎌내며 다시 달라붙어 칼레의 양쪽 어깨를 붙잡는다. 그러자 이번에 칼리엘의 5연격이 놈의 이마에 작렬했다.

카가가가강!

무루쿠의 이마가 터져나가며 고개가 뒤로 꺾인다.

하지만 그럼에도 놈은 쓰러지지 않았다.

젖혀졌던 머리가 다시 원래 위치로 돌아오더니 안광이 더욱 사이하게 빛난다. 제대로 열 받은 모양이었다.

하지만 그 순간 이미 난 허공으로 뛰어오른 상태였다.

그리고는 태양신격의 방패를 써서 무루쿠의 안면에 12연격을 먹였다.

콰가가가가가가가가강!

나까지 세 번째 공격이 들어가자 결국 무루쿠는 더 버텨내지 못하고 휘청한다. 그리고는 서서히 무너지는 건물처럼 뒤로 육중하게 무너져 내린다. 그 순간 나는 놈을 밟고 뒤쪽으로 높이 뛰어올랐다. 그때 뒤쪽에서 환희에 찬 목소리가 터져 나왔다.

"어리석은 놈! 이 몸을 놔주다니!"

가엾고 딱한 자로다.

내가 공격을 위해 떨어져 나가자 사슬을 포기했다고 생각한 모양이다. 하지만 칼레는 지금 시야를 잃은 상태라 모른다. 길고 긴 사슬을 내가 허리춤에 매달고 도약했다는 사실을.

콰아아아앙!

내게 당한 무루쿠가 굉음을 내며 뒤로 쓰러진 그 순간 허공으로 뛰어오른 나 역시 중력에 의해 아래로 떨어져 내렸다. 그리고 그건 칼레의 민감한 눈에 상상을 초월하는 고통을 줬다.

-크아아아!

비명을 지르는 칼레는 그대로 앞으로 쓰러졌던 것이다.

중간에 낫 두 개가 모두 빠져나왔지만 기우뚱해진 거체는 그대로 넘어간다.

구우우우웅!

바닥에 착지한 내 위로 태양을 가리는 거대한 그림자가 드리워졌다. 칼레가 그대로 내 위로 쓰러지고 있었던 것이다.

"어어, 이런…."

하늘이 무너지는 것 같은 그 모습이 미처 피할 생각도 못하고 입만 벌리던 그때, 누군가 내 허리를 잡아챘다.

"으윽!"

깜짝 놀라서 보자 익숙한 회색 머리칼이 출렁이고 있었다.

콰아아아앙!

뒤쪽에서 칼레가 쓰러지며 지진이 난 것 같이 일대를 뒤흔든다. 놈은 정신이 제대로 돌아오지 않은 듯 끙끙거리고 있었다.

"메타트론, 고마워."

"우리 사이에 그런 소리를 할 필요 없다."

오늘 따라 메타트론이 이렇게 믿음직하고 멋질 수가 없었다.

"메타트론, 저 녀석을 끝장내야겠어. 처리 좀 해줄래?"

나는 쓰러진 칼레의 목덜미를 가리키며 물었다. 내가 하는 것보다 메타트론이 하는 게 빠르다. 그녀라면 저런 무방비한 상대는 단 칼에 끝내버릴 수 있다.

아니다 다를까 메타트론에겐 손쉬운 일이었다.

푸와왓!

목이 잘리자 검붉은 피가 수도관이 터진 것처럼 쏟아져 나왔다. 칼레는 커다란 주둥이를 쩍 벌리고 거체로 경련을 일으킨다.

"군주급 몬스터 칼레가 죽었다."

내 외침과 함께 전황이 변하기 시작했다. 전방에서 진입해 오는 길이 칼레의 거구로 막혀버렸기 때문이었다.

"위에서 확인하자!"

나는 메타트론과 함께 근처의 옥상으로 올라갔다.

"칼레가 천연 바리케이드가 돼주고 있구나. 저 돌거인 녀석도 죽은 모양이구나. 움직이지 않는 걸 보니."

내게 얼굴 부위가 통째로 날아간 무루쿠는 끝내 절명한 모양이다. 그 덕분에 연세대에서 신촌 로터리까지 내려오는 도로가 제대로 막혀버렸다. 그러자 이제 몬스터들은 좌우로 넓게 퍼져서 우회하기 시작한다. 그리고 신촌 오거리의 좌측과 우측에서 모습을 드러냈다.

"완전 포위돼 버렸군."

애초부터 버티기로 결정했지만 퇴로가 있을 때와 완전히 차단됐을 때와는 천지차이였다. 아군도 동요하는 기색이 역력하다. 이럴 때일수록 명령은 신속하고 정확해야 한다.

"메타트론, 이후디엘은 좌측. 미카엘라 스이엘, 새라피엘은 우측을 맡아줘."

내 명에 즉각 대천사들은 좌우로 나뉘어 물밀 듯이 밀려오는 몬스터에 대적했다. 치열한 싸움이었지만 백중지세. 아군은 생각 이상으로 잘 버티고 있었다. 이대로라면 적이 제풀에 지쳐 물러나지 않을까 라는 생각도 들었다.

하지만 그때, 후방에서 고성이 터져 나왔다. 그건 아군의 비명과 몬스터들의 성난 울부짖음이 뒤섞인 것이었다.

"뭐야! 뭐야!"

지휘부에 있던 나는 놀라서 튀어나갔다. 현재 후방은 라파엘이 막고 있다.

"대체 무슨 일이 터진 거야!"

서둘러 후방을 살핀 나는 깜짝 놀라 입이 벌어졌다.

"어엇!"

대천사 라파엘이 축 늘어져서는 어떤 거대한 군주급 몬스터의 손아귀에 잡혀있었던 것이다. 그리고 내가 뭐라고 하기도 전에 군주급 몬스터의 손이 움직였다.

퍽!

둔탁한 소리와 함께 라파엘의 목이 끊어져서는 그 머리가 허공으로 날아오른다. 그 머리는 몬스터의 무리에 굴러 떨어져서는 그대로 사라져 버렸다.

라파엘의 작은 몸은 힘을 잃고 추욱 늘어졌다.

경악한 아군은 모두 얼음처럼 굳어서 말을 잃어버렸다.

믿을 수 없을 정도로 허망한 최후였다.

"커!"

"으윽!"

헌터들은 간신히 숨죽인 신음을 터뜨리는 게 고작이었다.

대천사 라파엘이 살해당한 것이다.

비록 분신이긴 하지만 이걸로 그는 강북 전역에서 리타이어 한 거나 마찬가지다. 라파엘이 리타이어하면 그의 군단도 반쯤 와해되어 버린다. 천사와 인간 진영에 심대한 피해였다.

아니, 그런 걸 떠나서 지금 눈앞에서 대천사가 목이 잘리는 장면을 본 아군의 충격은 상상 이상이었다. 대천사는 고결한 자와 속물이 뒤섞여 있었지만, 그들이 승리의 상징이란 건 변함없다. 각 위계의 천사 중 가장 뛰어난 자만이 대천사로 승진한다. 그야말로 천사들을 대표하는 위치의 존재들로, 전장에 그들이 강림하는 것만으로도 아군의 사기는 충천해진다.

지금 이 어려운 싸움에도 헌터들이 악착같이 싸우는 건 주변에 대천사들이 있기 때문이다. 다들 마음속에는 대천사님들이 어떻게든 해주겠지란 믿음이 있는 것이다. 하지만 그런 대천사가 눈앞에서 죽었다.

비참한 몰골로 말이다. 이윽고 라파엘은 죽은 군주급 몬스터의 몸을 거대한 창에 꽂더니 들어올린다.

-여기 즈굴이 대천사 라파엘을 잡았다!

나는 그 말을 듣는 순간 놀라서 눈이 휘둥그레졌다.

뭐? 즈굴이라고?

즈굴이라면 우리와 붙고 있는 적 우익의 지휘관이다. 아니, 그런데 즈굴이 왜 후방에 있어? 후방은 우회해서 들이친 적의 별동대. 설마 적의 대장이 별동대 안에 있으리라고 상상도 못했다.

"으아아아!"

"아악! 안 돼!"

후방을 막던 라파엘 군단이 수장의 죽음에 급격히 무너지고 있었다. 아무도 오만의 군주 즈굴을 막을 수 없었다. 안 돼, 이대로라면 아군은 몰살이다. 그러나 뭔가 조치를 취하기에는 너무 시간이 없었다. 후방은 무너지고 있었다. 그때 청성회의 수장인 칼리엘이 나섰다. 상황을 보고는 급하게 끼어든 듯했다.

자신의 상징인 푸른 창을 든 칼리엘은 즈굴과 격렬한 공방전을 벌였다. 그렇지만 그는 10여합도 채 버티지 못하고 튕겨 나왔다.

"크악!"

파괴의 빛이 번쩍이더니 온 몸이 불과 연기로 둘러싸인 칼리엘이 공중으로 날아갔다. 그리고 거의 100미터 이상을 쏘아져서는 땅바닥에 뒹군다.

"칼리엘!"

급히 달려가서 상태를 보자 상세가 위중했다. 세상에, 칼리엘이 이리 맥없이 당하다니. 칼리엘이면 군주급 몬스터 하위권과도 충분히 자웅을 겨룰 강자다. 즈굴을 이기진 못해도 시간을 끌어줄 수 있으리라 기대했는데.

"치료해 드리겠습니다."

나는 태양의 펜던트에 있는 태양의 치유를 사용했다. 그러자 칼리엘이 간신히 정신을 차린다. 하지만 여전히 상태가 안 좋았다.

"본대로 옮겨!"

칼리엘을 물러나게 하고는 태양신격의 방패를 단단히 쥐었다. 아무래도 여기서 현현을 해야할 듯하다. 이길 수 있을지는 장담할 수 없지만. 그런데 그때 솥뚜껑 같이 커다란 손이 내 어깨를 잡는다.

"잠깐 기다리게."

누군가 해서 보니까 태산泰山 장흥억이었다.

송충이 같은 눈썹에 덥수룩한 수염이 인왕상을 떠올리게 한다.

"선배님!"

"자네가 나서면 전군은 누가 지휘하겠나. 아까 거대 괴물과 싸울 때와는 상황이 틀리네. 아군이 위기에 빠졌을 때는 반드시 지휘관이 확고히 중심을 잡고 있어야 해."

"하지만 이대로는!"

"걱정 말게. 내 자네를 위해 시간을 벌어주지."

장홍억은 마법 없이도 독립군주를 때려죽인 괴물 중의 괴물이다. 메타트론의 화신이 된 나 같이 특이한 경우를 제외하면 현시대 인간의 최강자임이 틀림없었다. 하지만 과연 즈굴을 상대로 버틸 수 있을까? 내 우려를 느낀 듯 장홍억은 씩 웃어 보인다.

"걱정할 거 없네. 이 장홍억, 몸 하나 튼튼한 건 누구에게도 뒤지지 않아."

"하지만 그걸로는!"

뭐라고 하려는데 장홍억이 내 어깨를 세게 두드린다.

"크하하하! 자네는 늘 야심만만하고 자신감 넘치는 표정이었지. 나는 그게 늘 마음에 들었어. 하지만 지금은 굴 밖에 나온 토끼와 같은 얼굴이로군."

"크…."

"냉정해지게. 그리고 가장 효과적인 판단을 하는 거야. 하면 전군을 구할 수 있을 거라 믿고 있네. 자네라면 할 수 있어."

내 어깨를 꾹 쥐고는 등을 돌리는 장홍억. 나는 어쩐지 마음이 불안해서 다급히 외쳤다.

"낚시 같이 가기로 한 것 잊지 마십시오!"

그 말에 그가 잠시 멈춰서더니 뒤돌아본다.

"물론이네. 크큭. 산달폰님이 잡은 것보다 훨씬 큰 물고기를 잡기로 약조했지 않나."

그리 말하며 장홍억은 웃어 보인다. 나는 갑자기 심장이 내려앉는 기분이었다. 저 미소는 언젠가 본 것이었다. 아버지가 나와 지아누나를 피신시킬 때 짓던 그 미소다. 사람이 평생 딱 한 번 보여주는 저걸 뭐라고 표현해야 할까?

초연함?

아니다.

그런 단어로 표현하기에는 너무나 많은 게 담긴 미소다.

갑자기 방패를 쥔 손이 덜덜 떨렸다.

입술을 깨물고는 겨우 다시 그를 불렀다.

"선배님!"

하지만 이번에는 장흥억은 돌아보니 않는다.

대신 큰 소리로 주위에 외친다.

"이 태산 장흥억! 불초하여 산달폰님을 끝내 지키지 못한 대죄인이다! 하여 오늘 이 싸움으로 지난 죄를 속죄하고자 한다! 오늘 그분을 잃었던 내 악몽은 끝날 것이다!"

그 말에 나는 차마 그를 잡을 수 없었다. 악몽이란 말에 공감했기 때문이다. 소중한 이를 잃는 순간 평안한 밤은 사라진다. 밤에 누우면 잠드는, 보통 사람들은 결코 그 상실을 헤아리지 못한다.

저 당당하고 태산처럼 커다란 사내조차 그랬단 말인가. 나는 장흥억이 아버지를 잃은 날의 악몽에 아직도 시달리는 나와 다를 바 없었음을 깨달았다. 그래서 그를 더 말리지 못했다.

장흥억이 전투의 최전선에 서서 속죄하기로 결정한 이상 말이다. 아마 그는 강북 전역이 시작되면서 이럴 각오였던 것 같다. 장흥억은 전신의 힘을 폭발시켰다. 그러자 그의 상의가 찢어지더니 터질 듯 부푼 근육이 드러난다.

"오냐! 이놈! 덤벼라!"

장흥억은 달려가 즈굴과 부딪쳤다. 짧은 시간일 것이다. 그가 시간을 벌어주는 사이 흑익군이 살아날 방법을 찾아야 했다.

"후우…."

길게 호흡을 내쉬었다.

그는 내게 냉정해지라고 했다. 그래, 방법이 있을 거다.

소란스러운 전장이었다. 귀를 울리는 온갖 소음의 와중에도 장흥억은 침착했다.

콰앙!

폭발이 일어나고 부서진 콘크리트 덩어리가 그의 머리를 깨버릴 듯 날아왔지만, 장흥억은 가볍게 한 손을 들어 막아냈다. 그리고 무심한 발걸음으로 앞으로 걸어 나갔다.

'그날로부터, 참 긴 시간이었군.'

몬스터 사태 후 14년이다. 돌아보면 영욕의 세월이었다. 세상이 무너지고 얼마 안 되어 대천사 산달폰을 만나 그의 클랜원이 됐다. 그리고 지금은 모두 죽고 없는 선대의 전설적인 헌터들과 활약했다.

'살아남은 건 나뿐이구나.'

장흥억은 잠시 눈을 감고 그리운 얼굴들을 떠올렸다. 악으로 깡으로 버티던 시절이었다. 지금 사냥터를 돈벌이 수단으로 생각하는 후배들은 상상도 못하겠지. 하루하루가 백척간두, 절체절명이었다. 방어선이 밀리면 시민들은 몰살될 수밖에 없었으니까. 무수한 목숨이 죽어갔다.

'내 이제 따라가리라. 무슨 낯으로 이리 오래 산 건지 모르겠소.'

먼저 보낸 동료들을 생각하면 가슴이 먹먹해진다. 하지만 그런 감정도 대천사 산달폰을 잃은 아픔에 비교해 보면 별 것 아니었다. 산달폰의 죽음은 그에게 다시없을 회한으로 남았다.

'왜 그때 말리지 못했단 말인가.'

그 후 악착같이 산달폰 클랜을 지키는데 온 힘을 다해왔다. 그리고 결국 그 노력이 보상을 받아 클랜원들을 산달폰의 쌍둥이 언니인 메타트론에게 인계할 수 있었다. 장홍억은 그걸로 자신이 할 일을 다 했다는 생각을 하곤 했다. 지치고 힘든 삶이었다. 가족들은 이미 몬스터 사태 때 모두 죽었다. 그는 남은 생에 더 미련이 없었다. 대체 왜 자신의 목숨이 질기게 이어지고 있는지 늘 궁금할 뿐이었다.

'아무래도 오늘 같은 날을 위해서였나 보군.'

솔직히 암담한 상황이었다. 하지만 그는 재기발랄한 후배가 어떻게든 해줄 것이라 믿었다. 자신이 할 일은 그저 시간을 끌어주는 것뿐이다. 오만의 군주 즈굴, 그 막강한 군주급 몬스터를 보며 장홍억은 침음을 흘렸다.

"크⋯ 가히 대단한 위용이구나."

같은 군주급 몬스터라고 해도 전투력 차이는 천차만별이다. 자신의 손에 맞아 죽을 정도로 시원찮은 녀석이 있는가 하면, 눈앞의 거두巨頭는 가히 대군주급의 위용에 버금갔다. 카르페의 삼건장 중 하나라더니 과연 명불허전이었다.

즈굴은 무척이나 덩치가 큰 인간형 몬스터로 머리에는 두꺼운 뿔이 돋아 있었다. 목은 두껍고 아래턱은 위턱보다 더 튀어나왔다. 또한 흰자위가 없는 시커먼 눈은 마치 흑요석처럼 반짝였다. 머리카락은 자라나지 않고 이마와 머리를 비늘이 잔뜩 덮고 있다. 전체적인 색은 흑색으로 체고는 5미터가 넘는 거인이었다. 그는 아군의 천사와 헌터들을 마구잡이로 쳐 죽이고 있었다. 즈굴이 활개 친 곳에는 핏자국만 가득할 뿐이다. 라파엘조차 목이 날아갔는데 제대로 버티는 자가 있을 리 없다.

-크워어어어!

성난 즈굴은 헌터 하나를 붙잡고는 그대로 부욱 찢어버린다. 그 모습을 보더니 헌터 하나가 비명을 내지른다.

"형! 큰형엉!"

진짜 혈연관계인지는 알 수 없다. 하지만 형의 죽음에 큰 충격을 받은 듯 그 헌터는 눈이 뒤집혀서는 즈굴에게 달려들었다. 상대가 군주급 몬스터든 아니든 상관없는 모양이었다. 하지만 장흥억이 보기에 너무나 무모한 일이었다. 설령 목숨을 초개와 같이 버린다고 해도 압도적인 힘의 차이는 어쩔 수 없었다.

"멈춰!"

급한대로 장흥억은 들고 있던 장승을 있는 힘껏 집어던졌다. 거의 일직선으로 쏘아진 커다란 장승이 즈굴의 안면에 직격한다.

퍼억!

둔탁한 소음과 함께 장승의 조각이 사방에 튄다. 고개가 뒤로 꺾인 즈굴은 그대로 몸을 멈췄고 그 사이 장흥억이 끼어들었다.

"물러나라!"

그 절묘한 때를 노리고 즈굴의 주먹이 떨어져내렸다. 마치 끼어들기를 기다렸던 것처럼. 장흥억은 팔을 교차해 일격을 막아냈다.

"커헉!"

질주하는 차가 와서 부딪치는 것 같은 충격에 장흥억은 절로 신음이 터졌다. 압도적인 힘이었다. 게다가 순간의 기지로 적을 함정으로 유도하는 교활함까지. 장흥억은 즈굴이 자신이 상대해 본 어떤 군주급 몬스터보다 강자임을 깨달았다.

"정신 차려라! 이놈!"

달려들었던 헌터는 자신이 죽을 뻔했다는 사실을 깨달고는 혼이 달아난 듯한 표정이었다.

"이런 미련한! 안 껴져!"

장흥억은 저런 경우를 무수히 봤다. 분노가 사라지면 자신이 뭘 하려고 했던 건지, 죽음이 얼마나 무서운 건지 절감하게 된다.

-이 몸을 앞에 두고 한눈을 팔 건가! 좋은 배짱이구나!

즈굴은 파상공세를 펼쳐왔다. 장흥억을 걷어차 쓰러뜨린 뒤 다리를 잡더니 아스팔트 바닥에 내리찍었다.

"크억!"

거미줄 같은 균열 위에 대 자로 뻗은 장흥억은 여유를 부리고 있을 틈이 없었다. 자신의 몸 위로 떨어지는 일격을 피하기 위해 옆으로 굴러야했다. 체면 따위는 신경 쓸 여유가 없었다. 장흥억은 마치 처음 헌터가 됐던 때처럼 떼굴떼굴 굴러다녔다.

"허억! 허억!"

겨우 몸을 추스르고 일어서나 즈굴이 껄껄거리며 웃는다.

-참으로 추잡하게도 살아가는 생물이로다! 인간이란 늘 이렇지. 크크큭!

"이놈!"

장흥억은 그 모욕에 참지 않고 달려들었다. 난타전이 벌어졌다. 상대가 아무리 거물이라지만, 장흥억 역시 어지간한 군주급 몬스터는 맨 주먹으로도 때려잡는 강자다.

-제법이구나! 제법이야! 쓸모없는 인간 주제에 제법이야!

즈굴은 감탄사를 터뜨린다. 하지만 이 군주급 몬스터는 명예를 아는 자가 아니었다. 상대가 드세게 나오자 주변의 상황을 교묘하게 이용하기 시작했다. 즈굴은 장흥억을 밀어낸 뒤 근처에 있던 헌터나 천사들을 노렸다.

"이 비겁한 놈!"

장흥억은 펄쩍 뛰었고 급하게 끼어들었다. 함정임을 알면서도 어쩔 수 없었다. 그의 성격상 눈앞에서 어린 후배들이 터져 죽는 걸 볼 수 없었다.

퍼억!

둔탁한 소음과 함께 한 헌터를 향해 떨어지던 주먹을 장흥억이 어깨로 대신 받아냈다.

"크아악!"

어깨가 덜렁덜렁 떨어져 나갈 것 같은 격통에 장흥억 조차 비명을 지를 수밖에 없었다. 하지만 그는 이를 악물며 자신의 품에 안긴 헌터에게 물었나. 아직 약관도 안 된 것 같은 여자 헌터였다.

"괜찮느냐!"

"선배님."

눈물이 글썽글썽한 그녀를 보며 장흥억은 속으로 혀를 찼다.

'어찌 이런 어린 아이까지 나와서 싸워야 한단 말인가!'

그로서는 드물게 웃어 보이며 헌터를 물러나게 했다.

"여기는 이 늙은이에게 맡기거라."

이대로는 더 안 된다. 망설일 이유가 없었다. 어차피 죽으러 나온 싸움이다. 장흥억은 눈물을 그득한 여자 헌터를 보며 마음을 굳혔다. 그는 몬스터 사태 때 저만한 나이의 딸을 잃어버렸다. 감정이 남다를 수밖에 없다.

"이 괴물 놈! 이제부터는 제대로 한 수 보여주마!"

─호오? 뭔가 남아있단 말이더냐? 크크큭.

즈굴은 묵직한 웃음을 흘리며 관심을 보인다. 중저음의 음색이 마치 커다란 앰프를 틀어놓은 것 같았다.

"네놈들 두들겨 패기 딱 좋은 게 있으니 기대하거라!"

장흥억은 최후를 준비했다. 생에 단 한 번만 쓸 수 있는 기술이다. 산달폰이 준 기술은 거의 다 사라졌지만 희한하게도 이것만은 남아 있었다.

'이 미련한 놈을 위해 마지막 한 수는 안 거둬가셨으니 감사할 뿐입니다.'

한 때는 이 기술이 남아있었기에 산달폰의 생존을 기대했던 적도 있었다. 하지만 하염없이 흐르는 시간 앞에 희망을 버린 지 오래다. 그저 마지막에 의미 있게 쓸 수 있으면 더 바랄 게 없었다.

그에게 남은 유일한 기술.

회광반조回光返照.

빛을 돌이켜 스스로에게 비춘다는 뜻으로, 목숨을 대가로 최후의 불길을 지피는 기술이다. 그런데 막상 이 기술을 진짜 쓸 상황이 오자 마음 한 구석이 아려왔다.

'무슨 미련이 아직 남아서 이런단 말이냐. 장흥억, 이 칠칠맞은 것아.'

마음속으로 혀를 차던 그는 곧 작년부터 알게 된 얼굴들을 떠올렸다. 초코우유를 늘 입에 달고 사는 대천사와 그녀의 부지런한 화신. 최근 친해진 푸른 창의 평천사, 얼마 전 오빠를 잃고 헌터가 됐다는 소녀 등. 최근 그의 삶에는 이전에 볼 수 없는 활기찬 인물들로 가득했다. 장흥억은 그들이 미련이란 사실을 깨달았다.

'나도 참 약해졌군.'

그는 지금 떠오른 그 미련을 위해서라도 결단해야 함을 알았다. 일단 그렇게 결심이 서자 나머지는 물 흐르듯 자연스러웠다.

"크아아압!"

기합성과 함께 장흥억의 몸에서 기력이 폭발한다. 그러자 즈굴도 일순간 놀라서 흠칫하며 물러났다. 헌터들 중에서도 식견과 경험이 있는 자는 장흥억이 무엇을 했는지 알아보고 깜짝 놀란다.

"저럴 수가!"

"선배님! 안 됩니다!"

안타까운 비명이 터졌지만, 이미 생과 사를 초월한 듯한 장흥억의 모습에 헌터들은 숨을 죽일 뿐이었다.

-네놈.

즈굴은 당황하면서도 이를 가는 듯한 소리를 냈다. 하지만 그렇다고 이 거물이 겁을 먹은 건 아니다.

"어디 나의 힘을 받아보라!"

장흥억의 주먹이 즈굴을 강타했다. 즈굴 역시 밀리지 않고 응수했다. 피가 튀는 격렬한 공방이 이어졌다.

"크압!"

힘껏 뛰어오른 장흥억의 주먹이 즈굴의 턱에 작렬하자, 순간 즈굴의 눈동자가 풀리더니 휘청거린다. 장흥억은 그대로 즈굴을 붙잡고 땅에 메다꽂았다.

콰앙!

요란한 소리와 함께 아스팔트가 박살난다. 자신보다 몇 배 더 큰적을 쓰러뜨리는 모습에 헌터들이 환호를 터뜨린다. 하지만 그것도 잠시, 즈굴이 다시 일어나 장흥억을 날려버린다.

-제법이긴 하다만 주제파악을 하게 해주지. 인간 주제에.

즈굴의 말은 허세가 아니었다. 아무리 회광반조를 사용했다고 하나 그 기량의 차이가 컸다. 반짝하던 우위도 잠시, 장흥억은 다시 밀리기 시작했다. 하지만 그는 상관하지 않았다. 그의 목표는 시간을 끄는 것이지 승리가 아니다.

"크아압!"

심지어 장흥억은 즈굴의 팔다리를 붙잡고 늘어지기까지 했다. 기술도 뭣도 없었다.

-이 지저분한 녀석이!

즈굴은 장흥억을 잡아 근처에 있던 몬스터에게 힘껏 밀었다. 아주 단단한 외피를 가진 몬스터라 부딪친 장흥억은 격통을 느꼈다.

"크억!"

눈앞이 붉게 변하는 걸 느낀 그때 자신의 몸이 뒤로 쑥 끌려 나가며 땅바닥에 뒹굴었다.

"크아악!"

장흥억은 쓰러진 채 이걸로 끝이란 생각이 들었다. 고개를 살짝 들어보니 즈굴이 자신을 차가운 눈빛으로 내려다보고 있었다.

-크크큭. 네놈의 꼴을 보라. 그래, 인간의 삶이란 늘 이렇게 간단히 악몽으로 변해버리지.

즈굴은 장흥억의 숨통을 끊으려 묵직한 손을 들어올린다.

'여기까지인가.'

장흥억은 자신이 죽는 것보다 충분히 시간을 벌었는지가 걱정이었다. 하지만 얼굴로 떨어져 내리는 즈굴의 시커먼 주먹을 보며 더 생각할 시간이 없을 깨달았다. 그는 눈을 질끈 감았다.

퍼억!

둔탁한 소음이 났다. 장흥억은 자신의 얼굴이 깨져나갔다고 생각했다.

'마지막 순간이라 아프지도 않은 건가.'

이대로 끝이란 생각을 하던 그때 애타게 그를 부르는 소리가 들려왔다.

"선배님!"

"선배님! 선배님!"

장홍억이 놀라 눈을 떠보니 생각지도 못한 광경이 펼쳐지고 있었다. 어디선가 끼어든 헌터 여럿이서 함께 즈굴의 일격을 막아냈던 것이다.

"자, 자네들!"

"선배님! 뒤로 물러나십시오! 여기는 저희가 맡겠⋯. 으아악!"

그러나 그들은 비명을 지르며 나가떨어진다. 즈굴이 손을 내젓는 것처럼 것만으로도 헌터들은 피를 토하며 있었다. 하지만 헌터들은 이 절망적인 상황에도 악착같이 달라붙었다.

"물러나지 마!"

"선배님을 지켜! 으아악!"

장홍억은 눈앞의 광경을 멍하니 보고만 있었다. 새파랗게 어린 후배들이 죽을 힘을 다해 오만의 군주 즈굴을 붙잡고 늘어지고 있었다. 몇이 달려들던 상대도 안 되는 싸움이다. 그런데 오로지 자신을 지켜주기 위해서 저러고 있다. 선배된 자로서 이대로 가만히 있을 수는 없었다.

"크윽!"

팔다리가 후들거렸지만 장홍억은 기어코 일어났다. 그리고 그때 눈에 익은 한 헌터 하나가 얻어맞아 피를 토하며 구르는 꼴이 눈에 들어왔다. 방금 전 장홍억이 구해줬던 어린 여자 헌터였다.

"정신 차려!"

장홍억이 서둘러 외쳐봤지만 이미 여자 헌터의 눈빛은 흐려져 있었다.

"헤헤… 저 조금… 도움이 되었나요….""

그 말만 남기고 그녀는 더 움직이지 않았다. 장흥억은 그 순간 몬스터 사태가 일어났을 때 딸의 죽음이 생각났다. 다리가 휘청거리고 어깨가 마구 들썩였다. 비단 그녀뿐만이 아니었다. 주변에는 많은 헌터들이 피투성이가 되어 쓰러져 있었다. 일부는 경련을 일으켰고 일부는 아예 움직임이 없었다. 그리고 들려오는 즈굴의 목소리.

-쯧! 파리 같은 새끼들이 귀찮게.

순간, 장흥억은 이성의 끈을 놔버렸다. 그리고 그의 철권이 즈굴의 명치에 작렬했다.

-크아악!

반쯤 시체이던 장흥억이 갑자기 달려들 줄 몰랐던 즈굴은 큰 일격을 허용하고 말았다. 처음으로 견디기 힘든 통증이 그를 두들겨댔다. 휘청이면서도 서둘러 장흥억을 밀어내려 했지만 소용이 없었다. 장흥억은 자신의 몸을 돌보지도 않고 막무가내로 달려들어 왔기 때문이었다.

-이놈이 감히 주제도 모르고!

즈굴의 목소리에 당황이 묻어난다.

"닥쳐라! 이놈!"

일갈하며 날리는 장흥억의 펀치가 즈굴의 안면에 적중한다.

빠각!

즈굴의 긴 앞니들이 부러지며 끈적한 피가 튄다.

-크억!

하지만 장흥억은 그걸로 그치지 않고 양손을 깍지 낀 채 제 자리에서 뛰어올랐다.

"네놈이 무시하는 인간의 일격을 먹어봐라!"

그는 깍지 낀 양손으로 즈굴의 정수리를 내리쳤다.

-쿠아악!

다시 한 번 휘청이는 즈굴. 하지만 그 역시 만만치 않았다. 악착같이 버텨내더니 결국 달려드는 장흥억의 한쪽 눈을 터뜨려버렸다.

픽!

수정체가 깨지면서 투명한 액체가 공중으로 튀어 오른다. 한쪽 눈이 망가진 장흥억은 앞도 제대로 보이지 않았다. 하지만 그게 전투를 멈출 이유는 되지 않았다.

"쿠워어어어!"

장흥억은 전진해야 한다고 믿으면 멈추지 않는 사내였다. 눈앞이 보이지 않는 건 상관없었다. 적의 죽음 너머에 자신이 원하는 게 있다는 걸 깨달은 이상 그의 의지는 결코 꺾이지 않는다.

-이런 미친놈! 같이 죽자는 것이냐!

"바라는 바이다! 네놈을 쳐 죽여야 이 장흥억, 죽어서도 가슴을 펴고 그 분을 만나 뵙지 않겠나!"

만약 눈앞의 헌터들도 지키지 못한다면, 산달폰을 지키지 못했다고 자책했던 것도 우스운 일이라고 장흥억은 생각했다.

-크아악!

다시 한 번 작렬한 철권에 급기야 즈굴은 한쪽 무릎을 꿇고 말았다. 그 모습에 헌터들은 환호성을 터뜨리고 몬스터들은 공포에 질려 울부짖는다. 즈굴은 자신의 한쪽 무릎이 땅에 닿았다는 사실에 커다란 수치심을 느꼈다.

　-네노오옴!

　즈굴은 도저히 참을 수 없었다. 인간이 오연하게 자신을 내려다보고 있는 이 상황을. 결국 그는 감춰놓은 한 수를 꺼내기로 작정했다.

　우둑. 우두둑.

　갑자기 즈굴의 근육이 더욱 부풀어 오르기 시작한다.

　-설마 이런 인간을 상대로 아껴둔 힘을 쓰게 될 줄이야!

　즈굴은 분통이 터졌지만 이대로 당하고 있을 수는 없었다. 그는 맹렬하게 장흥억을 덮쳤다. 안타깝게도 그에겐 이미 즈굴을 막을 힘이 없었다. 즈굴을 한 번 무릎 꿇린 후 그는 이미 껍데기만 남은 상태. 짧은 회광반조는 끝나버렸다.

　"큭!"

　날아온 주먹을 맞은 장흥억은 비명도 제대로 지르지 못하고 나가떨어졌다. 그의 거구가 날아가 아스팔트 바닥에 뒹군다.

　'그래도 이 정도면 충분히 시간을 끌었을 터. 나머지는 부탁하겠네. 유 의장.'

　장흥억은 젊은 후배의 유능함을 믿고 있었다. 어떻게든 방법을 찾아줬을 터. 미안한 게 많지만 장흥억은 슬슬 감겨오는 눈에 더 저항하기 어려웠다.

　"끄응… 이 정도면… 산달폰님도 크게 책하지는… 않으실 터…."

　장흥억은 조용히 눈을 감으며 혼잣말을 했다. 그런데 대꾸해 오는 말이 있었다.

　"혼자 착각도 유분수지 웃기는 소리를 다 하는구나."

생각지도 못한 대답에 장홍억이 놀라서 눈을 떴다. 그리고 눈앞에 있는 인물을 발견하고는 놀라 입이 벌어졌다.

"…산달폰님?"

즈굴에게 얻어맞아 퉁퉁 부은 것과 눈으로 들어온 피 탓에 장홍억은 앞이 제대로 보이지 않았다. 하지만 흐릿하게 보이는 그 모습은 과거 그가 모시던 산달폰이 틀림없는 것 같았다. 하지만 상대는 코웃음을 친다.

"이제 눈까지 멀었구나! 장홍억!"

분명히 산달폰이라고 생각했는데 미묘하게 다른 것 같았다. 곧 시야가 회복된 장홍억은 앞으로 보고 상대의 정체를 파악했다.

"…메타트론님."

그러면 그렇지, 싶었다.

죽은 산달폰이 되돌아올 리도 없고.

"어떻게 된 겁니까?"

"어떻게 되긴 뭐가 어떻게 돼? 그대가 뻗어버렸으니 이제 본녀가 나선 것이다."

"유 의장은 뭔가 방법을 찾은 모양이군요. 좌측에 계시지 않았습니까?"

"그렇다."

장홍억의 말에 메타트론은 고개를 끄덕였다. 그러면서도 일순간 안타까운 표정이 스쳐지나갔다. 장홍억의 상태가 매우 안 좋았기 때문이다.

'생사를 장담하기 어렵겠구나.'

장홍억은 메타트론에게 특별하다. 쌍둥이 동생의 클랜을 이끌었던 인물이니 그럴 수밖에. 그래서 차갑게 말하면서도 걱정을 다 감추지 못했다.

"이제부터 이곳은 본녀가 맡을 것이다."

메타트론은 주변의 헌터들에게 장홍억을 데리고 가게 한 후 홀로 앞으로 나섰다. 그것만으로도 파급 효과가 엄청났다. 주변의 몬스터들이 깜짝 놀라 우르르 뒤로 물러났기 때문이었다. 그 잘난 즈굴조차 잔뜩 경계한다.

―분신체 주제에 잘난 척인가!

"흥! 말은 그렇게 해도 고민스러운 기색이 아니더냐! 즈굴!"

―크윽!

메타트론이 바닥에 검을 꽂고 버텨 서자 놀란 즈굴이 어깨를 움츠렸다. 펼쳐진 그녀의 검은 날개에서 연기가 치솟더니 일제히 불꽃으로 화해 타올랐다. 이것은 누구도 본 적이 없는 힘이었다. 이글거리는 불길이 그녀의 뒤로 드리워지자 즈굴조차 겁을 집어먹은 듯 주춤한다.

"네놈들은 아무도 이곳을 지나가지 못한다!"

(강북전투 하권에서 계속)

가출천사 육성계약 4

초판 2쇄 발행   2018년 8월 30일

저자 박제후
일러스트 ICE

편집 김원재
마케팅 김정훈
주간 홍성완

발행인 원종우
발행처 (주)이미지프레임

주소 (427-060) 경기도 과천시 뒷골1로 6, 3층
영업부 02-3667-2653   **편집부** 02-3679-2617   **팩스** 02-3667-2655
메일 vnovel@imageframe.kr   **웹** vnovel.co.kr

ISBN 979-11-6085-232-5 02810   **(세트)** 978-89-6052630-3

Metatron
© 2016 Park, Jehu
Published in Korea

강출천사
육성계약 5

박제후 지음 · ICE 그림

글 : 박제후 / 그림 : ICE
가격 : 7,000원

글 : 오소리 / 그림 : 유나물
가격 : 7,000원

 글 : 퉁구스카 / 그림 : 노뉴
가격 : 10,000원

글 : 글쓰는기계 / 그림 : 노뉴

가격 : 9,000원